Een jongen

NICK HORNBY

Een jongen

Vertaald door Anneke Goddijn

PANDORA

Pandora Pockets maakt deel uit van Uitgeverij Contact

Derde druk
Oorspronkelijke titel: About a Boy
© 1998, 2002 Nick Hornby
© 1998, 2002 Nederlandse vertaling: Anneke Goddijn
Alle rechten voorbehouden
Omslagontwerp: Annemarie van Pruyssen, Arnhem
Omslagillustratie: © Universal Studios Publishing Rights,
a division of Universal Studio's Inc. All rights reserved

ISBN 90 254 1617 9
NUR 302

www.boekenwereld.com

Met dank aan David Evans, Adrienne Maguire, Caroline Dawnay, Virginia Bovell, Abigail Morris, Wendy Carlton, Harry Ritchie and Amanda Posey. De muziek is afkomstig van Wood in Upper Street, London N1.

Ter nagedachtenis aan Liz Knights

Een

'Is het nu uit tussen jullie?'

'Probeer je geestig te zijn?'

Mensen dachten vaak dat Marcus geestig probeerde te zijn terwijl dat niet zo was. Hij begreep er niks van. Hij vond het volkomen normaal dat hij zijn moeder vroeg of ze het had uitgemaakt met Roger: ze hadden een fikse ruzie gehad, daarna waren ze naar de keuken vertrokken voor een rustig gesprek, en na een poosje waren ze met een ernstig gezicht te voorschijn gekomen; Roger was naar hem toe gelopen, had hem een hand gegeven en veel succes op zijn nieuwe school gewenst. Toen was hij weggegaan.

'Waarom zou ik daar geestig over doen?'

'Okay, wat denk je zelf?'

'Ik denk dat het uit is tussen jullie. Maar ik wilde het gewoon zeker weten.'

'Ja, het is uit tussen ons.'

'Dus hij komt niet meer?'

'Nee, Marcus, hij komt niet meer.'

Hij dacht niet dat hij ooit aan dit gedoe zou wennen. Hij had Roger best gemogen; ze hadden met zijn drieën een paar keer een uitstapje gemaakt, maar nu zou hij hem kennelijk nooit meer zien. Hij vond het niet erg, maar als je erover nadacht was het raar. Hij had een keer de wc met Roger gedeeld, toen ze allebei na een autorit vreselijk nodig moesten plassen. Je zou denken dat je op een of andere manier contact hoorde te houden als je samen had geplast.

'Wat gaan we met zijn pizza doen?' Vlak voordat de ruzie uitbrak, hadden ze drie pizza's besteld, maar die waren nog niet bezorgd.

'Die delen we. Als we trek hebben.'

'Maar ze zijn wel groot. En had hij er niet eentje besteld met salami erop?' Marcus en zijn moeder waren vegetariër. Roger niet.

'Dan gooien we hem weg,' zei ze.

'We kunnen ook de salami eraf halen. Volgens mij doen ze er toch niet veel van op. Er zit voornamelijk kaas en tomaat op.'

'Ik kan me nu echt niet druk maken over de pizza's, Marcus.'

'Okay. Sorry. Waarom hebben jullie het uitgemaakt?'

'O... Om van alles en nog wat. Ik weet niet goed hoe ik dat moet uitleggen.'

Marcus keek er niet van op dat ze niet kon uitleggen wat er was gebeurd. Hij had vrijwel de hele ruzie gehoord, maar hij had er geen woord van begrepen; er leek ergens een stukje te ontbreken. Wanneer Marcus en zijn moeder ruzie hadden, kon je de belangrijke stukjes er zo uitpikken: te veel, te duur, te laat, te jong, slecht voor je tanden, de andere zender, fruit. Maar wanneer zijn moeder en haar vriendjes ruzie hadden, kon je uren luisteren terwijl het fruit- en huiswerkaspect ervan, dat waar het om draaide, je ontging. Het was alsof iemand had gezegd dat ze ruzie móesten maken, en dat ze alles eruit gooiden wat ze konden verzinnen.

'Had hij een andere vriendin?'

'Ik geloof het niet.'

'Heb jij een ander vriendje?'

Ze lachte. 'Wie zou dat moeten zijn? De jongen die de pizzabestelling opnam? Nee, Marcus, ik heb geen andere vriend. Zo gaan die dingen niet. Niet als je een werkende moeder van zevenendertig bent. Er is een probleem met tijd. Er is een probleem met van alles. Hoezo? Zit het je dwars?'

'Ik weet het niet.'

En dat was ook zo. Zijn moeder was verdrietig, dat wist hij wel; ze huilde tegenwoordig veel, meer dan voordat ze naar Londen waren verhuisd, maar hij had geen idee of dat iets met vriendjes te maken had. Hij hoopte min of meer van wel, want dan zou het allemaal wel goed komen. Ze zou wel weer iemand ontmoeten die haar gelukkig zou maken. Waarom niet? Zijn moeder was mooi, vond hij, en aardig, en soms geestig, en volgens hem waren er massa's mannen als Roger. Maar als het niet over vriendjes ging, wist hij niet wat het wel kon zijn, behalve iets ergs.

'Vind je het vervelend als ik een vriend heb?'

'Nee, ik vond alleen Andrew vervelend.'

'Ja, ik weet dat je Andrew niet mocht. Maar in het algemeen? Heb je niets tegen het idee op zich?'

'Nee, natuurlijk niet.'

'Je hebt je overal echt goed doorheen geslagen. In aanmerking genomen dat je twee verschillende soorten levens hebt gehad.'

Hij begreep wat ze bedoelde. Aan het eerste soort leven was vier jaar geleden een eind gekomen, toen hij acht was en zijn vader en moeder uit elkaar waren gegaan; dat was het normale, saaie soort leven, met school, vakanties, huiswerk en in het weekend op bezoek bij grootouders. Het tweede soort was rommeliger, en er figureerden meer mensen en plaatsen in: de vrienden van zijn moeder en de vriendinnen van zijn vader; flats en huizen; Cambridge en Londen. Je kon je niet voorstellen dat er zoveel kon veranderen alleen omdat er een eind aan een relatie was gekomen, maar hij zat er niet mee. Soms dacht hij zelfs dat hij het tweede soort leven liever had dan het eerste. Er gebeurde meer, en dat moest wel goed zijn.

Op Roger na was er in Londen nog niet veel gebeurd. Ze woonden hier nog maar een paar weken – ze waren op de eerste dag van de zomervakantie verhuisd – en tot nu toe was het nogal saai geweest. Hij was met zijn moeder twee keer naar de film geweest: *Home Alone 2*, die niet zo goed was als *Home Alone 1*, en *Honey, I Blew Up the Kid*, die niet zo goed was als *Honey, I Shrunk the Kids*; zijn moeder had gezegd dat moderne films te commercieel waren, en iets over toen zij zo oud was als hij... dat wist hij niet meer. En ze waren een kijkje gaan nemen bij zijn school, die groot en afschuwelijk was, en ze hadden door hun nieuwe buurt gelopen, die Holloway heette, waar je mooie en lelijke delen had, en ze hadden veel gepraat over Londen en de veranderingen in hun leven en dat ze vast wel goed zouden uitpakken. Maar in feite zaten ze te wachten tot hun Londense leven zou beginnen.

Toen de pizza's kwamen, aten ze die zo uit de doos op.

'Ze zijn beter dan die we in Cambridge hadden, vind je niet?' zei Marcus opgewekt. Het was niet waar: het was hetzelfde pizzabedrijf, maar in Cambridge hadden de pizza's niet van zo ver hoeven komen, waardoor ze minder klef waren. Hij vond gewoon dat hij iets optimistisch moest zeggen. 'Zullen we tv kijken?'

'Als je daar zin in hebt.'

Hij vond de afstandsbediening achter de kussens van de bank en zapte langs de zenders. Hij had geen zin om naar een soap te kijken, omdat soaps vol problemen zaten, en hij was bang dat de problemen uit de soaps zijn moeder aan de problemen in haar eigen leven zouden doen denken. Daarom keken ze naar een natuurfilm over een of ander visachtig wezen, dat op de bodem van grotten leefde en niets kon zien, een vis waar niemand het nut van inzag; volgens hem kon dat zijn moeder nergens aan doen denken.

Twee

Hoe cool was Will Freeman? Zo cool: hij had in de afgelopen drie maanden het bed gedeeld met een vrouw die hij niet erg goed kende (vijf punten). Hij had meer dan driehonderd pond uitgegeven aan een colbertje (vijf punten). Hij had meer dan twintig pond uitgegeven aan de kapper (vijf punten). (Hoe kon je in 1993 in vredesnaam minder dan twintig pond uitgeven aan de kapper?) Hij had meer dan vijf hiphopalbums (vijf punten). Hij had ecstasy geslikt (vijf punten), maar in een disco en niet alleen thuis als een sociologisch experiment (vijf bonuspunten). Hij was van plan bij de volgende algemene verkiezingen Labour te stemmen (vijf punten). Hij verdiende meer dan veertigduizend pond per jaar (vijf punten), en hij hoefde er niet erg hard voor te werken (vijf punten, maar hij gaf zichzelf vijf punten extra omdat hij er helemaal niet voor hoefde te werken). Hij had in een restaurant gegeten waar ze polenta met geraspte parmezaanse kaas serveerden (vijf punten). Hij had nooit een condoom met een smaakje gebruikt (vijf punten); hij had zijn Bruce Springsteen-platen verkocht (vijf punten), en hij had een baardje laten staan (vijf punten) én weer afgeschoren (vijf punten). Het vervelende was dat hij nog nooit met iemand naar bed was geweest van wie een foto op de modepagina van een krant of tijdschrift was verschenen (min twee), en als hij eerlijk was (en als Will iets had wat op een ethische overtuiging leek, was het wel dat het volstrekt fout was om over jezelf te liegen in een test), dacht hij nog steeds dat het bezitten van een snelle auto indruk maakte op vrouwen (min twee). Maar dan nog kwam hij op... zesenzestig! Volgens de test was hij beneden het vriespunt! Hij was droog ijs! Hij was de Verschrikkelijke Sneeuwman! Hij zou doodgaan aan onderkoeling!

Will wist niet hoe serieus je dit soort tests moest nemen, maar hij kon zich niet permitteren daar bij stil te staan; hij was nooit dichter in de buurt van een prestatie gekomen dan dit coolzijn volgens een mannentijdschrift, en momenten als deze moest je koesteren. Onder nul! Je kon niet veel cooler zijn dan onder nul! Hij sloeg het tijdschrift dicht en legde het op een stapeltje soortgelijke tijdschriften dat hij in de badkamer had liggen. Hij bewaarde ze niet allemaal, want daarvoor kocht hij er te veel, maar deze zou hij niet zo gauw weggooien.

Soms vroeg Will zich af – niet al te vaak omdat hij zich maar zelden overgaf aan historische speculatie – hoe mensen zoals hij zich zestig jaar geleden door het leven zouden hebben geslagen. ('Mensen zoals hij' vormden, naar hij wist, een aparte categorie; het was zelfs zo dat er zestig jaar geleden niemand zoals hij kon hebben bestaan, omdat geen enkele volwassene zestig jaar geleden een vader kon hebben gehad die op precies dezelfde manier zijn geld had verdiend. Dus wanneer hij dacht aan mensen zoals hij, bedoelde hij niet mensen die precies hetzelfde waren als hij, maar gewoon mensen die eigenlijk de hele dag niets deden en ook niet veel wílden doen.) Alle dingen waar Will op vertrouwde om hem de dag door te helpen bestonden zestig jaar geleden domweg niet: toen had je geen televisie overdag, geen video's, je had geen trendy tijdschriften en daarom ook geen tests, en er hadden vermoedelijk wel platenzaken bestaan, maar het soort muziek waar hij naar luisterde was nog niet eens uitgevonden. (Op het moment hield hij van Nirvana en Snoop Doggy Dogg, en in 1933 zou je niet veel hebben kunnen vinden dat zo klonk.) Dan hield je boeken over. Boeken! Zonder boeken zou hij vrijwel zeker een baan hebben moeten zoeken, anders zou hij gek zijn geworden.

Tegenwoordig was het echter makkelijk. Er was bijna te veel te doen. Je hoefde er geen eigen leven meer op na te houden; je kon gewoon over de schutting gluren naar het leven van andere mensen, zoals zich dat afspeelde in kranten, *East Enders*, films en ontzettend trieste jazz of harde rapsongs. De twintig jaar oude Will zou verrast en misschien teleurgesteld zijn geweest te weten dat hij zesendertig zou worden zonder een eigen leven te hebben gevonden, maar de zesendertigjarige Will was er niet zo ongelukkig mee; zo had je minder chaos.

Chaos! Het huis van Wills vriend John was een en al chaos. John en Christine hadden twee kinderen – de tweede was een week geleden geboren; Will was gesommeerd het te komen bekijken – maar hij kon er niets aan doen dat hij hun huis een puinhoop vond. De vloer lag bezaaid met fel gekleurd plastic speelgoed, videobanden lagen zonder cassette bij de televisie, en de witte grand-foulard over de bank zag eruit alsof hij als een reusachtig stuk wc-papier was gebruikt, hoewel Will liever aannam dat het chocoladevlekken waren... Hoe konden mensen zo leven?

Christine kwam binnen met de nieuwe baby, terwijl John in de keuken thee aan het zetten was. 'Dit is Imogen,' zei ze.

'O,' zei Will. 'Kijk eens aan.' Wat moest hij nog meer zeggen? Hij wist dat er nog iets was, maar hij kon zich met de beste wil van de wereld niet herinneren wat. 'Ze is...' Nee, het was hem ontschoten. Hij richtte zijn poging tot een gesprek op Christine. 'Hoe gaat het trouwens met jou, Christine?'

'Ach, je weet wel. Een beetje gevloerd.'

'Te veel hooi op je vork genomen?'

'Nee, net een kind gekregen.'

'O ja, da's waar ook.' Alles draaide om die klotebaby. 'Daar zul je best moe van worden.' Hij had met opzet een week gewacht om niet over dit soort dingen te hoeven praten, maar dat had niet mogen baten; ze praatten er nu toch over.

John droeg een dienblad met drie bekers thee binnen.

'Barney is vandaag naar zijn oma,' zei hij, voor zover Will wist zonder enige aanleiding.

'Hoe gaat het met Barney?' Barney was twee, en meer viel er niet over hem te zeggen, en daarom was hij voor niemand anders interessant dan voor zijn ouders, maar alweer scheen er, om redenen die hij wel nooit zou begrijpen, een opmerking van hem verwacht te worden.

'Het gaat prima met hem,' zei John. 'Hij is op het moment een echte dondersteen, dat wel, en hij weet niet goed wat hij van Imogen moet vinden, maar… het is een schat.'

Will had Barney weleens gezien en wist zeker dat het geen schat was, en daarom besloot hij deze onlogische gevolgtrekking te negeren.

'Hoe gaat het trouwens met jou, Will?'

'Uitstekend, dank je.'

'Verlang je al naar een eigen gezinnetje?'

Ik zou nog liever een van Barneys vuile luiers opeten, dacht hij.

'Nog niet,' zei hij.

'We maken ons zorgen over je,' zei Christine.

'Ik ben tevreden zoals het is.'

'Dat denk je,' zei Christine, een en al zelfingenomenheid.

Hij begon fysiek onpasselijk te worden van die twee. Om te beginnen was het al erg genoeg dat zij kinderen hadden, maar waarom wilden ze die oorspronkelijke fout nog verergeren door hun vrienden aan te moedigen hetzelfde te doen? Will was er al een paar jaar van overtuigd dat het mogelijk was je door het leven te slaan zonder jezelf ongelukkig te maken op de manier waarop John en Christine zichzelf ongelukkig maakten (en hij wist zeker dat ze ongelukkig waren, ook al waren ze in zo'n merkwaardige, gehersenspoelde toestand gekomen dat ze zelf niet konden inzien hoe ongelukkig ze waren). Je kon natuurlijk niet zonder geld – en volgens Will was de enige reden om kinderen te krijgen dat ze voor je konden zorgen wanneer je oud, nutteloos en platzak was – maar hij had geld, wat betekende dat hij de chaos, de op wc-papier lijkende grand-foulards en de zielige behoefte om je vrienden ervan te overtuigen dat ze net zo ongelukkig als jij moesten worden kon vermijden.

John en Christine waren vroeger best leuke mensen geweest. Toen Will nog met Jessica ging, waren ze met zijn vieren een paar keer per week clubs afgegaan. Jessica en Will waren uit elkaar gegaan toen Jessica het frivole uitgaansleven voor iets degelijkers wilde verruilen; Will had haar een tijdlang gemist, maar hij zou het uitgaan meer hebben gemist. (Hij sprak soms nog weleens met haar af om tussen de middag een pizza te eten; dan liet ze hem foto's van haar kinderen zien en zei dat hij zijn leven verknoeide en dat hij niet wist hoe het was; dan zei hij hoe blij hij was dat hij niet wist hoe het was, en zei zij dat hij het toch niet aan zou kunnen, en hij op zijn beurt dat hij hoe dan ook niet van plan was erachter te komen, en dan zaten ze elkaar zwijgend boos aan te kijken.) Nu John en Christine de Jessica-weg naar vergetelheid waren ingeslagen, hield hij ze eigenlijk wel voor gezien. Hij wilde Imogen niet zien en ook niet weten hoe het met Barney ging, en hij wilde niet horen hoe moe Christine was, en verder kon je het nergens meer met ze over hebben. Hij zou er maar geen energie meer insteken.

'We vroegen ons af,' zei John, 'of je Imogens peetvader zou willen worden.' Ze zaten hem allebei aan te kijken met een verwachtingsvolle glimlach op hun gezicht, alsof hij elk moment overeind kon springen, in tranen uitbarsten en met ze over de grond rollen in een euforische omhelzing. Will liet een nerveus lachje horen.

'Peetvader? In de kerk en zo? Verjaardagscadeautjes? Adoptie als jullie bij een vliegtuigongeluk om het leven komen?'

'Ja.'

'Dat menen jullie niet.'

'We hebben altijd gevonden dat jij meer diepgang hebt dan je laat blijken.'

'O, maar weet je: die heb ik niet. Ik ben echt zo oppervlakkig.'

Ze zaten nog steeds te glimlachen. Ze begrepen het niet.

'Hoor eens, ik waardeer het dat jullie het vragen, maar ik kan me niets vreselijkers voorstellen. Echt, dat is gewoon niets voor mij.'

Hij bleef daarna niet lang meer.

Een paar weken later ontmoette Will Angie en werd hij voor het eerst tijdelijk stiefvader. Als hij zich over zijn trots en zijn afkeer van kinderen, het gezin, huiselijkheid, monogamie en vroeg naar bed gaan had heen gezet, had hij zichzelf wellicht een heleboel ellende kunnen besparen.

Drie

De nacht na zijn eerste schooldag werd Marcus ongeveer om het halfuur wakker. Dat kon hij zien aan de oplichtende wijzers van zijn dinosauriërklok: 10.41, 11.19, 11.55, 12.35, 12.55, 1.31... Hij kon niet geloven dat hij er de volgende ochtend weer naar toe moest, en de ochtend erna, en de ochtend daarna, en... nou ja, dan was het weekend, maar vrijwel elke ochtend, min of meer de rest van zijn leven. Telkens als hij wakker werd, was zijn eerste gedachte dat er een manier moest zijn om van dit afschuwelijke gevoel af te komen of het te omzeilen of zelfs om erdoorheen te komen; als hij voorheen ergens mee had gezeten, was er meestal wel een of andere oplossing geweest – een oplossing die er meestal op neerkwam dat hij zijn moeder vertelde wat hem dwarszat. Maar dit keer was er niets wat ze kon doen. Ze zou hem niet naar een andere school sturen, en ook als ze dat wel deed, zou dat niet zoveel uitmaken. Hij zou nog steeds zijn wie hij was en dat was volgens hem het kernprobleem.

Hij was gewoon niet geschikt voor school. In elk geval niet voor een middelbare school. Punt uit. Maar hoe moest je dat aan iemand uitleggen? Het was niet erg om voor sommige dingen niet geschikt te zijn (hij wist al dat hij niet geschikt was voor feestjes omdat hij te verlegen was, en voor wijde broeken omdat zijn benen te kort waren), maar niet geschikt te zijn voor school was een groot probleem. Iedereen ging naar school. Je kon er niet omheen. Hij wist dat sommige kinderen thuis les kregen van hun ouders, maar dat kon zijn moeder niet doen omdat ze werkte. Tenzij hij haar kon betalen om hem les te geven, maar ze had hem onlangs nog verteld dat ze driehonderdvijftig pond per week verdiende. Driehonderd-vijftig pond per week! Hoe zou hij zo'n bedrag bij elkaar moeten krijgen? Niet met een krantenwijk, dat wist hij wel. Het enig andere soort kind dat hij kon bedenken dat niet naar school hoefde was het Macaulay Culkin-type. Er was op zaterdagochtend een keer iets over hem op de tv geweest, en toen zeiden ze dat hij in een soort camper les kreeg van een privédocent. Dat zou niet zo gek zijn, dacht hij. Beter nog dan niet zo gek, want Macaulay Culkin verdiende waarschijnlijk driehonderdvijftig pond per week, misschien zelfs meer, dus als hij Macaulay Culkin was, zou hij zijn moeder kunnen betalen om hem les te geven. Maar als je om Macaulay Culkin te zijn goed moest zijn in toneelspelen, kon hij het wel vergeten: van toneelspelen bracht hij geen reet terecht omdat hij er een hekel aan had om voor een groep mensen te staan. Daarom had hij zo de pest aan school. Daarom wilde hij Macaulay Culkin zijn. En daarom zou hij nog in geen duizend jaar Macaulay Culkin worden, laat staan in de komende paar dagen. Hij zou morgen naar school moeten.

Die hele nacht gingen zijn gedachten zoals boemerangs vliegen: een idee schoot heel ver weg, helemaal naar een camper in Hollywood, en heel even, wanneer hij zo ver mogelijk van school en de realiteit weg was, voelde hij zich redelijk goed; dan begon het aan de terugreis, kwam met een klap tegen zijn hoofd, en dan was hij terug bij af. En al die tijd kwam de ochtend steeds dichterbij.

Hij was stil aan het ontbijt. 'Je went er wel aan,' zei zijn moeder terwijl hij zijn müsli zat te eten, vermoedelijk omdat hij er belabberd uitzag. Hij knikte maar wat en glimlachte naar haar; het was een goed bedoelde opmerking. Er waren keren geweest dat hij diep in zijn hart had geweten dat hij eraan gewend zou raken, wat het dan ook was, omdat hij had geleerd dat sommige moeilijke dingen na heel korte tijd makkelijker werden. De dag nadat zijn vader was weggegaan, had zijn moeder hem met haar vriendin Corinne meegenomen naar Glastonbury, waar ze een poos hartstikke leuk hadden gekampeerd. Maar dit, dit zou alleen maar erger worden. Beter dan die eerste afschuwelijke, vreselijke, angstaanjagende dag zou het niet worden.

Hij was vroeg op school, liep naar zijn klaslokaal en ging aan zijn tafeltje zitten. Hier was hij betrekkelijk veilig. De kinderen die het hem gisteren zo moeilijk hadden gemaakt, waren er vermoedelijk niet de types naar om vroeg op school te komen; die waren vast ergens aan het roken en drugs aan het gebruiken en mensen aan het verkrachten, dacht hij mistroostig. Er waren een paar meisjes in het lokaal, maar ze besteedden geen aandacht aan hem, tenzij het snuivende gelach dat hij hoorde terwijl hij zijn lesboek pakte iets met hem van doen had.

Wat was er zo lachwekkend? Niet veel eigenlijk, tenzij je van het type was dat voortdurend op zoek was naar iets waar je om kon lachen. Helaas waren de meeste kinderen, naar zijn ervaring, uitgerekend van dat type. Ze patrouilleerden als haaien op en neer door de schoolgangen, alleen speurden ze niet naar vlees, maar naar een foute broek, een fout kapsel of foute schoenen, en als ze iets vonden, gingen ze uit hun dak van opwinding. Omdat hij meestal foute schoenen of een foute broek aan had, en zijn haar altijd fout zat, elke dag van de week, hoefde hij niet erg veel te doen om ze allemaal in een deuk van het lachen te krijgen.

Marcus wist dat hij een weirdo was en hij wist dat dat gedeeltelijk kwam doordat zijn moeder een weirdo was. Ze begreep niets, maar dan ook helemaal niets van dit soort dingen. Ze zei altijd tegen hem dat alleen oppervlakkige mensen hun oordeel op je kleding of je haardracht baseerden; ze wilde niet dat hij naar flauwekulprogramma's keek of naar flauwekulmuziek luisterde of flauwekulcomputerspelletjes deed (ze vond ze allemaal flauwekul), wat betekende dat hij uren met haar in discussie moest als hij iets wilde doen van de dingen waarmee andere kinderen hun tijd doorbrachten. Meestal moest hij het onderspit delven, maar ze was zo goed in discussiëren dat hij er vrede mee had te verliezen. Ze kon uitleggen waarom naar Joni Mitchell en Bob Marley luisteren (die toevallig haar twee favoriete zangers waren) veel beter voor hem was dan naar Snoop Doggy Dogg luisteren, en waarom het veel belangrijker was boeken te lezen dan met de Gameboy te spelen die hij van zijn vader had gekregen. Maar daar hoefde hij bij de kinderen op school allemaal niet mee aan te komen. Als hij Lee Hartley – de grootste, luidruchtigste en vervelendste van de kinderen die hij gisteren had leren kennen – zou vertellen dat hij niets van Snoop Doggy Dogg moest hebben omdat Snoop Doggy Doggs houding tegenover vrouwen niet deugde, zou Lee Hartley hem een dreun verkopen of hem uitmaken voor iets waarvoor hij niet uitgemaakt wilde worden. In Cambridge was het niet zo erg geweest omdat je daar massa's kinderen had die niet geschikt voor school waren, en massa's moeders die hen zo gemaakt hadden, maar in Londen lag het anders. De kinderen waren harder, gemener en minder begrijpend, en hij vond dat als zijn moeder hem alleen van school had laten veranderen omdat zij een betere baan had gevonden, ze op zijn minst het fatsoen moest hebben te stoppen met dat laten-we-hier-eens-over-praten-gedoe.

Hij vond het prima om thuis naar Joni Mitchell te luisteren en boeken te lezen, maar op school had hij er niets aan. Dat was grappig, want de meeste mensen zouden waarschijnlijk het tegengestelde verwachten – dat thuis boeken lezen zou helpen, maar dat was niet zo: het maakte hem anders, en omdat hij anders was, voelde hij zich onbehaaglijk, en omdat hij zich onbehaaglijk voelde, merkte hij dat hij afdreef van alles en iedereen, kinderen en leraren en lessen.

Het was niet helemaal de schuld van zijn moeder. Soms was hij gewoon een weirdo door wie hij was, en niet door wat zij deed. Neem nou het zingen... Wanneer zou hij dat zingen eens afleren? Hij had altijd een melodie in zijn hoofd, maar af en toe, als hij zenuwachtig werd, ontglipte de melodie hem als het ware. Om de een of andere reden merkte hij het verschil tussen binnen en buiten niet, omdat er geen verschil leek te zijn. Het was alsof je op een warme dag in een verwarmd zwembad zwom en je uit het water kon komen zonder dat je merkte dat je eruit ging omdat de temperatuur hetzelfde was; dat gebeurde bij het zingen blijkbaar ook. Hoe dan ook, er was hem gisteren tijdens Engels een liedje ontglipt; hij was erachter gekomen dat als je wilde dat mensen om je lachten, echt heel hard lachten, de beste manier was om hardop te gaan zingen als alle anderen in het lokaal zich stil zaten te vervelen; dat was nog beter dan een een raar kapsel.

Deze ochtend ging het goed tot het eerste uur na de pauze. Hij was stil tijdens het opnemen van de absenten en vermeed mensen in de gangen; toen kwam er een blokuur wiskunde, wat hij leuk vond en waar hij goed in was, hoewel ze met iets bezig waren dat hij al had gehad. In de pauze ging hij tegen meneer Brooks, een van de wiskundedocenten, zeggen dat hij lid wilde worden van zijn computerclub. Hij was er tevreden over dat hij dat had gedaan, want als hij op zijn intuïtie was afgegaan, zou hij in het klaslokaal zijn blijven lezen, maar hij waagde het erop; hij moest er zelfs het schoolplein voor oversteken.

Maar tijdens Engels liep alles weer mis. Ze gebruikten een van die boeken waar van alles een beetje in stond; het fragment waar ze mee bezig waren kwam uit *One Flew Over the Cuckoo's Nest*. Hij kende het verhaal omdat hij met zijn moeder naar die film was geweest, en daarom kon hij echt duidelijk voorzien wat er zou gebeuren, zo duidelijk dat hij het lokaal wilde ontvluchten.

Toen het gebeurde, was het nog erger dan hij had verwacht. Miss Maguire liet het fragment voorlezen door een van de meisjes van wie ze wist dat ze goed kon lezen; daarna probeerde ze een discussie op gang te krijgen.

'Kijk, een van de dingen waar dit boek over gaat is... Hoe weten we wie gek is en wie niet? Want in zekere zin zijn we namelijk allemaal een beetje gek, en als iemand vindt dat we een beetje gek zijn, hoe... hoe tonen we dan aan dat we normaal zijn?'

Stilte. Een paar kinderen slaakten een zucht en rolden met hun ogen. Als je nieuw op een school kwam, was Marcus opgevallen, wist je meteen hoe goed de leraren met een klas konden opschieten. Miss Maguire was jong en nerveus en het ging haar volgens hem niet makkelijk af. Het kon met deze klas twee kanten uitgaan.

'Goed, laten we het anders formuleren. Hoe kunnen we vaststellen dat iemand gek is?'

Nu komt het, dacht hij. Nu komt het. Nu zul je het hebben.

'Als ze zonder reden zingen tijdens de les, juf.'

Gelach. Maar toen werd het allemaal nog erger dan hij had verwacht. Iedereen draaide zich om en keek naar hem; hij keek naar miss Maguire, maar ze had een brede, geforceerde lach op haar gezicht en ontweek zijn blik.

'Ja, inderdaad, daar kun je het aan merken. Je neemt al gauw aan dat iemand die dat doet een beetje typisch is. Maar als we Marcus even buiten beschouwing laten...'

Nog meer gelach. Hij wist wat ze deed en waarom, en hij haatte haar.

Vier

Will zag Angie voor het eerst – hoewel het erop neerkwam dat hij haar eigenlijk niet zag – in Championship Vinyl, een kleine platenzaak in een zijstraat van Holloway Road. Om de tijd te doden was hij aan het grasduinen en was halfslachtig op zoek naar een oude R&B-verzamelelpee die hij had gehad toen hij jonger was, een van die platen waar hij dol op was geweest, maar was kwijtgeraakt; hij hoorde haar tegen de chagrijnige, moedeloze verkoper zeggen dat ze voor haar nichtje op zoek was naar een Pinky en Perky-plaat. Terwijl zij geholpen werd, struinde hij de platenbakken af, en daarom zag hij niets van haar gezicht maar wel een massa honingblond haar; hij hoorde een lichthese stem die door hem en alle anderen sexy werd gevonden, dus luisterde hij toen ze uitlegde dat haar nichtje niet eens wist wie Pinky en Perky waren. 'Dat is toch vreselijk? Stel je voor dat je vijf bent en niet weet wie Pinky en Perky zijn! Wat leren ze die kinderen tegenwoordig nog wel?'

Ze probeerde leuk te zijn, maar Will had door schade en schande geleerd dat leuk doen met afkeuring werd ontvangen in Championship Vinyl. Zoals hij van tevoren had geweten, werd ze onthaald op een vernietigende blik vol verachting, en gemompel dat aangaf dat ze de kostbare tijd van de verkoper stond te verdoen.

Twee dagen later zat hij in een café in Upper Street naast dezelfde vrouw. Hij herkende haar stem (ze bestelden allebei een cappuccino en een croissant), het blonde haar en haar spijkerjack. Ze stonden allebei op om een van de kranten te pakken die er lagen – zij pakte de *Guardian*, zodat hij met de *Mail* bleef zitten – en hij lachte naar haar, maar het was duidelijk dat ze hem niet herkende; hij zou het erbij hebben gelaten als ze niet zo aantrekkelijk was geweest.

'Ik ben dol op Pinky en Perky,' zei hij op een toon die naar hij hoopte kalm, vriendelijk en op een geestige manier beschermend was, maar hij zag meteen dat hij een vreselijke vergissing had gemaakt, dat dit niet dezelfde vrouw was en dat ze geen flauw idee had waar hij het over had. Hij had zijn tong willen uitrukken en met zijn voet in de houten vloer willen trappen.

Ze keek hem aan, lachte nerveus en wierp een blik op de ober terwijl ze vermoedelijk uitrekende hoe lang het zou duren voordat de ober door het café zou stormen en Will tegen de grond zou werken. Will begreep het en voelde met haar mee. Wanneer een volslagen vreemde in een café naast je kwam zitten en je als aanzet tot een gesprek toevertrouwde dat hij van Pinky en Perky hield, kon je niet anders dan veronderstellen dat je op het punt stond onthoofd en onder de houten vloer verstopt te worden.

'Neem me niet kwalijk,' zei hij. 'Ik dacht dat je iemand anders was.' Hij bloosde, en daardoor leek ze zich te ontspannen: zijn opgelatenheid was in elk geval een teken van normaliteit. Ze richtten zich weer op hun krant, maar de vrouw moest telkens glimlachen en keek hem aan.

'Ik weet dat het bemoeizuchtig klinkt,' zei ze uiteindelijk, 'maar ik moet het je vragen. Wie dacht je dat ik was? Ik heb geprobeerd er een verhaal bij te verzinnen, maar het lukt me niet.'

Toen hij het uitlegde, moest ze weer lachen, en daarna kreeg hij eindelijk de kans opnieuw te beginnen en een normaal gesprek te voeren. Ze praatten over 's ochtends vrij hebben (hij biechtte niet op dat hij 's middags ook vrij had), over de platenzaak en natuurlijk over Pinky en Perky en een aantal andere figuren van de kindertelevisie. Hij had nooit eerder geprobeerd zomaar spontaan een relatie aan te knopen, maar toen ze hun tweede cappuccino op hadden, had hij haar telefoonnummer en een afspraak voor een etentje.

Toen ze elkaar de tweede keer ontmoetten, vertelde ze hem meteen over haar kinderen; hij had zin zijn servet op de grond te gooien, de tafel omver te duwen en ervandoor te gaan.

'Nou en?' zei hij. Dat was natuurlijk het juiste om te zeggen.

'Ik vond gewoon dat je het moest weten. Voor sommige mensen maakt het verschil.'

'In welk opzicht?'

'Voor mannen, bedoel ik.'

'Ja, dat begreep ik wel.'

'Sorry, ik maak het niet bepaald makkelijk, hè?'

'Je brengt het er prima van af.'

'Het is alleen... als dit een echt afspraakje is, en dat lijkt me wel, vond ik dat ik het je moest vertellen.'

'Dank je. Maar het is echt geen probleem. Ik zou teleurgesteld zijn geweest als je geen kinderen had.'

Ze lachte. 'Teleurgesteld? Waarom?'

Dat was een goede vraag. Waarom? Hij had het natuurlijk gezegd omdat hij dacht dat het vleiend en innemend klonk, maar dat kon hij haar niet vertellen.

'Omdat ik nooit eerder ben uitgeweest met iemand die moeder was, terwijl ik dat altijd heb gewild. Ik denk dat ik er goed in zou zijn.'

'Goed waarin?'

Juist, ja. Goed waarin? Waar was hij goed in? Dat was de hamvraag, de vraag die hij nooit had kunnen beantwoorden. Misschien was hij wel goed met kinderen, ook al haatte hij ze en iedereen die ervoor verantwoordelijk was dat ze op de wereld waren gezet. Misschien had hij John en Christine en baby Imogen te snel afgeschreven. Misschien was dit het! Oom Will!

'Ik weet het niet. Goed in dingen met kinderen. Lekker klooien.'

Dat was hij vast wel. Dat kon toch immers iedereen? Misschien had hij al die tijd met kinderen moeten werken. Misschien was dit een keerpunt in zijn leven!

Het moest gezegd worden dat het feit dat Angie aantrekkelijk was wel degelijk een rol speelde bij zijn besluit om zijn affiniteit met kinderen opnieuw in overweging te nemen. Hij wist nu dat het lange blonde haar vergezeld ging van een rustig, open gezicht, grote blauwe ogen en ontzettend opwindende kraaienpootjes – ze was aantrekkelijk op een heel innemende, gezonde Julie Christie-achtige manier. En dat was het hem nou juist. Wanneer was hij uitgeweest met een vrouw die op Julie Christie leek? Mensen die op Julie Christie leken, gingen niet uit met mensen zoals hij. Ze gingen uit met andere filmsterren, leden van het Hogerhuis of formule-1-coureurs. Wat was dit toch? Kinderen, dat was het, concludeerde hij; kinderen dienden als een symbolische onvolmaaktheid, zoals een moedervlek of overgewicht, waardoor hij een kans kreeg die hij voorheen niet zou hebben gekregen. Misschien democratiseerden kinderen mooie, alleenstaande vrouwen.

'Ik kan je verzekeren,' zei Angie, hoewel hij het merendeel had gemist van de bespiegelingen die haar tot dit punt hadden gebracht, 'dat je als alleenstaande moeder een veel grotere kans hebt om in feministische clichés te gaan denken. Je weet wel: mannen zijn allemaal klootzakken, een vrouw zonder man is als een... een... weet-ik-veel zonder iets wat geen enkele relatie heeft met het weet-ik-veel; dat soort dingen.'

'Dat zal best,' zei Will meelevend. Hij werd er opgewonden van. Als alleenstaande moeders echt dachten dat alle mannen klootzakken waren, kon hij zijn slag slaan. Dan kon hij tot in lengte van dagen uitgaan met vrouwen die op Julie Christie leken. Hij knikte, fronste zijn voorhoofd en tuitte zijn lippen terwijl Angie haar tirade afstak, en hij zijn nieuwe strategie plande die zijn leven zou veranderen.

In de weken die volgden was hij Will de Jofele Jongen, Will de Verlosser, en hij vond het heerlijk. Het ging ook nog moeiteloos. Hij slaagde er niet in veel contact te krijgen met Maisy, Angies raadselachtig sombere vijfjarige, die hem door en door lichtzinnig scheen te vinden. Maar Joe, de driejarige, was vrijwel meteen dol op hem, voornamelijk omdat Will hem bij hun eerste ontmoeting bij zijn enkels ondersteboven had gehouden. Dat was alles. Meer was er niet voor nodig. Hij wou dat relaties met echte mensen zo makkelijk waren.

Ze gingen naar McDonald's. Ze gingen naar het Science Museum en naar het natuurhistorisch museum. Ze maakten een boottochtje over de rivier. De zeldzame keren dat hij over de mogelijkheid van kinderen had nagedacht (altijd wanneer hij dronken was, altijd tijdens de eerste doodsstuipen van een relatie), had hij zichzelf aangepraat dat het vaderschap een soort sentimentele fotogelegenheid zou zijn, en vaderschap in Angie-stijl was dat precies: hij kon hand in hand met een aantrekkelijke vrouw lopen terwijl de kinderen vrolijk voor hen uit dartelden; iedereen kon het hem zien doen, en als hij het een middag had gedaan, kon hij weer naar huis gaan als hij dat wilde.

En dan was er de seks. Vrijen met een alleenstaande moeder, concludeerde Will na zijn eerste nacht met Angie, won het met gemak van het soort seks dat hij gewend was. Als je de juiste vrouw uitkoos, iemand die bedrogen en uiteindelijk verlaten was door de vader van haar kinderen, en die sindsdien niemand meer had leren kennen (omdat de kinderen verhinderden dat je uitging en omdat een heleboel mannen gewoon niet van kinderen hielden die niet van hen waren, en omdat ze niet van de rotzooi hielden die vaak als een windhoos om die kinderen heen kolkte)... als je zo iemand uitkoos, was dat een reden om van je te houden. Van het ene moment op het andere werd je aantrekkelijker, een betere minnaar, een beter mens.

Voor zover hij kon beoordelen was het een regeling waar iedereen volkomen tevreden mee was. Al dat middelmatige copuleren dat zich in de wereld van de kinderloze alleenstaanden afspeelde voor wie een nacht in een vreemd bed gewoon een keertje neuken was... ze wisten niet wat ze misten. Natuurlijk had je ook keurige mensen, mannen en vrouwen, die ontzet en ontsteld zouden zijn over zijn logica, maar daar zat hij niet mee. Het verkleinde de concurrentie.

Wat voor hem uiteindelijk de doorslag gaf in zijn verhouding met Angie, was dat hij niet Iemand Anders was. Dat betekende in dit geval dat hij niet Simon, haar ex, was, die problemen met alcohol en zijn werk had en die, volslagen gespeend van enig gevoel voor clichés, met zijn secretaresse neukte. Will vond het makkelijk om niet Simon te zijn; hij was er fantastisch in. Het leek zelfs oneerlijk dat iets wat hij zo moeiteloos kon hem überhaupt enige vorm van beloning opleverde, maar dat was wel zo: er werd meer van hem gehouden omdat hij niet Simon was, dan er ooit van hem was gehouden omdat hij gewoon zichzelf was.

Zelfs het einde, toen dat kwam, had heel wat aanbevelenswaardigs. Will vond het moeilijk ergens een punt achter te zetten: hij was er nooit helemaal in geslaagd de koe bij de horens te vatten, en daardoor was er tot dusver altijd sprake geweest van een rommelige overlapping. Maar met Angie was het makkelijk; het was zelfs zo makkelijk dat hij het gevoel had dat er een addertje onder het gras moest zitten.

Ze gingen al zes weken met elkaar uit, maar er waren bepaalde dingen die hij onbevredigend begon te vinden. Om te beginnen was Angie niet erg flexibel, en al dat gedoe met de kinderen was soms echt een hinderpaal: vorige week had hij kaartjes gekocht voor de première van de nieuwe film van Mike Leigh, maar ze arriveerde pas een halfuur nadat de film was begonnen bij de bioscoop, omdat de oppas niet was komen opdagen. Daar had hij vreselijk de pest over ingehad, hoewel hij vond dat hij er redelijk goed in was geslaagd zijn ergernis te verbergen, zodat ze toch best een leuke avond hadden gehad. En ze kon nooit bij hem blijven slapen, zodat hij altijd naar haar toe moest, en ze had niet veel cd's, geen video, satelliet of kabelaansluiting, zodat er op zaterdagavond niets anders opzat dan naar *Casualty* en een tweederangs televisiefilm over een of ander kind met een ziekte te kijken. Hij begon zich net af te vragen of Angie nu precies was wat hij zocht, toen zij besloot er een punt achter te zetten.

Ze waren in een Indiaas restaurant in Holloway Road toen ze het hem vertelde.

'Will, het spijt me, maar ik weet niet of dit wel iets wordt.'

Hij zei niets. Als voorheen een gesprek zo begon, betekende dat meestal dat zij iets over hem aan de weet was gekomen, of dat hij iets gemeens, stoms of verschrikkelijk ongevoeligs had gedaan, maar hij dacht toch echt dat hij zich in deze relatie nergens aan had bezondigd. Door te zwijgen won hij tijd, waarin hij snel de geheugenbank doorliep op zoek naar mogelijke misstappen die hij wellicht was vergeten, maar er was niets. Hij zou vreselijk teleurgesteld zijn geweest als hij iets had gevonden, zoals ontrouw waaraan hij was voorbijgegaan of een onopzettelijke wreedheid die het onthouden niet waard was. Omdat deze relatie helemaal draaide om het feit dat hij aardig was, zou elk smetje hebben betekend dat zijn onbetrouwbaarheid zo diep was geworteld dat het onbeheersbaar was.

'Het ligt niet aan jou. Jij bent geweldig geweest. Het ligt aan mij. Aan mijn situatie in elk geval.'

'Er mankeert niets aan je situatie. Niet in mijn ogen, tenminste.' Hij was zo opgelucht dat hij zin had om edelmoedig te zijn.

'Er zijn dingen die je niet weet. Dingen die met Simon te maken hebben.'

'Doet hij moeilijk? Want als dat zo is...' Wat dan? wilde hij zichzelf geringschattend vragen. Draai je dan een stickie als je thuiskomt en zet je het uit je hoofd? Ga je veel makkelijker met iemand anders uit?

'Nee, niet echt. Hoewel ik denk dat het daar voor een buitenstaander wel op lijkt. Hij is er niet zo gelukkig mee dat ik met iemand anders omga. En ik weet hoe dat klinkt, maar ik ken hem, en hij heeft zich er gewoon nog niet bij neergelegd dat we uit elkaar zijn. En belangrijker is dat ik dat, geloof ik, ook nog niet heb gedaan. Ik ben nog niet toe aan een relatie met iemand anders.'

'Je brengt het er anders goed van af.'

'Het tragische is dat ik uitgerekend op het verkeerde moment iemand heb ontmoet die precies goed voor me is. Ik had moeten beginnen met een nietszeggend tussendoortje, niet een... niet met iemand die...'

Dit, dacht hij onwillekeurig, is vrij ironisch. Als ze toch eens wist... Hij was precies de juiste; hij zou niet graag de man ontmoeten die beter geschikt was dan hij voor een nietszeggend tussendoortje. Ik heb maar gedaan alsof! wilde hij zeggen. Ik ben vreselijk! Ik ben veel oppervlakkiger dan je denkt, heus! Maar het was te laat.

'Ik heb me inderdaad afgevraagd of ik het niet heb overhaast. Ik heb er echt een puinhoop van gemaakt, vind je niet?'

'Nee, Will, helemaal niet. Je bent fantastisch geweest. Het spijt me zo dat...'

Ze begon een beetje te snotteren, en dat stal zijn hart. Hij had nooit eerder een vrouw zien huilen zonder zich er verantwoordelijk voor te voelen, en hij genoot behoorlijk van die ervaring.

'Je hoeft nergens spijt van te hebben. Echt niet.' Echt niet, echt niet, echt niet.

'Ja, maar dat heb ik wel.'

'Dat hoeft niet.'

Wanneer was hij voor het laatst in een positie geweest om vergiffenis te schenken? In elk geval niet meer sinds school en misschien zelfs toen niet. Van alle avonden die hij met Angie had doorgebracht, genoot hij het meest van de laatste.

Dat gaf voor Will de doorslag. Toen besefte hij dat er andere vrouwen zoals Angie zouden komen – vrouwen die aanvankelijk dachten dat ze regelmatig wilden neuken en uiteindelijk tot de conclusie zouden komen dat een rustig leven meer waard was dan alle luidruchtige orgasmes bij elkaar. Hij dacht er min of meer hetzelfde over, zij het om totaal andere redenen, en hij wist dat hij heel wat te bieden had. Fantastische seks, heel wat egostreling, tijdelijk ouderschap zonder tranen, en uit elkaar gaan zonder schuldgevoel – wat kon een man zich nog meer wensen? Alleenstaande moeders – intelligente, aantrekkelijke, beschikbare vrouwen, duizenden van hen, in heel Londen – waren de beste uitvinding die Will ooit ter ore was gekomen. Zijn loopbaan als leuke seriepartner was begonnen.

Vijf

Op een maandagochtend barstte zijn moeder voor het ontbijt in tranen uit, en dat beangstigde hem. Ochtendhuilen was iets nieuws, en het was een heel slecht teken. Dat betekende dat het nu zonder waarschuwing op elk uur van de dag kon beginnen; er was geen veilige tijd meer. Tot vandaag waren de ochtenden geen probleem geweest; ze scheen wakker te worden met de hoop dat wat het ook was wat haar ongelukkig maakte plotseling zou zijn verdwenen, in haar slaap, zoals dat soms ging met een verkoudheid of een maag die van streek was. En toen ze 's ochtends riep dat hij moest opschieten had ze normaal geklonken – niet boos, niet ongelukkig, niet krankzinnig, gewoon normaal en moederachtig. Maar nu was het al raak; ze hing in haar ochtendjas over de keukentafel, een halfopgegeten stuk toast op haar bord, haar gezicht helemaal opgezwollen, snot uit haar neus druipend.

Marcus zei nooit iets wanneer ze huilde. Hij wist niet wat hij moest zeggen. Hij begreep niet waarom ze het deed, en omdat hij het niet begreep, kon hij niet helpen, en omdat hij niet kon helpen, stond hij er maar en keek haar met open mond aan, terwijl zij gewoon doorging alsof er niets aan de hand was.

'Wil je thee?'

Hij moest raden wat ze zei, omdat ze zo zat te snotteren.

'Ja, graag.' Hij pakte een schoon schaaltje uit het afdruiprek en liep naar de provisiekast om zijn ontbijt uit te zoeken. Daar klaarde hij van op. Hij was vergeten dat hij zaterdagochtend een pak gemengde müslisoorten in het supermarktwagentje had mogen doen. Hij maakte de gebruikelijke, kwellende tweestrijd door: hij wist dat hij eerst door het saaie deel heen moest: de cornflakes en dat spul met fruit erin, want als hij het nu niet zou opeten, kwam het er nooit van, en dan zou het in de kast blijven staan tot het te oud was; dan zou zijn moeder kwaad op hem worden en zat hij de komende maanden vast aan een voordeelpak van iets vreselijks. Dat besefte hij allemaal en toch koos hij, zoals gebruikelijk, de Coco Pops. Zijn moeder merkte het niet; het eerste voordeel van haar vreselijke depressie dat hem tot dusver was opgevallen. Maar het was niet zo'n groot voordeel; al met al had hij liever dat ze opgewekt genoeg was om hem terug te sturen naar de kast. Hij zou met alle plezier zijn Coco Pops opgeven als zij niet meer steeds zou huilen.

Hij at zijn ontbijt, dronk zijn thee, pakte zijn tas en gaf zijn moeder een kus, maar een gewone, niet zo'n kleffe begrijpende, en ging de deur uit. Ze zeiden geen van beiden iets. Wat moest hij anders?

Op weg naar school probeerde hij te bedenken wat er met haar aan de hand was. Wat zou er met haar aan de hand kunnen zijn waar hij niets van wist? Ze had werk, zodat ze niet arm, maar ook niet rijk waren; ze was muziektherapeute, wat inhield dat ze een soort lerares voor gehandicapte kinderen was, en ze zei altijd dat het salaris erbarmelijk was, bedroevend, waardeloos, een aanfluiting. Maar ze hadden genoeg geld voor het appartement en voor eten en voor één vakantie per jaar en zelfs af en toe voor een computerspelletje. Waarover kon je nog meer huilen, behalve over geld? Een sterfgeval? Maar hij zou het weten als een belangrijk iemand was doodgegaan; ze zou alleen zoveel huilen om oma, opa, en oom Tom en zijn gezin, maar die hadden ze het vorig weekend allemaal gezien, op het verjaardagsfeestje van zijn nichtje Ella, die vier werd. Zou het iets met mannen te maken hebben? Hij wist dat ze een vriend wilde, maar dat wist hij omdat ze er soms grapjes over maakte, en volgens hem was het uitgesloten dat iets waar je soms grapjes over maakte kon overgaan in iets waar je voortdurend om huilde. Bovendien was zij degene geweest die Roger aan de kant had gezet, en als ze wanhopig was, zou ze ermee door zijn gegaan. Hij probeerde zich te herinneren waarom mensen in *East Enders* huilden, behalve dan om geld, de dood en vriendjes, maar daar schoot hij weinig mee op: gevangenisstraf, ongewenste zwangerschap, aids, dingen die niet op zijn moeder van toepassing leken.

Hij was het allemaal vergeten zodra hij eenmaal op het school-plein kwam. Niet dat hij had besloten het te vergeten. Het kwam gewoon doordat het instinct tot lijfsbehoud de overhand kreeg. Wanneer je problemen had met Lee Hartley en zijn vrienden, deed het er nauwelijks toe of je moeder door het lint ging of niet. Maar deze ochtend ging het goed. Hij zag ze allemaal tegen de muur van het gymlokaal leunen, zich verdringend om een of ander kleinood, op een veilige afstand, en daarom wist hij zonder enig probleem het klaslokaal te bereiken.

Zijn vrienden Nicky en Mark waren er al en deden een spelletje Tetris op Marks Gameboy. Hij liep naar ze toe.

'Gaat het?'

Nicky zei hallo, maar Mark ging zo in het spelletje op dat hij hem niet opmerkte. Hij probeerde zo te gaan staan dat hij kon zien hoe Mark het er afbracht, maar Nicky stond op de enige plek waar je een glimp van het piepkleine scherm van de Gameboy kon op-vangen, en daarom ging hij op een tafeltje zitten wachten tot ze klaar waren. Maar ze raakten niet uitgespeeld. Nou ja, dat gebeurde wel, maar dan begonnen ze gewoon opnieuw; ze boden niet aan dat hij een spelletje mocht doen en legden het niet weg omdat hij erbij was gekomen. Marcus kreeg het gevoel dat hij opzettelijk werd buitengesloten, maar hij wist niet wat hij verkeerd zou hebben ge-daan.

'Gaan jullie in de middagpauze naar het computerlokaal?' Zo had hij Nicky en Mark leren kennen, via de computerclub. Het was een stomme vraag, want ze gingen er altijd naar toe. Als ze niet gingen, moesten ze net als hij angstig op hun tenen langs de rand-jes van de middagpauze lopen en proberen niet opgemerkt te wor-den door iemand met een grote mond en een trendy kapsel.

'Ik weet het niet. Misschien. Wat denk jij, Mark?'

'Ik weet het niet. Denk het wel.'

'Okay. Dan zie ik jullie daar misschien.'

Hij zou ze voor die tijd al zien. Hij zag ze nu bijvoorbeeld – niet dat hij ergens naar toe ging; het was maar om iets te zeggen.

In de pauze ging het hetzelfde: Nicky en Mark met de Gameboy, Marcus die er een beetje bijhing. Okay, het waren geen echte vrienden, niet zoals de vrienden die hij in Cambridge had gehad, maar meestal konden ze wel met elkaar opschieten, al was het maar omdat ze niet als de andere kinderen in de klas waren. Marcus was zelfs een keer bij Nicky thuis geweest, op een dag na school. Ze wisten dat ze sukkels en weirdo's waren en al die andere dingen waar sommige meisjes hen voor uitscholden (ze droegen alle drie een bril, ze gaven geen van drieën om kleren, Mark had rossig haar en sproeten, en Nicky zag er minstens drie jaar jonger uit dan alle anderen in de zevende), maar daar zaten ze niet zo mee. Belangrijk was dat ze elkaar hadden, dat ze zich niet tegen de gangmuur hoefden te drukken in een wanhopige poging niet opgemerkt te worden.

'Hé, slome! Zing nog eens een liedje!' Er stond een stel kinderen uit de achtste in de deuropening. Marcus kende ze niet, dus hij begon kennelijk naam te maken. Hij probeerde er wat meer uit te zien als iemand die ergens mee bezig is: hij strekte zijn nek zodat het leek of hij zich op de Gameboy concentreerde, maar hij kon nog steeds niets zien, en bovendien begonnen Mark en Nicky achteruit weg te lopen en lieten hem aan zijn lot over.

'Hé, vuurtoren! Chris Evans! Brillenman!' Mark kreeg een kleur. 'Ze hebben allemaal een bril.'

'Ja, niet aan gedacht. Hé, rooie brillenman! Is dat een zuigzoen in je nek?'

Ze vonden het om je te bescheuren. Ze maakten altijd geintjes over meisjes en seks; hij wist niet waarom. Misschien omdat ze oversekst waren.

Mark gaf de strijd op en zette de Gameboy uit. Dit gebeurde nogal eens de laatste tijd, en er viel niet veel tegen te doen. Je kon weinig anders dan blijven staan en het aanhoren tot ze het zat werden. Wat het moeilijk maakte was dat je intussen iets moest verzinnen om te doen, een manier om er te zijn en te kijken. Marcus was onlangs begonnen in gedachten lijstjes te maken; zijn moeder had een spel waarbij je kaartjes kreeg met een categorie erop, bijvoorbeeld 'pudding', en dan moest het andere team raden welke twaalf voor-

beelden er op het kaartje stonden, en daarna wisselde je van kaartje en moest je raden welke twaalf voorbeelden op het kaartje van
het andere team stonden, zoals 'voetbalclubs'. Hij kon het hier niet
spelen omdat hij de kaartjes niet had en er geen ander team was,
maar hij speelde een variant ervan: hij bedacht iets waar je veel
voorbeelden van had, zoals 'fruit' en probeerde dan zoveel mogelijk verschillende soorten fruit te bedenken totdat degene die het
hem moeilijk maakte wegging.

Repen. Mars, natuurlijk. Snickers. Bounty. Had je er nog meer
die je ook als ijsje kon krijgen? Hij wist het niet. Topic. Picnic.

'Hé, Marcus, wie vind jij de beste rapper? Tupac? Warren G?'
Marcus kende die namen, maar hij wist niet waar ze voor stonden
en kende geen van hun liedjes, en bovendien wist hij dat er geen
antwoord werd verwacht. Als hij antwoord zou geven was hij de
lul.

Zijn verstand stond op nul, maar daar ging het bij dit spelletje
deels om. Thuis zou het makkelijk zijn om namen van repen te verzinnen, maar hier, met die kinderen die het hem moeilijk maakten,
was het vrijwel ondoenlijk.

Milky Way.

'Hé, onderkruipertje, weet je wat pijpen is?' Nicky deed alsof hij
uit het raam staarde, maar Marcus wist wel dat hij helemaal niets
zag.

Picnic. Nee, die had hij al gehad.

'Ga je mee, hier is geen bal aan.'

En weg waren ze. Hij had er maar zes. Bedroevend.

Ze zeiden alle drie een poos niets. Toen keek Nicky Mark aan,
en Mark keek Nicky aan, en uiteindelijk zei Mark: 'Marcus, we
willen niet meer dat je bij ons komt staan.'

Hij wist niet hoe hij moest reageren en daarom zei hij: 'O,' en
toen: 'Waarom niet?'

'Vanwege hun.'

'Daar kan ik niets aan doen.'

'Jawel. Voor we jou kenden hadden we nooit last van iemand,
en nu hebben we dit gedonder elke dag.'

Marcus begreep het wel. Hij kon zich voorstellen dat Nicky en

Mark, als ze hem niet hadden leren kennen, net zoveel contact met Lee Hartley en die anderen gehad zouden hebben als koalaberen met piranha's. Maar nu, door hem, waren de koalaberen in zee gevallen en toonden de piranha's belangstelling voor ze. Niemand had een vinger naar ze uitgestoken, nog niet, en Marcus wist dat schelden geen zeer doet. Maar goed beschouwd werden beledigingen op je afgevuurd als projectielen, en als andere mensen in de vuurlijn stonden, werden ze ook geraakt. Dat was wat Nicky en Mark was overkomen: hij had ze zichtbaar gemaakt, hij had ze in doelen veranderd, en als hij ook maar een beetje met ze bevriend was, zou hij ervoor zorgen dat hij een flink eind bij ze uit de buurt bleef. Hij kon alleen nergens anders naar toe.

Zes

Ik ben een alleenstaande vader. Ik heb een zoontje van twee. Ik ben een alleenstaande vader. Ik heb een zoontje van twee. Ik ben een alleenstaande vader. Ik heb een zoontje van twee. Hoe vaak Will zich dit ook voorhield, hij vond altijd wel een reden waarom hij het niet kon geloven; in zijn eigen hoofd – niet de plek die het meest telde, maar toch belangrijk – voelde hij zich geen ouder. Hij was te jong, te oud, te stom, te intelligent, te modern, te ongeduldig, te egoïstisch, te onverschillig, te voorzichtig (wat de contraceptieve situatie van de vrouw met wie hij omging ook was, hij gebruikte altijd, altijd een condoom, zelfs in de tijd voordat het wel moest); hij had niet genoeg verstand van kinderen; hij ging te vaak uit; hij dronk te veel; hij gebruikte te veel drugs. Wanneer hij in de spiegel keek, zag hij geen vader, en zeker geen alleenstaande vader.

Hij probeerde een alleenstaande vader in de spiegel te zien omdat hij geen alleenstaande moeders meer had om mee naar bed te gaan; tot dusver bleek Angie in feite het begin en het eind van zijn voorraad te zijn. Het was allemaal leuk en aardig te concluderen dat alleenstaande moeders de toekomst hadden, dat er miljoenen trieste, Julie Christie-achtige verlaten vrouwen waren die smachtend op zijn telefoontje wachtten, maar de frustrerende waarheid was dat hij van niet een van hen een telefoonnummer had. Waar hingen ze uit?

Hij deed er langer over dan nodig was om zich te realiseren dat alleenstaande moeders per definitie kinderen hadden, en dat van kinderen welbekend was dat ze verhinderden dat je kon uitgaan. Hij informeerde een paar keer voorzichtig en halfslachtig bij vrienden en kennissen, maar hij had tot nu toe weinig echte vooruitgang geboekt; de mensen die hij kende, kenden geen alleenstaande moeders of waren niet bereid de noodzakelijke introductie tot stand te brengen vanwege Wills tot dusver legendarisch slechte liefdesleven. Maar nu had hij de ideale oplossing gevonden voor dit onverwachte gebrek aan prooi. Hij had een tweejarig zoontje verzonnen dat Ned heette, en hij had zich aangemeld bij een groep voor alleenstaande ouders.

De meeste mensen zouden zich niet zo hebben uitgesloofd voor een bevlieging, maar Will sloofde zich vrij vaak zo uit om dingen te doen waar andere mensen zich niet voor zouden uitsloven, domweg omdat hij de tijd had om zich uit te sloven. De hele dag niets doen bood hem eindeloze mogelijkheden om te dromen, plannen te maken en te doen alsof hij iets was wat hij niet was. Na een vlaag van wroeging die volgde op een weekend waarin hij zich ten volle aan genotzucht had overgegeven, had hij aangeboden in een gaarkeuken te werken, en hoewel hij zich nooit daadwerkelijk voor het werk had aangemeld, stelde het telefoontje hem in de gelegenheid zich een paar dagen lang te verbeelden dat hij het soort man was die het wel zou doen. En hij had overwogen als vrijwilliger naar het buitenland te gaan en had de formulieren ervoor ingevuld, en hij had een advertentie uit de plaatselijke krant geknipt over leesbegeleiding van trage leerlingen, en hij had contact opgenomen met makelaars over het openen van een restaurant en later over een boekhandel...

En als je de gewoonte had je uit te geven voor iets wat je niet was, dan was je aanmelden bij een groep voor alleenstaande ouders als je geen alleenstaande ouder was niet problematisch of uitgesproken eng. Als het niets werd, moest hij gewoon iets anders proberen. Het had niet zoveel om het lijf.

CHAOS (Centrum Hulpverlening Alleenstaande Ouders) kwam de eerste donderdag van de maand bijeen in een centrum voor volwassenenonderwijs, en vanavond was Wills eerste keer. Hij was er bijna zeker van dat vanavond ook zijn laatste keer zou zijn: hij zou iets verkeerd zeggen, zoals de naam van de poes van Postman Pat, of de kleur van Noddy's auto (of, veel belangrijker, de naam van zijn eigen kind. Om de een of andere reden noemde hij hem in ge-

dachten steeds Ted, terwijl hij hem vanochtend pas Ned had ge-
doopt), en dan zou hij ontmaskerd worden als een bedrieger en bij
armen en benen uit het gebouw worden verwijderd. Als de kans
bestond dat hij iemand als Angie zou ontmoeten, was het echter
een poging waard.

Op de parkeerplaats van het centrum stond slechts één andere
auto, een aftandse deux-chevaux met een Belgisch nummerbord die,
volgens de stickers op de ruit, naar Chessington World of Adven-
ture en Alton Towers was geweest; Wills auto, een nieuwe GTi,
was nergens geweest dat daar in de verste verte op leek. Waarom
niet? Hij kon geen enkele reden verzinnen waarom niet, behalve de
opvallend voor de hand liggende: dat hij een kinderloze, alleenstaande man van zesendertig was en daarom nooit de behoefte had
gehad om vele kilometers te rijden om zich op een dienblad van
een plastic sprookjesberg te storten.

Het centrum deprimeerde hem. Hij had bijna twintig jaar geen
voet meer in een gebouw met klaslokalen, gangen en zelfgemaak-
te affiches gezet, en hij was vergeten dat het Engelse onderwijs naar
een desinfectiemiddel rook. Het was niet bij hem opgekomen dat
hij het CHAOS-feest niet zou kunnen vinden. Hij had gedacht dat
hij meteen zou kunnen afgaan op vrolijk geroezemoes van mensen
die hun zorgen aan de kant zetten en straalbezopen werden, maar
er klonk geen vrolijk geroezemoes; je hoorde alleen in de verte het
trooteloze gerammel van een emmer. Uiteindelijk zag hij een A-
viertje dat op de deur van een lokaal was geprikt, waar met vilt-
stift slordig het woord CHAOS! op was geschreven. Hij knapte af
op het uitroepteken. Dat was overdreven.

Er was maar één vrouw in het lokaal. Ze pakte flessen – witte
wijn, bier, mineraalwater en een supermarktmerk cola – uit een kartonnen doos en zette die op een tafel in het midden van de ruimte.
De rest van de tafeltjes was weggeschoven en daarachter stond een
rij opgestapelde stoelen. Het was de meest trieste feestentourage die
Will ooit had gezien.

'Ben ik hier goed?' vroeg hij de vrouw. Ze had een spits gezicht
en rode wangen; ze leek op de vriendin van Worzel Gummidge,
tante Sally.

'Voor CHAOS? Kom binnen. Ben jij Will? Ik ben Frances.'

Hij lachte en gaf haar een hand. Hij had Frances eerder op de dag aan de telefoon gehad.

'Sorry dat er verder nog niemand is. Het komt vrij vaak voor dat we pas laat beginnen. Oppasproblemen.'

'Ja, natuurlijk.' Het was dus fout dat hij stipt op tijd was. Hij had zich al min of meer verraden. En hij had natuurlijk nooit 'ja, natuurlijk' moeten zeggen, want dat impliceerde dat ze iets had opgehelderd wat hem had verbaasd. Hij had met zijn ogen moeten rollen en moeten zeggen: 'Vertel mij wat', of: 'Praat me niet over oppasproblemen', iets zorgelijks en samenzweerderigs.

Misschien was het nog niet te laat. Hij rolde met zijn ogen. 'Praat me niet over oppasproblemen,' zei hij. Hij liet een bitter lachje horen en om het af te maken schudde hij zijn hoofd. Frances negeerde de zonderlinge timing van zijn opmerking en ging erop in.

'Had je dan problemen vanavond?'

'Nee. Mijn moeder past op hem.' Hij was trots op het gebruik van het persoonlijk voornaamwoord. Het impliceerde vertrouwelijkheid. Hij had daarentegen wel heel veel met zijn hoofd geschud, met zijn ogen gerold en bitter gelachen voor een man die kennelijk geen oppasproblemen had.

'Ik heb in het verleden wel problemen gehad,' voegde hij er haastig aan toe. Het gesprek was nog geen twee minuten oud, en hij was nu al een bonk zenuwen.

'Wie niet?' zei Frances.

Will lachte hartelijk. 'Ja,' zei hij, 'ik weet het.'

Hij had het gevoel dat het inmiddels volkomen duidelijk was dat hij een leugenaar of een idioot was, maar voordat hij zijn toch al wankele positie nog verder kon ondergraven, begonnen de andere CHAOS-leden – stuk voor stuk vrouwen, op één na in de dertig – binnen te druppelen. Frances stelde hem aan iedereen voor: Sally en Moira, die er onverzettelijk uitzagen en hem straal negeerden, schonken zich een kartonnen bekertje witte wijn in en verdwenen naar de verste hoek van het lokaal (Moira, registreerde Will geïnteresseerd, had een Lorena Bobbitt-T-shirt aan); Lizzie die klein, lief en warrig was; Helen en Susannah, die CHAOS duidelijk beneden hun stand vonden en onbeschofte opmerkingen over de wijn en de lokatie maakten; Saskia, die tien jaar jonger was dan alle anderen in het lokaal en die eerder iemands dochter dan iemands moeder leek; en Suzie, die lang, blond en bleek was, er nerveus uitzag en aantrekkelijk was. Zij kon ermee door, dacht hij, zonder nog te kijken naar de anderen die binnenkwamen. Blond en aantrekkelijk waren twee van de eigenschappen die hij zocht; bleek zijn en er nerveus uitzien waren de twee eigenschappen die het rechtvaardigden.

'Hallo,' zei hij. 'Ik ben Will, ik ben nieuw en ik ken niemand.'

'Hallo, Will. Ik ben Suzie, ik ben een oude rot en ik ken iedereen.' Hij lachte. Zij lachte. Hij bracht een zo groot mogelijk deel van de avond als beleefdheidshalve mogelijk was in haar gezelschap door.

Door zijn gesprek met Frances was hij nu alert, zodat hij het er op het Ned-front beter afbracht. In elk geval wilde Suzie praten, en onder deze omstandigheden was hij dolblij te kunnen luisteren. Er was heel wat om naar te luisteren. Suzie was getrouwd geweest met een man die Dan heette en die een verhouding was begonnen toen ze zes maanden zwanger was en haar de dag voor de bevalling had verlaten. Dan had zijn dochter Megan maar één keer gezien, toevallig, in de Body Shop in Islington. Hij scheen haar niet nog eens te willen zien. Suzie was nu arm (ze probeerde zich om te scholen tot voedingsdeskundige) en verbitterd, en Will begreep waarom.

Suzie liet haar blik door het lokaal gaan.

'Een van de redenen waarom ik hier graag kom, is dat je kwaad kunt zijn zonder dat iemand je erop aankijkt,' zei ze. 'Vrijwel iedereen heeft wel iets om kwaad over te zijn.'

'Echt waar?' Will vond dat ze er niet zo kwaad uitzagen.

'Eens kijken wie er zijn... Zie je die vrouw daar in die denimblouse? Haar man is weggegaan omdat hij dacht dat hun zoontje niet van hem was. Eh... Helen... afgezaagd verhaal... Hij is ervandoor gegaan met iemand van zijn werk... Moira... haar man bleek homo te zijn... Susannah Curtis... ik geloof dat hij er twee gezinnen op na hield...'

Er bestonden eindeloos veel ingenieuze variaties op hetzelfde thema. Mannen die één blik op hun pasgeboren kind wierpen en ervandoor gingen; mannen die één blik op hun nieuwe collega wierpen en ervandoor gingen; mannen die er zomaar vandoor gingen.

Will begreep Moira's verheerlijking van Lorena Bobbitt volkomen; tegen de tijd dat Suzie klaar was met haar litanie van verraad en bedrog, wilde hij met een keukenmes zijn eigen penis afsnijden.

'Zijn er geen andere mannen die naar CHAOS komen?' vroeg hij Suzie.

'Eentje maar. Hij is met vakantie.'

'Dus vrouwen nemen ook weleens de benen?'

'Jeremy's vrouw is bij een auto-ongeluk om het leven gekomen.'

'O. Ach, jee.'

Will werd zo beroerd van zijn sekse dat hij besloot de zaken recht te trekken.

'Zo, dan ben ik de enige,' zei hij, op wat naar hij hoopte een geheimzinnig melancholieke toon was.

'Ach, sorry,' zei Suzie. 'Ik heb je helemaal niets over jezelf gevraagd.'

'O... dat geeft niet.'

'Ben jij in de steek gelaten?'

'Ja, ik denk dat je het zo wel kunt noemen.' Hij wierp haar een triest, stoïcijns lachje toe.

'En heeft je ex contact met Ned?'

'Soms. Het kan haar eigenlijk niet zoveel schelen.' Hij begon zich beter te voelen; het was lekker om de boodschapper van slecht nieuws over vrouwen te zijn. Dit slechte nieuws was weliswaar volkomen verzonnen, maar er school, vond hij, ergens een emotionele waarheid in; hij besefte nu dat er een tot dusver onvermoede artistieke kant zat aan de rol die hij speelde. Hij acteerde weliswaar, maar in de meest nobele, diepzinnige betekenis van het woord. Hij was geen oplichter. Hij was Robert De Niro.

'Kan hij daarmee omgaan?'

'O... het is een prima kereltje. Heel flink.'

'Kinderen kunnen ongelooflijk veel hebben, vind je niet?'

Tot zijn verbazing merkte hij dat hij een traan wegknipperde; Suzie legde een troostende hand op zijn arm. Hier zat hij goed, dat was wel duidelijk.

Zeven

Sommige dingen gingen gewoon door. In het weekend ging hij naar zijn vader in Cambridge en keek hij heel veel televisie. Op zondag gingen hij, zijn vader en Lindsey, de vriendin van zijn vader, naar het huis van Lindseys moeder in Norfolk; ze maakten een strandwandeling en Lindseys moeder gaf hem zomaar vijf pond. Hij vond Lindseys moeder aardig. Hij vond Lindsey ook aardig. Zelfs zijn moeder vond Lindsey aardig, hoewel ze af en toe vervelende dingen over haar zei. (Hij nam het nooit voor haar op. Hij legde zelfs een voorraadje domme dingen aan die Lindsey had gezegd of gedaan en vertelde die aan zijn moeder wanneer hij thuiskwam; dat was makkelijker.) Het ging eigenlijk wel goed met iedereen. Het enige was dat ze nu met zovelen waren. Maar hij kon met allemaal goed opschieten, en zij vonden niet dat hij raar was, dat was in elk geval niet te merken. Toen hij weer naar school ging, vroeg hij zich af of hij een toestand over niets had gemaakt.

Op weg naar huis begon het allemaal weer, in de krantenkiosk om de hoek. Het waren aardige mensen, en ze vonden het niet erg als hij de computertijdschriften doorkeek. Hij kon er wel een minuut of tien staan bladeren voordat ze er iets van zeiden, en dan deden ze het nog vriendelijk en gekscherend, niet venijnig en kindonvriendelijk zoals in een heleboel andere winkels. 'Er worden maar drie kinderen tegelijkertijd binnengelaten.' Daar had hij zo'n hekel aan. Alleen door je leeftijd was je een dief… Winkels die zo'n bordje in de etalage hadden, ging hij niet binnen. Die gunde hij zijn geld niet.

'Hoe gaat het met die aardige moeder van je, Marcus?' vroeg de man achter de toonbank toen hij binnenkwam. Ze vonden zijn moeder daar aardig omdat ze met hen praatte over het land waar ze vandaan kwamen; ze was er een keer geweest, lang geleden, toen ze nog een echte hippie was.

'Het gaat goed.' Hij ging ze niets aan de neus hangen.

Hij vond het tijdschrift dat hij vorige keer voor de helft had gelezen en vergat al het andere. Voor hij het wist waren ze allemaal binnen, heel dicht op elkaar gepropt en lachten ze hem weer uit. Hij kon dat geluid niet meer horen. Hij zou er niet rouwig om zijn als de rest van zijn leven nooit meer iemand zou lachen.

'Wat ben je aan het zingen, slome?'

Nou deed-ie het weer. Hij had een van zijn moeders liedjes in zijn hoofd, eentje van Joni Mitchell over een taxi, maar het was er blijkbaar weer uitgeglipt. Ze begonnen allemaal toonloos te neuriën, gooiden er af en toe nonsenswoorden tussendoor en stootten hem aan zodat hij zich zou omdraaien. Hij negeerde ze en probeerde zich te concentreren op wat hij aan het lezen was. Wanneer hij een computerartikel had om zich in te verliezen, hoefde hij niet aan dingen als repen te denken. In het begin deed hij alsof, maar binnen een paar tellen ging hij er echt in op en vergat ze compleet, en voor hij het wist, liepen ze de winkel uit.

'Hé, Mohammed,' riep een van hen. Zo heette Mr. Patel niet. 'Je moet zijn zakken eens nakijken. Hij heeft gejat.' En weg waren ze. Hij voelde zelf in zijn zakken. Ze zaten vol repen en pakjes kauwgum. Hij had het niet eens gemerkt. Onthutst begon hij het uit te leggen, maar Mr. Patel viel hem in de rede.

'Ik heb ze in de gaten gehouden, Marcus. Het is okay.'

Hij liep naar de toonbank en legde een stapeltje van het spul op de kranten.

'Zitten ze bij jou op school?'

Marcus knikte.

'Die kun je maar beter ontlopen.'

Ja, hallo! Godallemachtig. Ze ontlopen.

Toen hij thuiskwam, lag zijn moeder op de vloer met een dekbed over zich heen gedrapeerd naar tekenfilmpjes te kijken. Ze keek niet op.

'Ben je vandaag niet naar je werk geweest?'

'Vanochtend. Vanmiddag ben ik ziek naar huis gegaan.'

'Wat heb je dan?'

Geen antwoord.

Dit deugde niet. Hij was maar een kind. Dat dacht hij de laatste tijd steeds vaker, nu hij almaar ouder werd. Hij wist niet waarom. Misschien kwam het doordat hij dat niet kon inzien toen hij echt nog maar een kind was geweest – je moest een bepaalde leeftijd hebben bereikt voordat je besefte dat je eigenlijk vrij jong was. Of misschien had hij, toen hij klein was, niets gehad om zich zorgen over te maken – een jaar of vijf, zes geleden bracht zijn moeder nooit de halve dag rillend onder een dekbed door terwijl ze naar stomme tekenfilmpjes keek, en ook al had ze het wel gedaan, dan zou hij het niet abnormaal hebben gevonden.

Maar er moest echt iets gebeuren. Hij had een rottijd op school en een rottijd thuis, en aangezien er eigenlijk niets anders was dan thuis en school, kwam het erop neer dat hij altijd een rottijd had, behalve wanneer hij sliep. Iemand moest er iets aan doen, omdat hij er zelf niets aan kon doen, en hij kon niet bedenken wie anders dan de vrouw onder het dekbed.

Het was een rare, zijn moeder. Ze was een groot voorstander van praten. Ze zat altijd aan zijn kop te zeuren dat hij moest praten en haar dingen moest vertellen, maar hij was ervan overtuigd dat ze het niet echt meende. Ze was prima in kleine dingen, maar hij wist dat het problemen zou geven als hij iets groots zou aansnijden, vooral nu ze steeds maar huilde om niets. Maar op het moment had hij geen idee hoe hij het kon vermijden. Hij was maar een kind, en zij was zijn moeder, en als hij zich rot voelde, was het haar taak daar een eind aan te maken, zo simpel lag dat. Zelfs als ze er geen zin in had, zelfs als het betekende dat ze zich daarna nog beroerder zou voelen. Pech voor haar. Jammer dan. Hij was inmiddels kwaad genoeg om met haar te praten.

'Waarom kijk je daar naar? Het is flauwekul. Dat zeg je tegen mij altijd.'

'Ik dacht dat jij van tekenfilms hield?'

'Klopt. Maar hier hou ik gewoon niet van. Dit is vreselijk.'

Ze staarden allebei zonder iets te zeggen naar het scherm. Een

raar, hondachtig wezen probeerde een jongetje te pakken te krijgen dat zichzelf in een soort vliegende schotel kon veranderen.

'Wat heb je dan?' Hij stelde de vraag streng, zoals een leraar iemand als Paul Cox zou vragen of hij zijn huiswerk had gedaan.

Weer geen antwoord.

'Mam, wat heb je dan?'

'O, Marcus, ik heb niet iets wat...'

'Behandel me niet als een debiel, mam.'

Ze begon weer te huilen: lang aanhoudend, laag gesnik dat hem
beangstigde.

'Je moet hier mee ophouden.'

'Dat kan ik niet.'

'Het moet. Als jij niet goed voor me kunt zorgen, moet je iemand
anders zoeken die dat wel kan.'

Ze draaide zich op haar buik en keek hem aan.

'Hoe kun je nou zeggen dat ik niet voor je zorg?'

'Omdat het zo is. Het enige wat je doet is eten maken, en dat
kan ik ook wel. De rest van de tijd doe je niets anders dan huilen.
Dat... dat helpt niet. Daar heb ik niets aan.'

Toen huilde ze nog harder, en dat liet hij zo. Hij ging naar boven, naar zijn kamer en speelde NBA-Basketball met de koptelefoon
op, ook al mocht dat op doordeweekse avonden niet. Maar toen
hij beneden kwam, was ze opgestaan, en was het dekbed opge-
borgen. Ze schepte pasta en saus op de borden, en het leek wel
goed met haar te gaan. Maar hij wist dat het niet goed ging – hij
was dan misschien nog wel een kind, maar hij was oud genoeg om
te weten dat mensen niet zomaar ophielden mesjokke te zijn (en
dat, begon hij te beseffen, was wat ze mankeerde) alleen omdat je
zei dat ze ermee moesten ophouden – maar het kon hem niet schelen, zolang ze maar normaal deed waar hij bij was.

'Je gaat zaterdag picknicken,' zei ze onverwacht.

'Picknicken?'

'Ja, in Regent's Park.'

'Met wie?'

'Met Suzie.'

'Niet met die mensen van CHAOS, hè?'

'Ja, met die mensen van CHAOS.'

'Ik haat die mensen.' Toen ze pas naar Londen waren verhuisd, had Fiona Marcus meegenomen naar een zomerfeest van CHAOS, bij iemand in de tuin, maar sindsdien was zij er niet meer naar toe gegaan; Marcus was naar meer bijeenkomsten geweest dan zij, omdat Suzie hem had meegenomen naar een van hun uitstapjes.

'Tant pis.'

Waarom moest ze dat soort dingen zeggen? Hij wist dat het Frans was voor 'daar heb ik schijt aan', maar waarom kon ze niet gewoon zeggen dat ze er schijt aan had? Geen wonder dat hij een mafkees was. Als je een moeder had die zonder reden Frans sprak, zat het er eigenlijk dik in dat je zonder het te willen hardop ging zingen in een krantenkiosk. Hij schepte massa's kaas over zijn pasta en roerde het erdoorheen.

'Ga jij ook?'

'Nee.'

'Maar waarom moet ik er dan naar toe?'

'Omdat ik aan rust toe ben.'

'Ik kan uit je buurt blijven.'

'Ik doe wat jij hebt gezegd. Ik laat iemand anders voor je zorgen. Suzie is daar veel beter in dan ik.'

Suzie was haar beste vriendin; ze kenden elkaar al sinds de schoolbanken. Ze was aardig en Marcus mocht haar ontzettend graag. Maar dat betekende nog niet dat hij wilde gaan picknicken met haar en al die afschuwelijke kleine kinderen van CHAOS. Hij was tien jaar ouder dan de meesten van hen, en de vorige keren dat hij iets met ze gedaan had, had hij het vreselijk gevonden. Toen ze de laatste keer met zijn allen naar de dierentuin waren geweest, had hij bij thuiskomst tegen zijn moeder gezegd dat hij zich wilde laten steriliseren. Daar had ze hartelijk om gelachen, maar hij had het gemeend. Hij wist zeker dat hij nooit kinderen wilde, dus waarom zou hij er niet meteen iets aan laten doen?

'Ik kan van alles doen. Ik kan de hele dag in mijn kamer spelletjes zitten doen. Je zou niet eens weten dat ik in huis was.'

'Ik wil dat je er eens uitgaat. Iets normaals gaat doen. De sfeer is hier te gespannen.'

'Wat bedoel je?'

'Ik bedoel... Ach, ik weet niet wat ik bedoel. Ik weet alleen dat we elkaar op het moment geen goed doen.'

Wacht eens even. Dat ze elkáár geen goed deden? Voor het eerst sinds zijn moeder was begonnen met huilen, wilde hij ook huilen. Hij wist dat zij hem geen goed deed, maar hij had geen idee dat het wederzijds was. Wat had hij haar gedaan? Hij kon helemaal niets bedenken. Hij zou haar wel een keer vragen wat ze bedoelde, maar niet nu, niet vandaag. Hij wist niet of het antwoord hem zou aanstaan.

Acht

'Wat een kutwijf!'

Will keek naar zijn voeten en maakte geluiden die Suzie duidelijk moesten maken dat zijn ex-vrouw niet zo erg was, niet echt.

'Will, dat doe je gewoon niet. Je kunt niet vijf minuten van tevoren opbellen en zomaar de plannen omgooien. Je had moeten zeggen dat ze...' – ze keek om of Marcus, dat eigenaardige kind waar ze blijkbaar de hele dag mee opgezadeld zaten, nog luisterde – 'je rug op kon.'

Zijn ex (die volgens Suzie Paula heette, een naam die hij die eerste avond moest hebben gebruikt) zou altijd de schuld krijgen van Neds ontbreken tijdens de picknick, maar om duistere redenen voelde hij zich loyaal ten opzichte van haar nu hij met Suzies meelevende woede werd geconfronteerd. Was hij te ver gegaan?

'Ach, nou ja,' zei hij steeds weer terwijl Suzie doorraasde, 'je weet hoe dat gaat.'

'Je kunt je niet permitteren om je zwak op te stellen. Dan wordt er de hele tijd met je gesold.'

'Ze heeft dit nog niet eerder gedaan.'

'Nee, maar ze zal het vaker doen. Let maar op. Je bent te aardig. Dit is een vervelend gedoe. Je zult je harder moeten opstellen.'

'Ja, ik denk het ook.' Te horen krijgen dat hij te aardig was, dat hij zelfzuchtiger moest worden, was een ongewone ervaring voor Will, maar hij voelde zich zo'n doetje dat het heel begrijpelijk was dat Paula een loopje met hem had genomen.

'En de auto! Het is niet te geloven dat ze met de auto is weggegaan.'

De auto was hij vergeten. Ook die had Paula vanochtend vroeg meegenomen om redenen die te ingewikkeld waren om uit te leggen, maar waardoor Will genoodzaakt was Suzie te bellen om een lift naar Regent's Park te vragen.

'Ik weet het, ik weet het. Ze is...' Woorden schoten hem te kort. Alles bij elkaar genomen, dat gedoe met Ned en de auto, had Paula zich schandelijk gedragen, dat zag hij wel in, maar hij vond het nog steeds moeilijk de noodzakelijke woede op te brengen. Hij zou echter wel moeten, al was het alleen maar om Suzie te laten zien dat hij geen hopeloze slapjanus zonder ruggengraat was. 'Het is een rotwijf.'

'Zo mag ik het horen.'

Dat verzinnen van mensen was veel verwarrender dan hij zich had voorgesteld, en het begon tot hem door te dringen dat hij het allemaal niet goed had doorgedacht. Hij had al een rolbezetting van drie personen: Paula, Ned en zijn moeder (die niet vergelijkbaar denkbeeldig was omdat ze vroeger in elk geval had geleefd, hoewel niet recentelijk), en hij besefte dat er al gauw een rolbezetting van duizenden zou zijn als hij zo doorging. En hoe moest hij het volhouden? Hoe vaak kon Ned redelijkerwijs onverwacht door zijn moeder of de oma van moeders kant of door internationale terroristen worden meegenomen? Welke redenen kon hij geven om Suzie niet bij hem thuis uit te nodigen, omdat er geen speelgoed, kinderbedje, luiers of potje waren, en waar zelfs geen tweede slaapkamer was? Kon hij Ned door een of andere vreselijke ziekte of door een auto-ongeluk laten wegrukken – tragisch, tragisch, maar het leven gaat door? Misschien niet. Ouders raakten natuurlijk behoorlijk in de vernieling als er een kind doodging, en de noodzakelijke jaren van rouw zouden een echte aanslag op zijn acteertalent zijn. En Paula? Kon hij haar niet met Ned opzadelen, ook al wilde ze hem niet zo vaak zien? Maar... maar dan zou hij geen alleenstaande vader meer zijn. Dan zou de essentie van waar hij mee bezig was hem als het ware ontglippen.

Nee, dit liep uit op een ramp, en daar kon hij niets aan veranderen. Hij kon zich het beste nu maar terugtrekken, de benen nemen en hen allemaal achterlaten met de indruk dat hij een onbeholpen excentriekeling was, meer niet – zeker geen perverseling of een fantast of een van de andere vreselijke dingen die voor hem in het verschiet lagen. Maar weglopen was niet Wills stijl. Hij had altijd het gevoel dat er wel iets zou gebeuren, ook al was dat nooit het geval en al zou dat meestal ook niet kunnen. Op een keer, jaren geleden, toen hij nog een kind was, had hij een schoolvriend verteld (nadat hij zich er eerst van had overtuigd dat deze vriend geen C.S. Lewis-liefhebber was) dat je via de achterkant van zijn kledingkast in een andere wereld terechtkwam, en hij had hem uitgenodigd eens een kijkje te komen nemen. Hij had het kunnen afzeggen; hij had hem van alles kunnen wijsmaken, maar hij had geen zin ook maar een ogenblik van lichte gêne door te maken als het niet meteen nodig was; ze scharrelden met zijn tweeën een paar minuten tussen de kleerhangers rond tot Will mompelend zei dat de wereld op zaterdagmiddag gesloten was. Het punt was dat hij zich nog kon herinneren dat hij zich oprecht hoopvol voelde, tot op de laatste minuut: misschien is er echt wel iets, had hij gedacht, misschien ga ik niet af. Maar er was niets en hij ging wel af, en niet zo'n beetje ook, erger kon bijna niet, maar hij had helemaal niets van die ervaring geleerd; het leek er eerder op dat hij er het gevoel aan had overgehouden dat hij de volgende keer vast mazzel zou hebben. En nu was hij halverwege de dertig en wist donders goed dat hij geen tweejarig zoontje had, maar hij ging nog steeds van de veronderstelling uit dat er ergens wel een zou opduiken als het er echt op aankwam.

'Ik denk dat je wel aan een kop koffie toe bent,' zei Suzie.

'Daar zou ik een moord voor doen. Wat een ochtend!' Hij schudde verbijsterd zijn hoofd, en Suzie blies vol medeleven haar wangen bol. Er ging door hem heen dat hij zich echt amuseerde.

'Ik weet niet eens wat je doet voor de kost,' zei Suzie, toen ze in de auto zaten. Megan zat in het kinderzitje naast haar; Will zat achterin met Marcus, het eigenaardige kind dat weinig melodieus zat te neuriën.

'Niets.'

'O.'

Meestal verzon hij iets, maar hij had de afgelopen paar dagen al genoeg verzonnen... als hij een verzonnen baan aan de lijst toevoegde, zou hij niet alleen het spoor bijster raken, maar Suzie ook helemaal niets bieden wat echt was.

'O, en wat deed je vroeger?'

'Niets.'

'Heb je nooit gewerkt?'

'Ik heb af en toe weleens een dag gewerkt, maar...'

'O. Dat is...'

Haar stem stierf weg, en Will wist waarom. Nooit een baan te hebben gehad was... niets. Daar viel helemaal niets over te zeggen, in elk geval niet meteen.

'Mijn vader heeft een liedje geschreven. In 1938. Het is een beroemd liedje, en ik leef van de uitvoeringsrechten.'

'Je kent Michael Jackson toch wel? Die verdient een miljoen pond per minuut,' zei het vreemde kind.

'Ik weet niet zeker of het een miljoen pond per minuut is,' zei Suzie weifelend. 'Dat is wel heel erg veel.'

'Een miljoen pond per minuut!' herhaalde Marcus. 'Zestig miljoen per uur!'

'Nou, ik verdien geen zestig miljoen per uur,' zei Will. 'Op geen stukken na.'

'Hoeveel dan?'

'Marcus!' zei Suzie. 'Welk liedje is het dan? Als je ervan kunt leven, moeten we het kennen.'

'Eh... "Santa's Super Sleigh",' zei Will. Hij zei het neutraal, maar dat was zinloos omdat je het onmogelijk kon zeggen zonder dat het lachwekkend klonk. Hij zou willen dat zijn vader een van al die andere liedjes had geschreven die je op de wereld had, met de mogelijke uitzondering van 'Itsy Bitsy Teeny Weeny Yellow Polka Dot Bikini' en 'How Much Is That Doggie In The Window?'

'Echt waar? "Santa's Super Sleigh"?' Suzie en Marcus begonnen allebei hetzelfde fragment van het lied te zingen:

So just leave out the mince pies, and a glass of sherry,
And Santa will visit you, and leave you feeling merry,
Oh, Santa's super sleigh,
Santa's super sleigh...

Dat deden mensen nu altijd. Ze begonnen altijd te zingen en ze zongen altijd hetzelfde fragment. Will had vrienden die bij elk telefoontje eerst even losbarstten in 'Santa's Super Sleigh', en als hij niet lachte, kreeg hij het verwijt dat hij geen gevoel voor humor had. Maar wat was er leuk aan? En zelfs al was het leuk, ze konden toch niet verwachten dat hij er elke keer om zou lachen, jaar in jaar uit?

'Dit doen mensen zeker altijd?'

'Eerlijk gezegd zijn jullie de eersten.'

Suzie keek hem via de achteruitkijkspiegel aan. 'Sorry.'

'Nee, het geeft niet. Eigenlijk vraag ik erom.'

'Maar ik begrijp het niet. Hoe kun je daar geld mee verdienen? Moeten mensen die kerstliedjes zingen jou tien procent afdragen?'

'Eigenlijk wel. Maar je kunt ze er niet altijd op betrappen. Nee, het staat op alle kerstplaten die ooit zijn gemaakt. Elvis heeft het gezongen, weet je. En de Muppets.' En Des O'Connor. En de Crankies. En Bing Crosby. En David Bowie, in een duet met Zsa Zsa Gabor. En Val Doonican, en Cilla Black, en Rod Hull en Emu. En een Amerikaanse punkband die de Cunts heette, en volgens de laatste telling nog minstens honderd andere vocalisten die het hadden opgenomen. Hij kende de namen van het royalty-overzicht, maar vond niet een ervan goed. Will ging er prat op dat hij cool was; hij vond het verschrikkelijk dat hij zijn inkomen aan Val Doonican te danken had.

'Maar heb je nooit willen werken?'

'O, ja. Soms. Maar... ik weet het niet. Ik schijn er nooit aan toe te komen.' Daar kwam het in grote lijnen op neer. Hij kwam er nooit aan toe. De afgelopen achttien jaar was hij elke ochtend opgestaan met het voornemen zijn carrièreproblemen eens en voor altijd op te lossen, maar in de loop van de dag verflauwde op de een of andere manier zijn brandende verlangen om zich een plaats in de buitenwereld te veroveren.

Suzie parkeerde de auto op de Outer Circle en klapte Megans wandelwagentje uit, terwijl Will weinig op zijn gemak met Marcus op het trottoir stond. Marcus had geen enkele belangstelling voor hem aan den dag gelegd, maar hij kon ook nauwelijks beweren dat hij zich erg had ingespannen om de jongen te leren kennen. Het kwam echter bij Will op dat er weinig andere mannen beter uitgerust waren dan hij om met een tiener om te gaan (als Marcus dat was – dat was moeilijk te zeggen. Hij had een rare, krullerige bos haar, en hij kleedde zich als een vijfentwintigjarige registeraccountant op zijn vrije dag: hij had een splinternieuwe spijkerbroek aan en een Microsoft-T-shirt). Will was immers een liefhebber van sport en popmuziek, en niemand wist beter dan hij hoe lang de tijd je kon vallen; goed beschouwd was hij een tiener. En met het oog op Suzie kon het geen kwaad als hij een sprankelende, van wederzijdse belangstelling getuigende relatie met de zoon van haar vriendin zou opbouwen. Megan zou hij later bewerken. Even snel kietelen zou waarschijnlijk genoeg zijn.

'Zo, Marcus. Wie vind jij de beste voetballer?'

'Ik heb een hekel aan voetbal.'

'O. Wat jammer.'

'Waarom?'

Will negeerde hem.

'Wie zijn dan je favoriete zangers?'

Marcus snoof verachtelijk. 'Haal je die vragen soms uit een boek?'

Suzie lachte. Will kreeg een kleur.

'Nee, ik ben gewoon belangstellend.'

'Okay. Mijn lievelingszangeres is Joni Mitchell.'

'Joni Mitchell? Houd je niet van MC Hammer? Of van Snoop Doggy Dogg? Of van Paul Weller?'

'Nee, daar hou ik niet van.' Marcus bekeek Will van top tot teen, nam de sportschoenen, het kapsel en de zonnebril in zich op en voegde er onbarmhartig aan toe: 'Niemand trouwens. Alleen oude mensen.'

'Hoezo, luistert iedereen bij jou op school naar Joni Mitchell?'

'De meesten.'

Will was op de hoogte van hiphop en acid house en grunge en Madchester en indie; hij las *Time Out* en *iD* en de *Face* en *Arena* en nog steeds de NME. Maar niemand had ooit melding gemaakt van een Joni Mitchell-revival. Hij voelde zich ontmoedigd.

Marcus liep door, maar Will maakte geen aanstalten hem in te halen. Zijn mislukking leverde hem in elk geval de gelegenheid op om met Suzie te praten.

'Moet je vaak op hem passen?'

'Niet zo vaak als ik zou willen, hè Marcus?'

'Wat?' Marcus bleef staan en wachtte tot ze hem hadden ingehaald.

'Ik zei dat ik niet zo vaak op je pas als ik zou willen.'

'O.'

Hij liep weer voor hen uit, maar niet zo ver vooruit als eerst, zodat Will niet goed wist hoeveel hij kon horen.

'Wat is er met zijn moeder?' vroeg Will zacht aan Suzie.

'Ze is gewoon een beetje... Ik weet het niet. Ze voelt zich gewoon niet zo lekker.'

'Ze is gestoord,' zei Marcus zakelijk. 'Huilt aan een stuk door. Gaat niet naar haar werk.'

'Ach, kom nou, Marcus. Ze heeft alleen maar een paar middagen vrijgenomen. Dat doen we allemaal als we ons, eh, niet zo lekker voelen.'

'Niet zo lekker voelen? Noem je het zo?' zei Marcus. 'Ik vind dat ze gestoord is.' Will had die ondertoon van geamuseerde strijdlustigheid alleen eerder gehoord in de stem van oude mensen die je aan je verstand probeerden te brengen dat het allemaal veel erger was dan jij ze wilde doen geloven: zijn vader was zo geweest de laatste paar jaar van zijn leven.

'Nou, op mij maakt ze niet de indruk dat ze gestoord is.'

'Dat komt doordat je haar niet zo vaak ziet.'

'Ik zie haar zo vaak ik kan.'

Will merkte de lichtgeraakte defensieve toon op. Wat was het toch met dit kind? Zodra hij doorhad dat je kwetsbaar was, was hij genadeloos.

'Misschien.'

'Misschien? Wat bedoel je met "misschien"?'

Marcus haalde zijn schouders op. 'Hoe dan ook, tegen jou doet ze niet zo gestoord. Ze doet alleen gestoord als ze thuis is, wanneer we met zijn tweeën zijn.'

'Het komt wel goed,' zei Suzie. 'Ze is gewoon toe aan een weekend rust. Wij gaan lekker picknicken, en als je vanavond thuiskomt, is ze weer uitgerust en kan ze er weer tegenaan.'

Marcus snoof en rende voor hen uit. Ze waren nu in het park en zagen de mensen van CHAOS bij het meer dat voor hen lag, waar ze zuigflesjes met sap vulden en zilverfoliepakketjes uitpakten.

'Ik zie haar minstens een keer per week,' zei Suzie. 'En ik bel haar ook nog. Verwacht hij nu echt meer van me dan dat? Het is niet zo dat ik de hele dag maar wat aanlummel. Ik studeer. Ik heb Megan. Christus!'

'Ik geloof er niets van dat al die kinderen naar Joni Mitchell luisteren,' zei Will. 'Dan zou ik erover gelezen hebben. Ik loop heus niet zo achter.'

'Ik denk dat ik haar maar elke dag moet bellen,' zei Suzie.

'Ik ga die tijdschriften opzeggen. Daar heb je niets aan,' zei Will.

Ze sjokten in de richting van de picknick en voelden zich oud, verslagen en betrapt.

Will vond dat zijn verontschuldigingen en zijn verklaring voor Neds afwezigheid door de CHAOS-picknickers wel erg kritiekloos werden geaccepteerd, hoewel er, wist hij, absoluut geen reden was om dat niet te doen. Niemand zat zo te springen om een sandwich met ei en tuinkers en een spelletje kastiebal dat ze de moeite zouden nemen een kind te verzinnen. Toch voelde hij zich een beetje onbehaaglijk, en daardoor stortte hij zich op de middag met een enthousiasme dat hij anders alleen met behulp van alcohol en drugs kon opbrengen. Hij speelde kastiebal, hij blies bellen, hij liet chipszakjes barsten (een vergissing – veel tranen, veel geïrriteerde blikken), hij verstopte zich, ging anderen zoeken, hij kietelde, hij schommelde… Hij deed min of meer alles wat hem uit de buurt hield van het groepje volwassenen dat op plaids onder een boom zat, en van Marcus, die om de roeivijver liep en stukken overgebleven sandwich naar de eenden gooide.

Hij vond het niet erg. Hij was beter in verstoppertje spelen dan in praten, en er waren ergere manieren om je middag door te brengen dan kleine kinderen blij te maken. Na een poosje kwam Suzie hem gezelschap houden met Megan, die sliep in haar wandelwagentje.

'Je mist hem zeker, hè?'

'Wie?'

Hij meende het; hij had geen idee over wie ze het had. Maar Suzie glimlachte veelbetekenend, en Will, die weer bij de les was, glimlachte terug.

'Ik zie hem straks weer. Het geeft niet. Hij zou zich hier trouwens prima vermaakt hebben.'

'Wat is het voor een kind?'

'O... leuk. Het is echt een leuk jongetje.'

'Dat zal vast wel. Op wie lijkt hij?'

'Eh... Hij heeft, geloof ik, de pech dat hij op mij lijkt.'

'O, dat valt wel mee. En trouwens: Megan lijkt sprekend op Simon, en dat vind ik vreselijk.'

Will keek naar het slapende kind. 'Ze is mooi.'

'Ja, dat is waar ik zo'n hekel aan heb. Wanneer ik haar zo zie, denk ik: wat een prachtige baby, en dan denk ik: wat een klootzak, en dan denk ik... Ach, ik weet het niet. Dan raak ik in de war. Je weet wel, dan denk ik dat zij een hufter is en hij prachtig... Als je niet uitkijkt, krijg je een hekel aan je eigen kind en ga je nog van de man houden die haar heeft laten barsten.'

'Tja,' zei Will. Hij begon zich goedkoop en gegeneerd te voelen. Als het gesprek een trieste wending nam, werd het tijd om avances te maken. 'Je ontmoet wel weer iemand anders.'

'Denk je dat?'

'Tja, er zullen nog massa's mannen volgen... Ik bedoel, weet je, je bent een erg... Je weet wat ik bedoel. Je hebt mij bijvoorbeeld ontmoet, en ik weet dat ik niet tel, maar... je weet dat er nog heel veel...' Hij liet zijn stem hoopvol wegzakken. Als ze nu niet toehapte, kon hij het wel vergeten.

'Waarom tel jij niet?'

Bingo.

'Omdat... Ik weet het niet...'

Plotseling stond Marcus voor hen, van de ene voet op de andere hippend alsof hij elk moment in zijn broek kon plassen.

'Ik heb, geloof ik, een eend doodgegooid,' zei hij.

Negen

Marcus kon het niet geloven. Dood. Een dode eend. Okay, hij had inderdaad geprobeerd hem een stuk brood naar zijn kop te gooien, maar hij probeerde zoveel en er was nog nooit eerder iets gelukt. Hij probeerde de hoogste score te halen op de Stargazer in de kebabzaak in Hornsey Road – niets. Hij probeerde een week lang tijdens alle wiskundelessen Nicks gedachten te lezen door naar zijn achterhoofd te staren – niets. Het zat hem echt dwars dat het enige wat hij ooit had bereikt door het te proberen iets was wat hij eigenlijk niet echt had gewild. En bovendien, sinds wanneer ging een eend daadwerkelijk dood als hij door een boterham werd getroffen? Kinderen waren vermoedelijk hun halve leven bezig de eenden in Regent's Park met dingen te bekogelen. Hoe kon hij nou zo'n zielige eend hebben uitgekozen? Het beest moest al iets gemankeerd hebben. Hij stond waarschijnlijk net op het punt dood te gaan aan een hartaanval of iets dergelijks; het was gewoon toeval. Maar als dat zo was, zou niemand hem geloven. Als er getuigen waren, zouden ze alleen hebben gezien dat het brood de eend pal op zijn achterhoofd raakte, en hadden ze hem daarna zien kapseizen. Ze zouden twee en twee optellen en op vijf uitkomen, en dan zou hij worden opgesloten voor een misdaad die hij niet had gepleegd.

Will, Suzie, Megan en Marcus stonden op het pad dat langs de oever van het meer liep en keken naar het dode beest dat in het water dreef.

'Daar kunnen we nu niets meer aan doen,' zei Will, de snelle jongen die Suzie probeerde te versieren. 'Laat gewoon maar liggen. Wat is het probleem?'

'Nou... Stel dat iemand me heeft gezien?'

'Denk je dat iemand je gezien heeft?'

'Ik weet het niet. Misschien wel. Misschien zeiden ze wel dat ze het aan de parkwachter gingen vertellen.'

'Heeft iemand je misschíen gezien of zeker? Hebben ze misschíen gezegd dat ze het aan de parkwachter gingen vertellen of zeker?' Marcus mocht de man niet en daarom gaf hij geen antwoord.

'Wat is dat wat ernaast drijft?' vroeg Will. 'Is dat het brood dat je gegooid hebt?'

Marcus knikte met een ongelukkig gezicht.

'Dat is geen boterham, dat is verdomme een stokbrood. Geen wonder dat hij het loodje heeft gelegd. Daar had je mij nog mee dood kunnen gooien.'

'O, Marcus, hoe kon je nou zo stom zijn?'

'Ik weet het niet.'

'Zeg dat wel.' Marcus kreeg een nog grotere hekel aan hem. Wie dacht die Will dat hij was?

'Ik weet niet zeker of het door mij kwam.' Hij ging zijn theorie testen. Als Suzie hem niet geloofde, kon hij wel vergeten dat de politie en de rechters het zouden slikken.

'Wat bedoel je?'

'Ik denk dat hij ziek moet zijn geweest. Ik denk dat hij toch wel dood zou zijn gegaan.' Niemand zei iets; Will schudde geërgerd zijn hoofd. Marcus kwam tot de conclusie dat deze verdedigingstactiek tijdverspilling was, ook al was het waar.

Ze keken zo strak naar de plaats van het misdrijf dat ze de parkwachter pas zagen toen hij vlak naast hen stond. Marcus' maag draaide zich om. Nu zou je het hebben.

'Een van uw eenden is doodgegaan,' zei Will. Zoals hij het zei, klonk het alsof het een van de meest trieste dingen was die hij ooit had gezien. Marcus keek naar hem op; misschien had hij toch niet zo'n hekel aan hem.

'Ik hoorde dat u er iets mee te maken had,' zei de parkwachter. 'U beseft toch wel dat dat een strafbaar feit is, neem ik aan?'

'U hebt gehoord dat ík er iets mee te maken had?' zei Will. 'Ik?'

'Misschien u niet, maar uw zoontje.'

'Bedoelt u dat het Marcus zijn schuld is dat die eend dood is?

Marcus is dol op eenden, toch, Marcus?'

'O ja, het zijn mijn lievelingsdieren. Tenminste, op één na. Na dolfijnen. Maar het zijn wel mijn lievelingsvogels.' Dit was flauwekul, want hij had een hekel aan alle dieren, maar hij dacht dat het zou helpen.

'Ik heb gehoord dat hij verdomd grote stokbroden naar hem gooide.'

'Dat is zo, maar dat heb ik hem verboden. Ach, jongens...' zei Will. Marcus had weer de pest aan hem. Hij had kunnen weten dat hij hem zou verlinken.

'Dus hij heeft hem doodgegooid?'

'O God, nee. Sorry, ik begrijp wat u bedoelt. Nee, hij gooide brood naar het dode beest. Ik geloof dat hij hem probeerde te laten zinken omdat Megan overstuur raakte.'

De parkwachter keek naar de slapende figuur in de wandelwagen.

'Ze maakt niet de indruk dat ze erg overstuur is.'

'Nee. Die arme schat heeft zich in slaap gehuild.'

Er viel een stilte. Marcus begreep dat dit het cruciale moment was; de parkwachter kon hen er allemaal van beschuldigen te hebben gelogen en de politie bellen of iets dergelijks, of de hele zaak laten zitten.

'Ik zal het water in moeten waden om hem eruit te halen,' zei hij. Ze gingen vrijuit. Marcus zou niet de gevangenis indraaien voor een misdrijf dat hij waarschijnlijk – okay, vermoedelijk – niet had gepleegd.

'Ik hoop dat het niet de een of andere epidemie is,' zei Will meelevend, toen ze aanstalten maakten om terug te lopen naar de anderen.

Op dat moment zag Marcus zijn moeder – of dacht dat hij haar zag. Ze stond voor hem, versperde het pad en glimlachte. Hij zwaaide naar haar, draaide zich om en wilde tegen Suzie zeggen dat ze was komen opdagen, maar toen hij omkeek, was zijn moeder er niet. Hij voelde zich dom en repte er met geen woord tegen wie dan ook over.

Marcus kwam er nooit achter waarom Suzie erop stond met hem mee naar huis te gaan. Hij was wel eerder met haar op stap geweest, en toen had ze hem gewoon buiten afgezet, gewacht tot hij de deur had opengemaakt en was toen weggereden. Maar die dag parkeerde ze de auto, tilde Megan er met kinderzitje en al uit en ging met hem naar binnen. Ze slaagde er nooit in uit te leggen waarom ze dat had gedaan.

Will was niet binnengevraagd, maar liep met hen mee, en Marcus zei niet dat hij het niet moest doen. Alles aan die twee minuten was mysterieus heugenswaardig, op de een of andere manier zelfs al op dat moment: de trap oplopen, de kookluchtjes die in de hal bleven hangen, de manier waarop hij voor de allereerste keer het motief van het tapijt zag. Achteraf meende hij zich ook te kunnen herinneren dat hij nerveus was geweest, maar dat moet hij verzonnen hebben, omdat er geen enkele reden was om nerveus te zijn. Toen stak hij de sleutel in het slot en deed de deur open, en begon er patsboem zonder enige waarschuwing een nieuwe fase van zijn leven.

Zijn moeder lag half op en half naast de bank: haar hoofd hing naar de grond. Ze was wit, en er lag een plas braaksel op het kleed, maar er was niets op haarzelf terechtgekomen – ze was verstandig genoeg geweest om van zich af te braken, of ze had gewoon geluk gehad. In het ziekenhuis zeiden ze dat het een wonder was dat ze zich niet in haar eigen braaksel had verslikt en erin gestikt was. Het braaksel was grijs met stukjes erin, en het stonk in de kamer.

Hij kon geen woord uitbrengen. Hij wist niet wat hij moest zeggen. Hij huilde ook niet. Daar was het veel te ernstig voor. Daarom stond hij er maar wat. Maar Suzie zette het kinderzitje neer, rende naar haar toe en begon tegen haar te schreeuwen en in haar gezicht te slaan. Suzie moest het lege medicijnflesje bij het binnenkomen meteen hebben gezien, maar Marcus zag het pas later, toen de ambulancemensen kwamen, en daarom was hij aanvankelijk alleen maar verward; hij begreep niet waarom Suzie zo kwaad werd op iemand die zich niet zo lekker voelde.

Suzie riep tegen Will dat hij een ambulance moest bellen en zei tegen Marcus dat hij koffie moest zetten; zijn moeder bewoog zich nu en maakte een afschuwelijk kreunend geluid zoals hij nooit eerder had gehoord en nooit meer wilde horen. Suzie huilde, en toen begon Megan ook, zodat de kamer in een paar seconden van angstaanjagend stil in rumoerig, angstaanjagend tumultueus was veranderd.

'Fiona! Hoe heb je dit kunnen doen?' schreeuwde Suzie. 'Je hebt een kind. Hoe heb je dit kunnen doen?'

Toen drong pas tot Marcus door dat dit alles hem in een slecht daglicht plaatste.

Marcus had wel het een en ander gezien, meestal op video bij andere mensen thuis. In *Hellhound 3* had hij een vent iemands oog zien uitsteken met een kebabspies. In *Boilerhead – The Return* had hij de hersens van een man door zijn neusgaten naar buiten zien komen. Hij had armen zien afhakken met één enkele uithaal van een machete; hij had baby's gezien met een zwaard op de plek waar hun piemel had moeten zitten; hij had palingen uit de navel van een vrouw zien komen. Hij had er nooit van wakker gelegen of nachtmerries van gekregen. Okay, in het echt had hij niet veel gezien, maar tot nu toe had hij niet gedacht dat het wat uitmaakte: schrikken is schrikken, waar het je ook overkomt. Wat hem nu opviel, was dat het allemaal niet eens zo angstaanjagend was, er was alleen wat braaksel en geschreeuw, en hij zag wel dat zijn moeder niet dood was of zo. Maar dit was verreweg het engste dat hij ooit had gezien, en vanaf het moment dat hij kwam binnenlopen wist hij dat het iets was wat hem altijd zou bijblijven.

Tien

Toen de ambulance kwam, ontstond er een lange, ingewikkelde discussie over wie er naar het ziekenhuis zou gaan en hoe. Will hoopte dat hij naar huis gestuurd zou worden, maar het pakte anders uit. Het ambulancepersoneel wilde niet Suzie, Marcus en de baby meenemen, zodat hij Megan en Marcus er uiteindelijk in Suzies auto naar toe moest rijden, terwijl zij met Marcus' moeder in de ambulance meeging. Hij probeerde vlak achter ze te blijven, maar hij raakte ze kwijt zodra ze op de grote weg kwamen. Het liefst zou hij hebben gedaan alsof hij een blauw zwaailicht op zijn auto had om op de verkeerde weghelft en naar hartelust door rode stoplichten te kunnen rijden, maar hij betwijfelde of de beide moeders die voor hem reden daar blij mee zouden zijn.

Megan zat nog steeds hard te huilen op de achterbank; Marcus staarde somber door de voorruit.

'Kijk eens of je er iets aan kunt doen,' zei Will.

'Zoals wat?'

'Ik weet het niet. Verzin maar iets.'

'Verzin jij maar iets.'

Hij had gelijk, vond Will. Het was vermoedelijk onredelijk een kind onder deze omstandigheden überhaupt te vragen iets te doen.

'Hoe voel je je?'

'Ik weet het niet.'

'Het komt wel goed met haar.'

'Ja, dat zal best. Maar... daar gaat het toch niet om?'

Will wist dat het daar niet om ging, maar hij keek ervan op dat Marcus dat zo snel had uitgedokterd. Het kwam voor het eerst bij hem op dat de jongen waarschijnlijk behoorlijk slim was.

'Wat bedoel je daarmee?'

'Dat mag je zelf bedenken.'

'Ben je bang dat ze het nog eens zal proberen?'

'Hou er alsjeblieft over op.'

Dat deed hij, en ze reden in alle stilte – voor zover dat mogelijk was met een huilend kind – naar het ziekenhuis.

Toen ze daar kwamen, hadden ze Fiona al afgevoerd; Suzie zat in de wachtkamer met een piepschuim bekertje in haar handen geklemd. Met een plof zette Marcus het kinderzitje met zijn roodaangelopen inhoud naast haar neer.

'Wat zijn ze aan het doen?' Will wist zich er maar net van te weerhouden dat hij zich in de handen zou wrijven. Hij ging er helemaal in op – hij ging er zo in op dat hij er bijna van genoot.

'Ik weet het niet. Ik geloof dat ze haar maag aan het leegpompen zijn. Ze praatte een beetje in de ambulance. Ze vroeg naar jou, Marcus.'

'Aardig van haar.'

'Dit heeft niets met jou te maken, Marcus. Dat weet je toch wel? Ik bedoel dat jij niet de reden bent dat ze... Jij bent niet de reden dat ze hier is.'

'Hoe weet je dat?'

'Dat weet ik gewoon.' Ze zei het met warmte en humor, schudde haar hoofd en streek door Marcus' haar, maar alles aan haar intonatie en haar gebaren was fout: die hoorden bij andere, minder enerverende, huiselijker omstandigheden, en hoewel ze misschien geschikt waren voor een twaalfjarige, waren ze niet geschikt voor de oudste twaalfjarige ter wereld, want dat was Marcus ineens geworden. Marcus duwde haar hand weg.

'Heeft iemand wat kleingeld? Ik wil iets uit de automaat halen.'

Will gaf hem een hand vol kleingeld, waarna Marcus wegliep.

'Godallemachtig,' zei Will. 'Wat moet je in vredesnaam zeggen tegen een kind als zijn moeder zich net van kant heeft proberen te maken?' Hij was alleen maar nieuwsgierig, maar gelukkig kwam de vraag eruit alsof hij retorisch bedoeld was en daardoor klonk hij meelevend. Hij wilde niet klinken als iemand die naar een ontzettend goede ziekte-van-de-week-film zit te kijken.

'Ik weet het niet,' zei Suzie. Ze had Megan op schoot, die ze ertoe probeerde te verleiden op een soepstengel te knagen. 'Maar we moeten iets proberen te verzinnen.'

Will wist niet of hij deel uitmaakte van dat 'wij' of niet, maar dat deed er ook niet toe. Hoe boeiend hij het vertier vanavond ook vond, hij was beslist niet van plan de ervaring te herhalen: het was gewoon een veel te idioot stel mensen.

De avond kroop voorbij. Megan huilde, begon te jengelen en viel toen in slaap; Marcus ging diverse keren naar de snoepautomaat en kwam terug met blikjes cola en Kit-Kats en zakjes chips. Niemand zei veel, maar Marcus mopperde af en toe over de mensen die op behandeling wachtten.

'Ik heb de pest aan dit zootje. Ze zijn bijna allemaal dronken. Moet je kijken. Ze hebben allemaal gevochten.'

Het was waar. Vrijwel iedereen in de wachtkamer was een of andere nietsnut – een zwerver, een dronkaard, een junk of gewoon gek. De weinige mensen die er puur door toeval waren beland (er was een vrouw die door een hond was gebeten en op een injectie wachtte, en een moeder met een klein meisje dat eruitzag alsof ze bij een val haar enkel had gebroken) zagen er bezorgd, bleek en moe uit; deze avond was echt iets uitzonderlijks voor ze. Maar de rest had de chaos van hun dagelijks leven gewoon van de ene plek naar de andere verplaatst. Voor hen maakte het geen verschil of ze tekeergingen tegen voorbijgangers op straat of dat ze verpleegkundigen uitscholden op de eerstehulpafdeling van een ziekenhuis – het was allemaal één pot nat.

'Mijn moeder is niet zoals zij.'

'Dat zegt ook niemand,' zei Suzie.

'Maar stel dat zij denken van wel?'

'Dat denken ze heus niet.'

'Het zou kunnen. Ze heeft toch pillen geslikt? Ze is toch binnengebracht terwijl ze zich had ondergekotst? Hoe moeten zij nou het verschil zien?'

'Natuurlijk zien ze het verschil. En zo niet, dan vertellen we het.'

Marcus knikte, en Will begreep dat Suzie het juiste had gezegd: wie zou kunnen denken dat Fiona een of andere zwerfster was als ze zulke vrienden had? Deze ene keer, dacht Will, had Marcus de verkeerde vraag gesteld. De juiste vraag was: wat maakte het in godsnaam voor verschil? Want als de enige dingen die Fiona van de rest onderscheidden Suzies geruststellende autosleutels en Wills dure vrijetijdskleding waren, zat ze toch in een lelijk parket. Je moest in je eigen cocon leven. Je kon niet ongevraagd binnendringen in de cocon van iemand anders, want dan zou het geen cocon meer zijn. Will kocht zijn kleren en zijn cd's en zijn auto's en zijn Heal-meubelen en zijn drugs voor zichzelf en voor niemand anders; als Fiona zich die dingen niet kon veroorloven en zelf niet zo'n soort cocon had, was dat haar probleem.

Gelukkig kwam er toen een vrouw naar hen toe; geen arts of verpleegster, maar wel een officieel iemand.

'Hallo. Bent u met Fiona Brewer meegekomen?'

'Ja. Ik ben haar vriendin Suzie, en dit is Will, en dit is Fiona's zoon Marcus.'

'Mooi. We houden Fiona hier een nachtje, maar het is natuurlijk niet nodig dat u hier de nacht doorbrengt. Kan Marcus ergens terecht? Is er nog iemand anders thuis, Marcus?'

Marcus schudde zijn hoofd.

'Hij logeert vanavond bij mij,' zei Suzie.

'Prima, maar daar heb ik de toestemming van zijn moeder voor nodig,' zei de vrouw.

'Best.'

'Ik wil bij haar logeren,' zei Marcus tegen de verdwijnende rug van de vrouw. Ze draaide zich om en glimlachte. 'Niet dat het iemand interesseert.'

'Natuurlijk wel,' zei Suzie.

'Denk je?'

De vrouw kwam een paar minuten later terug, lachend en knikkend alsof Fiona het leven had geschonken aan een baby in plaats van alleen te hebben ingestemd met een nachtje logeren.

'Dat is prima. Ze vroeg of ik u wilde bedanken.'

'Mooi. Kom, dan gaan we, Marcus. Je kunt me helpen de slaapbank uit te klappen.'

Toen Suzie Megan weer in het kinderzitje had gezet, liepen ze naar de parkeerplaats.

'Tot binnenkort,' zei Will. 'Ik bel je wel.'

'Ik hoop dat alles in orde komt met Ned en Paula.'

Weer even dat onbegrip: Ned en Paula, Ned en Paula... O ja, zijn ex-vrouw en zijn zoon.

'O, dat komt wel in orde. Bedankt.' Hij kuste Suzie op de wang, gaf Marcus een por tegen zijn arm, zwaaide naar Megan en ging op zoek naar een taxi. Het was allemaal heel interessant geweest, maar hij zou het niet elke avond willen doen.

Daar lag hij, op de keukentafel. Marcus was net de bloemen in de vaas aan het zetten, zoals Suzie hem had gezegd, toen hij hem zag. Iedereen had de vorige avond zo'n haast gehad en was zo in paniek geweest dat ze hem niet hadden gezien. Hij pakte hem en ging zitten.

Lieve Marcus,
Ik denk dat je me uiteindelijk zult haten, ongeacht wat ik in de-
ze brief schrijf. Of misschien is dat te definitief: misschien zul je,
als je ouder bent, iets anders voelen dan haat. Maar er zal beslist
een lange periode zijn waarin je zult vinden dat ik iets fouts,
doms, egoïstisch en onaardigs heb gedaan. Daarom wilde ik me-
zelf de kans geven het uit te leggen, ook al helpt het niet.

Weet je, een groot deel van mij weet dat ik iets fouts, doms,
egoïstisch en onaardigs doe. Het grootste deel van mij zelfs. Het
probleem is dat het niet meer het deel is dat me stuurt. Dat is
het afschuwelijke van het soort ziekte dat ik de afgelopen paar
maanden heb gehad – hij luistert naar niets of niemand. Hij wil
gewoon zijn eigen gang gaan. Ik hoop dat je er nooit achter hoeft
te komen hoe dat is.

Niets van dit alles heeft iets met jou te maken. Ik heb het al-
tijd heerlijk gevonden je moeder te zijn, ook al viel het me zwaar
en vond ik het soms moeilijk. En ik weet niet waarom jouw moe-
der zijn niet genoeg voor me is, maar het is zo. En het is niet dat
ik zo ongelukkig ben dat ik niet meer wil leven. Zo voelt het niet.
Het is meer alsof ik me moe en verveeld voel en het feest te lang
doorgaat en ik naar huis wil. Ik voel me lamlendig en er lijkt
niets te zijn waar ik naar kan uitkijken, en daarom hou ik het

liever voor gezien. Hoe ik me zo kan voelen terwijl ik jou heb?
Ik weet het niet. Ik weet wel dat je het me niet in dank zou af-
nemen als ik alleen omwille van jou alles in stand hield, en ik
denk dat je beter af zult zijn dan eerst als je hier overheen bent.
Heus. Je kunt naar je vader gaan, en Suzie heeft altijd gezegd dat
ze voor je zou zorgen als mij iets overkwam.

Ik zal een oogje op je houden als dat kan. Ik denk het wel. Ik
denk dat een moeder dat mag wanneer haar iets overkomt, ook
al is het haar eigen schuld. Ik wil niet stoppen met schrijven,
maar ik kan ook geen enkele reden verzinnen om ermee door te
gaan.

Ik hou van je,
mamma

Hij zat nog steeds aan de keukentafel toen ze met Suzie en Megan terugkwam van het ziekenhuis. Ze zag meteen wat hij had gevonden.

'Verdomme, Marcus. Ik was hem helemaal vergeten.'

'Was je hem vergeten? Was je je afscheidsbrief vergeten?'

'Nou ja, ik dacht natuurlijk niet dat ik er ooit nog aan zou hoeven denken.' Daar moest ze om lachen. Daar moest ze echt om lachen. Zo was zijn moeder. Als ze bij het ontbijt niet zat te huilen, moest ze lachen omdat ze zich van kant had willen maken.

'Jezus,' zei Suzie. 'Is dat wat het was? Ik had hem hier niet alleen moeten laten voor ik jou ging halen. Ik dacht dat het leuk zou zijn als hij het huis opruimde.'

'Suzie, ik vind eerlijk gezegd niet dat jij je ergens schuldig om hoeft te voelen.'

'Ik had moeten nadenken.'

'Misschien moeten Marcus en ik er samen maar eens over praten.'

'Natuurlijk.'

Suzie en zijn moeder omhelsden elkaar, en Suzie kwam naar hem toe om hem een kus te geven.

'Het gaat goed met haar,' fluisterde Suzie, zo luid dat zijn moeder het kon horen. 'Maak je maar geen zorgen om haar.'

Toen Suzie weg was, zette Fiona water op en kwam bij hem aan tafel zitten.

'Ben je boos op me?'

'Wat denk je?'

'Om die brief?'

'Om die brief, om wat je hebt gedaan, alles.'

'Dat begrijp ik wel. Ik voel me niet hetzelfde als zaterdag, misschien helpt dat.'

'Wat? Is het allemaal gewoon over, alles?'

'Nee, maar... op het moment voel ik me beter.'

'Aan op het moment heb ik niets. Ik zie wel dat je je op het moment beter voelt. Je hebt net water opgezet. Maar als je straks je thee op hebt? Wat gebeurt er als ik weer naar school ga? Ik kan er niet steeds zijn om je in de gaten te houden.'

'Nee, dat weet ik. Maar we moeten voor elkaar zorgen. Het zou niet allemaal van een kant hoeven komen.'

Marcus knikte, maar hij was ergens waar woorden er niet toe deden. Hij had haar brief gelezen en hij was niet meer zo geïnteresseerd in wat ze zei; wat ze deed en wat ze zou gaan doen, was wat telde. Vandaag zou ze niets uithalen. Ze zou haar thee drinken, en vanavond zouden ze een afhaalmaaltijd eten en televisie kijken, en ze zouden het gevoel hebben dat ze aan het begin van een andere, betere tijd stonden. Maar die tijd zou voorbijgaan, en dan zou er iets anders komen. Hij had zijn moeder altijd vertrouwd, of beter gezegd: hij had haar nooit niet vertrouwd. Maar voor hem zou het allemaal nooit meer worden zoals het geweest was.

Twee was niet genoeg, dat was het probleem. Hij had altijd gedacht dat twee een mooi getal was en dat hij het vreselijk zou vinden om in een gezin van drie of vier of vijf mensen te wonen. Maar daar zag hij nu het nut wel van in: als iemand het loodje legde, bleef je niet alleen achter. Hoe kon je voor elkaar krijgen dat een gezin zich uitbreidde zonder dat er iemand was die, je weet wel, een handje kon helpen? Toch zou hij er iets op moeten verzinnen.

'Ik zet wel thee,' zei hij opgewekt. Hij had nu in elk geval een doel voor ogen.

Ze besloten er een gewone, rustige avond van te maken. Ze bestelden een Indiase maaltijd, en Marcus ging naar de kiosk om een video te halen, maar daar deed hij een eeuwigheid over: alles wat hij bekeek leek wel iets over de dood te bevatten en hij had geen zin naar iets te kijken dat over de dood ging. Hij wilde trouwens ook niet dat zijn moeder naar iets zou kijken dat over de dood ging, hoewel hij niet precies wist waarom niet. Wat dacht hij dat er zou kunnen gebeuren als zijn moeder zag dat Steven Seagal een paar kerels een kogel door hun hoofd schoot? Dat was niet het soort dood waaraan ze vanavond niet probeerden te denken. Het soort dood waaraan ze niet probeerden te denken was het stille, trieste, echte soort, niet het rumoerige, wie-doet-me-wat-soort. (Mensen dachten dat kinderen het verschil niet wisten, maar dat wisten ze natuurlijk wel.) Uiteindelijk koos hij *Groundhog Day*, waar hij tevreden over was, want hij was pas op video uitgekomen, en op de achterkant van de cassette stond dat hij geestig was.

Ze gingen hem pas bekijken toen het eten was bezorgd. Fiona diende het op, en Marcus spoelde de band door tot voorbij de trailers en de reclame, zodat ze hem konden aanzetten zodra ze de eerste hap poppadum namen. Wat op de achterkant van de cassette stond klopte: het was een geestige film. Over een man die in dezelfde dag bleef steken, telkens opnieuw, hoewel Marcus het zwak vond dat ze eigenlijk niet uitlegden hoe dat kon; hij wilde graag weten hoe iets in elkaar zat. Misschien was het gebaseerd op een waar verhaal, en was er een man geweest die telkens weer in dezelfde dag bleef steken en zelf niet wist hoe dat zo was gekomen. Dit vond Marcus een beangstigend idee. Stel je voor dat hij morgen wakker werd en het weer gisteren was, met de eend en het ziekenhuis en zo? Daar kon je maar beter niet bij stilstaan.

Maar toen nam de film een andere wending, en ging het allemaal over zelfmoord. Die man was het zo zat om honderden jaren in diezelfde dag te blijven steken dat hij zelfmoord probeerde te plegen. Maar dat hielp niet. Wat hij ook deed, hij werd nog steeds de volgende ochtend wakker (alleen was het niet de volgende ochtend. Het was vanochtend, de ochtend waarop hij altijd wakker werd).

Marcus werd echt razend. Op de videocassette hadden ze niets gezegd over zelfmoord, en toch ging de film over een man die zich om en nabij de drieduizend keer van kant probeerde te maken. Okay, het lukte hem niet, maar dat maakte het niet geestig. Zijn moeder was er ook niet in geslaagd, maar geen mens had zin om er een geestige film over te maken. Waarom stond er geen waarschuwing op? Er moesten massa's mensen zijn die een goede komedie wilden zien vlak nadat ze een zelfmoordpoging hadden gedaan. Stel dat ze allemaal deze kozen?

In het begin was Marcus stil, zo stil dat hij bijna zijn adem inhield. Hij wilde niet dat zijn moeder zijn ademhaling hoorde voor het geval die luidruchtiger was dan anders omdat hij van streek was. Maar toen kon hij het niet meer aanzien en zette hij met de afstandsbediening de film uit.

'Wat is er?'

'Ik wilde dit gewoon zien.' Hij wees naar het scherm, waar een man met een Frans accent en een koksmuts op een van de *Gladiators* probeerde bij te brengen hoe je een vis opensnijdt en zijn ingewanden eruit haalt. Het leek niet op het soort programma's waar Marcus gewoonlijk naar keek, vooral omdat hij de pest had aan koken. En aan vis. En hij was ook niet zo weg van de *Gladiators*.

'Dit? Waarom wil je dit zien?'

'We krijgen kookles op school, en ze zeiden dat we hier als huiswerk naar moesten kijken.'

'Au revoir,' zei de man met de koksmuts. 'Tot ziens,' zei de Gladiator. Ze zwaaiden, en toen was het programma afgelopen.

'Dan heb je morgen een probleem,' zei zijn moeder. 'Waarom heb je niet gezegd dat je hier vanavond naar moest kijken?'

'Dat ben ik vergeten.'

'In elk geval kunnen we nu de film uitkijken.'

'Heb je daar echt zin in?'

'Ja. Hij is geestig. Vind jij hem niet leuk?'

'Het is niet erg realistisch.'

Ze lachte. 'O, Marcus! Jij laat me naar dingen kijken waarin mensen vanuit exploderende helikopters boven op een trein springen, en nu zeur jij over gebrek aan realisme.'

'Ja, maar je kunt het ze zien doen. Je ziet ze zulke dingen echt doen. Je weet niet zeker of hij steeds weer op dezelfde dag wakker wordt, want ze kunnen toch gewoon doen alsof?'

'Je zit wel onzin uit te kramen.'

Nu werd hij helemaal mooi. Hij probeerde zijn moeder ervoor te behoeden dat ze uren naar een man moest kijken die zelfmoord probeerde te plegen, en nu noemde zij hem een idioot.

'Mam, je móet toch weten waarom ik hem echt heb afgezet?'

'Nee.'

Hij kon het niet geloven. Zij zou er toch zeker, net als hij, voortdurend aan moeten denken?

'Om wat hij probeerde te doen.'

Ze keek hem aan.

'Het spijt me, Marcus, ik begrijp het nog steeds niet.'

'Vanwege... dat gedoe.'

'Marcus, je kunt goed uit je woorden komen. Wees eens wat duidelijker.'

Hij werd gek van haar. 'Hij is de afgelopen vijf minuten bezig geweest zichzelf van kant te maken. Net als jij. Ik wilde er niet naar kijken en ik wilde niet dat jij ernaar zou kijken.'

'O.' Ze pakte de afstandsbediening en zette de tv uit. 'Sorry. Ik was wel erg traag van begrip, geloof ik.'

'Ja.'

'Ik heb dat verband gewoon helemaal niet gelegd. Niet te geloven. God.' Ze schudde haar hoofd. 'Ik mag de zaken weleens goed op een rijtje zetten.'

Marcus kon geen hoogte meer krijgen van zijn moeder. Tot voor kort had hij altijd gedacht dat ze... niet dat ze volmaakt was, want ze hadden zo hun meningsverschillen, en ze liet hem niet de dingen doen die hij wilde doen, enzovoort, maar hij had nooit gedacht dat ze dom of gek was of het bij het verkeerde eind had. Zelfs wanneer ze een meningsverschil hadden, begreep hij wat ze probeerde te doen: ze zei gewoon de dingen die moeders horen te zeggen. Maar nu begreep hij helemaal niets van haar. Hij had het huilen niet begrepen, en nu hij verwachtte dat ze zich dubbel zo beroerd zou voelen als eerst, deed ze volkomen normaal. Hij begon aan zichzelf te twijfelen. Was een zelfmoordpoging dan niet iets heel ergs? Volgden er daarna dan geen lange gesprekken, en tranen en omhelzingen? Blijkbaar niet. Je ging gewoon op de bank zitten, naar video's kijken en deed alsof er niets aan de hand was.

'Zal ik de film weer aanzetten?' vroeg hij. Dit was een test. De moeder van vroeger zou weten dat hij het niet meende.

'Als je het niet vervelend vindt?' zei ze. 'Ik ben benieuwd hoe het afloopt.'

Twaalf

De dagen vullen was nooit echt een probleem geweest voor Will. Hij was dan misschien niet trots op zijn levenslange gebrek aan prestaties, maar hij was wel trots op zijn vermogen te blijven drijven in de reusachtige zee van tijd die hij ter beschikking had; een minder vindingrijke man, dacht hij, zou kopje onder zijn gegaan en verdronken.

De avonden waren geen probleem; hij kende genoeg mensen. Hij wist niet hoe hij ze had leren kennen, want hij had nooit collega's gehad en hij sprak nooit meer een vriendin als ze een ex-vriendin was geworden. Maar hij was erin geslaagd gaandeweg mensen op te pikken – jongens die vroeger in platenzaken hadden gewerkt waar hij kwam, jongens met wie hij voetbalde of squash speelde, jongens van een quizteam uit een café waar hij vroeger deel van had uitgemaakt, dat soort dingen – en ze voldeden min of meer. Je zou niet veel aan ze hebben als het onwaarschijnlijke geval van een soort suïcidale depressie zich zou voordoen, of in het nog onwaarschijnlijker geval van een gebroken hart, maar ze waren heel geschikt voor een potje biljarten, of een borrel en een Indiase maaltijd.

Nee, de avonden waren geen probleem; het waren de dagen die zijn geduld en vindingrijkheid op de proef stelden omdat al die mensen dan werkten – tenzij ze met vaderschapsverlof waren, zoals John, vader van Barney en Imogen, maar die wilde Will toch niet meer zien. Zijn manier om met de dagen om te springen was activiteiten als tijdeenheden te beschouwen die elk ongeveer een half-uur besloegen. Een heel uur was veel afschrikwekkender, vond hij, en de meeste dingen die je op een dag kon doen duurden een half-uur. De krant lezen, een bad nemen, het huis opruimen, kijken naar

Home and Away en *Countdown*, een snelle kruiswoordpuzzel maken op het toilet, ontbijten en lunchen, naar de buurtwinkels gaan... Dat waren alleen al negen eenheden die door elementaire zaken in beslag werden genomen van een dag die uit twintig eenheden bestond (de avonden telden niet). Hij had zelfs het stadium bereikt waarin hij zich afvroeg hoe zijn vrienden het zo wisten te keren dat ze het leven en een baan konden verenigen. Het leven nam zoveel tijd in beslag, dus hoe kon je op een en dezelfde dag werken én bijvoorbeeld een bad nemen? Hij vermoedde dat een paar van de mensen die hij kende behoorlijk onsmakelijke inhaalmanoeuvres uitvoerden.

Soms, als hij het op zijn heupen kreeg, solliciteerde hij naar banen waarvoor in het mediakatern van de *Guardian* werd geadverteerd. Hij was dol op het mediakatern omdat hij het idee had dat hij voor bijna alle vacatures gekwalificeerd was. Het kon toch niet zo moeilijk zijn om de redactie te voeren van een vakblad voor de bouwindustrie, een klein kunstatelier te runnen of kopij te schrijven voor vakantiebrochures? Geen kunst aan, stelde hij zich voor, dus schreef hij trouw brieven waarin hij aan potentiële werkgevers uitlegde waarom hij de man was die ze zochten. Hij sloot er zelfs een CV bij in, hoewel die maar net iets meer dan één pagina besloeg. Hij vond het een tamelijk briljante vondst dat hij die twee pagina's 'een' en 'drie' had genummerd om de indruk te wekken dat pagina twee, de pagina met de gegevens over zijn briljante loopbaan, op de een of andere manier was zoekgeraakt. Het idee was dat mensen zo onder de indruk zouden zijn van de brief, zo geïmponeerd door zijn uitgebreide scala van interesses, dat ze hem zouden uitnodigen voor een gesprek, waar hij louter door de kracht van zijn persoonlijkheid doorheen zou rollen. Eerlijk gezegd had hij nooit iets van iemand gehoord, maar hij kreeg soms wel de standaard afwijzingsbrief.

Eerlijk gezegd kon het hem niet schelen. Hij solliciteerde naar die banen in dezelfde geest waarmee hij had aangeboden in de gaarkeuken te werken, en in dezelfde geest waarmee hij de vader van Ned was geworden: het was allemaal dromerige, alternatieve werkelijkheid die absoluut geen raakvlakken had met zijn echte bestaan, wat dat dan ook mocht zijn. Hij had geen baan nodig. Hij was tevreden zoals het ging. Hij las vrij veel; 's middags ging hij naar de film; hij kookte lekker eten voor zichzelf en zijn vrienden; om de zoveel tijd, als de verveling heel hard toesloeg, ging hij naar Rome, New York of Barcelona... Hij kon niet zeggen dat hij werd verteerd door de noodzaak tot verandering.

Hoe dan ook, deze ochtend was hij een beetje afgeleid door de merkwaardige gebeurtenissen in het weekend. Om de een of andere reden – vermoedelijk omdat hij zelden met echt drama werd geconfronteerd in de loop van een gemiddelde snelle-kruiswoordpuzzel-op-het-toilet-dag van twintig tijdeenheden – dwaalden zijn gedachten steeds weer af naar Marcus en Fiona, en hij was benieuwd hoe het met ze ging. Omdat hij geen advertentie in de *Media Guardian* had gezien die hem echt had aangesproken, had hij ook het vreemde en vermoedelijk ongezonde idee opgevat om op de een of andere manier zijn entree in hun leven te maken. Misschien hadden Fiona en Marcus hem harder nodig dan Suzie. Misschien kon hij... daadwerkelijk iets aanvangen met die twee. Hij zou een vaderlijke belangstelling voor ze aan den dag kunnen leggen en wat structuur en vrolijkheid in hun leven kunnen brengen. Hij zou een band met Marcus kunnen opbouwen en hem af en toe ergens mee naar toe kunnen nemen, naar Arsenal, wellicht. En misschien zou Fiona het leuk vinden om ergens lekker te eten of naar de schouwburg te gaan.

Halverwege de ochtend belde hij Suzie. Megan was naar bed, en ze was net gaan zitten met een kop koffie.

'Ik vroeg me af hoe het met Fiona en Marcus gaat,' zei hij.

'Het gaat wel goed, geloof ik. Ze is nog niet aan het werk, maar Marcus is vandaag naar school gegaan. Hoe is het met jou?'

'Goed, dank je.'

'Je klinkt nogal opgewekt. Is alles op zijn pootjes terechtgekomen?'

Als hij opgewekt klonk, moest dat ongetwijfeld het geval zijn. 'O, ja. Geen vuiltje meer aan de lucht.'

'En gaat het goed met Ned?'

'Ja, prima. Of niet soms, Ned?' Waarom deed hij dat? Het was een volkomen onnodig verzinsel. Waarom kon hij het niet gewoon zo laten als het was?

'Mooi.'

'Hoor eens, denk je dat ik Marcus en Fiona op de een of andere manier kan helpen? Marcus een keer mee uitnemen of zo?'

'Zou je dat willen doen?'

'Natuurlijk. Hij leek me...' Wat? Wat had Marcus geleken, anders dan lichtelijk geschift en een tikkeltje boosaardig? 'Hij leek me aardig. We konden goed met elkaar opschieten. Misschien kan ik voortbouwen op gisteren.'

'Zal ik het Fiona vragen?'

'Graag. En het zou leuk zijn om jou en Megan binnenkort weer te zien.'

'Ik ben nog steeds reuze benieuwd naar Ned.'

'Dan spreken we een keer iets af.'

En daar had je hem dan: een grote, gelukkige, uitgebreide familie. Deze gelukkige familie bestond weliswaar uit een fictieve tweejarige, een stapelgekke twaalfjarige en zijn suïcidale moeder, maar de wet van Murphy schreef voor dat dit precies het soort familie was waar je mee werd opgezadeld als je helemaal niet van families hield.

Will kocht een *Time Out* en las hem van voor tot achter in een poging iets te vinden wat een jongen van twaalf op een zaterdagmiddag zou willen doen, of eigenlijk iets wat Marcus duidelijk zou maken dat hij niet te maken had met een doorsnee, verschrikkelijk onhippe zesendertigjarige. Hij begon bij de kinderagenda, maar besefte al gauw dat Marcus niet het type kind was dat het leuk zou vinden om een afwrijfsel van koperen grafplaten te maken, of het type kind was voor een poppentheater, of überhaupt een kind was; op zijn twaalfde was zijn jeugd voorbij. Will probeerde zich vergeefs te herinneren wat hij op die leeftijd leuk had gevonden om te doen, maar hij wist nog wel waaraan hij een hekel had gehad. Hij had de pest gehad aan de dingen die volwassenen hem lieten doen, hoe goed die volwassenen het ook bedoelden. Misschien was Marcus zijn eigen gang laten gaan het coolste wat hij voor hem kon doen – hem wat geld geven, naar Soho brengen en hem daar achterlaten. Hoewel dat punten zou opleveren op de coolschaal, zou het niet zo goed scoren op de *in loco parentis*-schaal: als Marcus een loopbaan als schandknaap zou beginnen en zijn moeder hem nooit meer zou zien, zou Will zich daar verantwoordelijk voor voelen en het misschien zelfs betreuren.

Een film? Een speelhal? Schaatsen? Een museum? Een kunstgalerie? Brent Cross? McDonald's? Jezus, hoe konden kinderen hun jeugd doorkomen zonder een paar jaar in slaap te sukkelen? Als hij gedwongen zou worden zijn jeugd over te doen, zou hij naar bed gaan wanneer *Blue Peter* zijn aantrekkingskracht had verloren en vragen of hij wakker gemaakt kon worden wanneer het tijd was om in dienst te gaan. Het was geen wonder dat jonge mensen hun toevlucht namen tot misdaad, drugs en prostitutie. Ze namen hun toevlucht tot misdaad, drugs en prostitutie om de eenvoudige reden dat die nu tot de mogelijkheden behoorden, een opwindende, kleurrijke en smakelijke nieuwe reeks opties die hem waren ontzegd. De echte vraag was waarom zijn generatie zo apathisch, zo weinig ondernemend en gezagsgetrouw was geweest? – zeker gezien het ontbreken van puur symbolische zoethoudertjes voor tieners, de Australische soapseries en de kipnuggets, die in de huidige samenleving voor jeugdig vermaak doorgingen.

Hij was juist bezig zich af te vragen of de British Gas Wildlife Photographer of the Year Exhibition mogelijkerwijs nog saaier kon zijn dan het klonk, toen de telefoon ging.

'Hoi, Will, met Marcus.'

'Hoi. Dat is gek, ik zat me net af te vragen...'

'Suzie zei dat je een dagje ergens met me naar toe wilt.'

'Ja, nou ja, dat is maar...'

'Ik ga mee als mijn moeder ook mee mag.'

'Wat?'

'Ik ga mee als je mijn moeder ook mee uitneemt. En zij heeft geen geld, dus moeten we iets doen wat niet duur is of je moet ons trakteren.'

'Zo. Goh, draai er niet omheen, Marcus. Maak van je hart geen moordkuil.'

'Ik weet niet hoe ik het anders moet zeggen. Wij zijn blut. Jij niet. Jij betaalt.'

'Het geeft niet. Ik maakte maar een grapje.'

'O, dat had ik niet door.'

'Nee. Zeg, hoor eens, ik bijt niet. Ik dacht dat we beter met zijn tweeën iets konden doen.'

'Waarom?'

'Zodat je moeder even rust heeft.'

'Tja, nou...'

Ineens, een beetje laat, vatte hij het. Marcus' moeder rust gunnen was wat ze het afgelopen weekend hadden gedaan; ze had haar vrije tijd benut door een fles pillen achterover te slaan en vervolgens haar maag te laten leegpompen.

'Sorry, Marcus. Dat was niet zo slim van me.'

'Nee.'

'Natuurlijk mag je moeder mee. Dat lijkt me leuk.'

'We hebben ook geen auto. Je zult met de jouwe moeten komen.'

'Prima.'

'Je kunt je zoontje meenemen als je dat leuk vindt.'

Hij lachte. 'Aardig van je.'

'Geen probleem,' zei Marcus ruimhartig. 'Dat is niet meer dan eerlijk.' Will begon door te krijgen dat met name sarcasme een taal was die Marcus niet beheerste, zodat het voor Will absoluut onweerstaanbaar werd om sarcastisch te doen.

'Zaterdag is hij weer bij zijn moeder.'

'Okay. Kom maar om een uur of halfeen. Weet je nog waar we wonen? 31 Craysfield Road, flat 2, Islington, Londen N1 2SF.'

'Engeland, de wereld, het heelal.'

'Ja,' zei Marcus kortaf, een simpele bevestiging voor een simpele ziel.

'Okay. Tot dan.'

's Middags ging Will een kinderzitje kopen bij Mothercare. Hij was niet van plan zijn hele flat vol te zetten met ledikantjes en potjes en kinderstoelen, maar hij vond dat hij in elk geval een concessie aan Neds bestaan moest doen als hij in het weekend met mensen op stap moest.

'Weet u dat dat seksistisch is?' zei hij zelfingenomen tegen de verkoopster.

'Pardon?'

'Mothercare. Want hoe zit het met de vaders?'

Ze glimlachte beleefd.

'Fathercare,' liet hij erop volgen voor het geval ze hem niet begreep.

'U bent de allereerste die dat zegt.'

'Echt waar?'

'Nee.' Ze lachte. Hij voelde zich net Marcus.

'Maar goed. Kan ik u van dienst zijn?'

'Ik ben op zoek naar een kinderzitje.'

'Ja.' Ze waren op de afdeling kinderzitjes. 'Welk merk wilt u?'

'Och, ik weet het niet. Maakt niet uit. De goedkoopste.' Hij lachte kameraadschappelijk. 'Wat kopen de meeste mensen?'

'Nou, niet de goedkoopste. Ze zijn meestal bezorgd over de veiligheid.'

'O, ja.' Hij stopte met lachen. Veiligheid was een serieuze aangelegenheid. 'Het heeft weinig zin een paar pond te besparen als hij dan door de voorruit vliegt.'

Uiteindelijk, misschien wel ter overcompensatie van zijn aanvankelijke harteloosheid, kocht hij het duurste kinderzitje uit de winkel, een reusachtig groot, stoffen, felblauw geval, dat eruitzag alsof Ned er wat aan zou hebben tot hij zelf vader werd.

'Hij zal hem prachtig vinden,' zei hij tegen de verkoopster terwijl hij haar zijn creditcard gaf.

'Nu ziet hij er nog mooi uit, maar hij zal er gauw genoeg een knoeiboel van maken met zijn koekjes en chips en wat al niet meer.'

Will had niet gedacht aan zijn koekjes en chips en wat al niet meer, en daarom stopte hij op weg naar huis voor chocoladekoekjes en een paar zakken cheese-and-onionchips, verbrokkelde alles en strooide de kruimels royaal over zijn nieuwe aanschaf.

Dertien

In tegenstelling tot wat Marcus tegen Will had gezegd, vond hij het eigenlijk geen probleem zijn moeder alleen te laten. Hij wist dat het een poos zou duren voordat ze weer iets zou proberen, omdat ze nu nog in zo'n rare, vredige stemming was. Maar tegen Will zeggen dat hij wilde dat zijn moeder ook mee zou gaan, was een manier om haar en Will bij elkaar te brengen, en daarna, dacht hij, zou het een makkie zijn. Zijn moeder was aantrekkelijk, en Will leek in behoorlijk goeden doen; ze zouden bij Will en zijn kind kunnen intrekken, en dan zouden ze met zijn vieren zijn, en vier was twee keer zo goed als twee. En als ze wilden, konden ze misschien een kind krijgen. Daar was zijn moeder niet te oud voor. Ze was achtendertig. Je kon best nog een kind krijgen als je achtendertig was. En dan zouden ze met zijn vijven zijn, en zou het niet zo erg zijn als een van hen doodging. Nou ja, het zou wel erg zijn, natuurlijk zou het erg zijn, maar in elk geval zou niemand, hij noch zijn moeder, Will noch zijn zoontje helemaal alleen achterblijven. Marcus wist niet eens of hij Will aardig vond of niet, maar dat deed er niet meer toe; Marcus wist dat hij geen onmens en geen dronkaard was en hij was niet gewelddadig, dus hij moest ermee door kunnen.

Niet dat hij helemaal niets van Will wist, want dat wist hij wel: Marcus had hem nagetrokken. Toen hij op een middag uit school kwam, had hij Will inkopen zien doen, en was hij hem als een privé-detective gevolgd naar zijn huis. Hij was feitelijk niet veel over hem aan de weet gekomen, behalve waar hij woonde en naar welke winkels hij ging. Maar hij leek alleen te wonen – geen vriendin, geen vrouw, zelfs geen zoontje. Tenzij het zoontje bij zijn vriendin thuis was. Maar als hij een vriendin had, waarom probeerde hij Suzie dan te versieren?

'Hoe laat komt die man?' vroeg zijn moeder. Ze waren het huis aan het opruimen en luisterden naar *Exodus* van Bob Marley.

'Over een minuut of tien. Je gaat je toch wel omkleden, hè?'

'Waarom?'

'Omdat je er niet uitziet, en hij met ons in Planet Hollywood gaat lunchen.' Dat laatste wist Will nog niet omdat Marcus het hem niet had verteld, maar dat zou hij niet erg vinden.

Ze keek hem aan. 'Waarom kan het jou wat schelen wat ik aanheb?'

'Vanwege Planet Hollywood.'

'Ja, nou en?'

'Daar wil je je toch niet slonzig vertonen? Stel dat een van hen je ziet.'

'Voor het geval een van wie me ziet?'

'Bruce Willis of een van de anderen.'

'Marcus, je weet best dat die er niet zullen zijn.'

'Ze zijn er voortdurend. Behalve wanneer ze werken. En dan nog proberen ze films in Londen op te nemen zodat ze daar kunnen lunchen.'

Fiona kwam niet meer bij van het lachen. 'Wie heeft je dat verteld?'

Sam Lovell, een van de kinderen van zijn oude school had hem dat verteld. Nu Marcus erover nadacht, had Sam hem wel meer dingen verteld die niet waar bleken te zijn: dat Michael Jackson en Janet Jackson een en dezelfde waren, en dat Mr. Harrison, de leraar Frans, bij The Beatles had gezeten.

'Dat weet iedereen.'

'Wil je er ook nog naar toe als je er geen beroemdheden zult tegenkomen?'

Dat wilde hij niet echt, maar dat ging hij haar niet aan haar neus hangen.

'Ja, natuurlijk.'

Zijn moeder haalde haar schouders op en ging zich omkleden.

Will kwam binnen voordat ze uitgingen. Hij stelde zich voor, wat Marcus nogal stom vond, aangezien iedereen toch al wist wie wie was.

'Hallo, ik ben Will,' zei hij. 'We hebben... Nou ja, ik...' Maar hij kon kennelijk geen beleefde manier verzinnen om te zeggen dat hij haar een week geleden bewusteloos naast een plas braaksel op de bank had zien liggen, en daarom zweeg hij en glimlachte alleen maar.

'Ik ben Fiona.' Zijn moeder zag er goed uit, vond Marcus. Ze had haar beste legging aan en een wijde, pluizige trui, en voor het eerst sinds ze uit het ziekenhuis was gekomen had ze zich opgemaakt en een paar leuke, bengelende oorbellen ingedaan die iemand haar uit Zimbabwe had toegestuurd. 'Bedankt voor alles wat je het vorig weekend hebt gedaan. Dat waardeer ik enorm.'

'Geen probleem. Ik hoop dat je je... Hopelijk gaat het...'

'Mijn maag is in orde. Ik denk dat ik alleen nog wel een beetje getikt ben. Zoiets gaat denk ik niet zo snel over.'

Will keek geschokt, maar zij moest er alleen maar om lachen. Marcus had er de pest aan als ze grapjes maakte tegen mensen die haar niet zo goed kenden.

'Heb je al besloten waar je naar toe wilt, jongeman?'

'Planet Hollywood.'

'O, God. Echt waar?'

'Ja. Het schijnt er hartstikke leuk te zijn.'

'O ja? Dan lezen we blijkbaar niet dezelfde restaurantbesprekingen.'

'Het was geen restaurantbespreking. Ik hoorde het van Sam Lovell van mijn oude school.'

'O, ja, in dat geval... Zullen we gaan?'

Will hield de deur open en maakte met een gebaar duidelijk dat hij Fiona liet voorgaan. Marcus wist niet precies waar hij op af moest gaan, maar hij had het gevoel dat dit wel iets zou worden.

Ze gingen niet met de auto, omdat Will zei dat Planet Hollywood op Leicester Square was en ze daar niet zouden kunnen parkeren; daarom gingen ze met de bus. Op weg naar de bushalte wees Will zijn auto aan.

'Die is van mij. Die met dat kinderzitje achterin. Moet je kijken wat een rotzooitje.'

'Tjee,' zei Fiona.

'Zo,' zei Marcus.

Ze wisten er verder niet veel over te zeggen, en daarom liepen ze door.

Er stonden massa's mensen voor Planet Hollywood te wachten om binnen te komen, en het regende. Ze waren de enige mensen in de hele rij die Engels spraken.

'Weet je zeker dat je hiernaar toe wilt, Marcus?' vroeg zijn moeder.

'Ja. En wat heb je verder trouwens?' Als iemand iets voorstelde wat ook maar enigszins aantrekkelijk klonk, zou hij erop ingaan. Hij had geen zin om met al die Franse en Italiaanse mensen te staan wachten. Dat was niet de bedoeling.

'Om de hoek zit een Pizza Express,' zei Will.

'Nee, dank je.'

'Je hebt het er altijd over dat je een pizza buiten de deur wilt eten,' zei zijn moeder.

'Welnee.' Het was wel waar, maar hij vond dat pizza te goedkoop was.

Zwijgend stonden ze in de rij. In dit tempo zou er van een huwelijk niets terechtkomen. Het was te nat en te vreselijk.

'Vertel eens waarom je naar Planet Hollywood wilt, dan zal ik nadenken of ik iets weet wat erop lijkt,' zei Will.

'Ik weet het niet. Omdat het beroemd is. En ze hebben het soort eten dat ik lekker vind. Patat enzo.'

'Dus als ik iets kan bedenken wat beroemd is en waar ze patat hebben, kunnen we daarnaar toe?'

'Ja, maar het moet wel mijn soort beroemd zijn, niet jouw soort beroemd.'

'Wat houdt dat in?'

'Het moet het soort beroemd zijn dat kinderen kennen. Je kunt niet zomaar zeggen dat het beroemd is, want als ik er nooit van heb gehoord, is het dat niet.'

'Dus als ik Twenty-Eight zou voorstellen, zou je er niet naar toe willen?'

'Nee. Niet beroemd. Nooit van gehoord.'

'Maar er komen beroemde mensen.'

'Zoals wie dan?'

'Acteurs enzo.'

'Welke acteurs?'

'Ik denk dat ze er allemaal weleens een keer zijn geweest. Maar dat zeggen ze je niet van tevoren. Ik zal eerlijk tegen je zijn, Marcus. Als we er nu naar toe gaan, lopen we misschien Tom Cruise en Nicole Kidman tegen het lijf. Het kan ook zijn dat we niemand tegenkomen. Maar ze hebben goede patat. Het punt is: we kunnen hier nog een uur staan, maar als we binnen zijn, is er toch niemand die de moeite waard is.'

'Goed dan.'

'Meen je dat?'

'Ja.'

'Zo mag ik het horen.'

Er kwamen nooit beroemde mensen in dat Twenty-Eight. Dat kon je zo zien. Het was er leuk, en de patat was goed, maar het was er niet bijzonder; er hing niets aan de muur, zoals het jack van Clint Eastwood, of het masker dat Michael Keaton had gedragen in *Batman*. Ze hadden er zelfs geen foto's met handtekeningen. Het Indiase restaurant vlak bij hun huis, dat maaltijden bezorgde, was helemaal niet beroemd, maar zelfs daar hadden ze een foto met handtekening van iemand die lang geleden bij Arsenal had gespeeld. Maar hij vond het niet erg. Het belangrijkste was dat ze ergens konden zitten waar het droog was, zodat Will en zijn moeder een gesprek konden beginnen.

In het begin moesten ze op weg geholpen worden; niemand zei iets totdat de ober kwam om hun bestelling op te nemen.

'Een omelet met champignons en patat, graag. En een cola,' zei Marcus.

'Voor mij een zwaardvisfilet,' zei Will. 'Geen groente, alleen een salade.'

Fiona kon moeilijk kiezen.

'Waarom neem je geen zwaardvisfilet?' vroeg Marcus.

'Eh...'

Vanaf de andere kant van de tafel probeerde hij zijn moeders aandacht te trekken zonder dat Will er erg in zou hebben. Hij knikte een keer nadrukkelijk, en toen kuchte hij.

'Voel je je wel goed, schat?'

Hij had gewoon het idee dat het zou helpen als zijn moeder hetzelfde eten zou bestellen als Will. Hij wist niet waarom. Het was niet zo dat je tijdens over een zwaardvisfilet kon praten, maar misschien zou het ze duidelijk maken dat ze iets gemeen hadden, dat ze soms hetzelfde over dingen dachten. Ook als dat niet het geval was.

'Wij zijn vegetariër,' zei Marcus. 'Maar we eten wel vis.'

'Dus zijn we eigenlijk geen vegetariër.'

'Maar we eten niet zo vaak vis. Soms vis met patat. Maar thuis maken we nooit vis klaar.'

'Nee, niet vaak.'

'Nooit.'

'O, je moet me niet in mijn hemd zetten.'

Hij begreep niet dat hij haar in haar hemd zette door te zeggen dat ze nooit vis klaarmaakte – hielden mannen van vrouwen die vis klaarmaakten? Waarom? – maar dat was wel het laatste wat hij wilde.

'Okay,' zei hij. 'Niet nooit. Soms.'

'Zal ik over een paar minuten terugkomen?' vroeg de ober. Marcus was vergeten dat hij er nog was.

'Eh...'

'Neem de zwaardvis,' zei Marcus.

'Ik neem de penne pesto,' zei zijn moeder. 'Met een gemengde salade.'

Will bestelde een pilsje, en zijn moeder een glas witte wijn. Weer zei niemand iets.

Marcus had geen vriendinnetje, en hij had er zelfs nog nooit bijna een gehad, tenzij je Holly Garrett telde, en die telde bij hem niet. Maar één ding wist hij wel: als een meisje en een jongen elkaar ontmoetten en ze allebei geen vriendje of vriendinnetje hadden, en ze er allebei aantrekkelijk uitzagen en geen hekel aan elkaar hadden, konden ze net zo goed met elkaar uitgaan. Waarom niet? Will had geen vriendinnetje, tenzij je Suzie telde, en die telde hij niet, en zijn moeder had geen vriendje, dus...? Het zou voor iedereen goed zijn.

Hoe meer hij erover nadacht, des te voor de hand liggender het leek.

Niet dat hij iemand nodig had om zijn vader te vervangen. Daar had hij tijden geleden al eens met zijn moeder over gepraat. Ze hadden naar een televisieprogramma gekeken over het gezin, en de een of andere dikke vrouw ván de Conservatieven zei dat iedereen een moeder en een vader moest hebben, en toen was zijn moeder eerst boos en toen somber geworden. Toen, voor dat ziekenhuisgedoe, had hij gedacht dat die vrouw van de Conservatieven stom was, en dat had hij ook tegen zijn moeder gezégd, maar toen was hij er nog niet achter dat twee een riskant aantal was. Nu hij dat wel besefte, wist hij niet goed of dat verschil maakte voor wat hij van dat idee van de dikke Conservatieve vrouw vond; voor hem maakte het niet uit of het gezin dat hij wilde alleen uit mannen bestond, of alleen uit vrouwen, of alleen uit kinderen. Hij wilde gewoon mensen.

'Zit daar niet zo,' zei hij ineens.

Will en zijn moeder keken hem aan.

'Jullie hebben me best verstaan. Zit daar niet zo. Praat met elkaar.'

'Dat zullen we zo ook heus wel doen,' zei zijn moeder.

'De lunch is achter de rug voordat jullie tweeën bedacht hebben wat je kunt zeggen,' mopperde Marcus.

'Waar moeten we het volgens jou over hebben?' vroeg Will.

'Maakt niet uit. Politiek. Films. Moorden. Het kan me niet schelen.'

'Ik weet niet of een gesprek zo tot stand komt,' zei zijn moeder.

'Misschien had je dat inmiddels wel onder de knie mogen hebben. Je bent oud genoeg.'

'Marcus!'

Maar Will moest erom lachen.

'Hij heeft gelijk. We hebben, ik weet niet hoe oud jij bent, Fiona, maar samen hebben we minstens zestig jaar gesprekservaring, en misschien zouden we in staat moeten zijn een gesprek op gang te brengen.'

'Goed dan.'

'Tja.'

'Jij eerst.'

Ze moesten allebei lachen, maar geen van beiden zei iets.

'Will,' zei Marcus.

'Ja, Marcus,' zei Will.

'Wat vind je van John Major?'

'Ik heb geen hoge pet van hem op.'

'En jij, mam?'

'Je weet wat ik van hem vind.'

'Maar Will niet.'

'Ik heb geen hoge pet van hem op.'

Zo kwamen ze nergens.

'Waarom niet?'

'O, Marcus, laat ons met rust. Je maakt het eerder moeilijker dan makkelijker. Je maakt ons verlegen. We raken zo heus wel aan de praat.'

'Wanneer?'

'Hou eens op.'

'Ben jij ooit getrouwd geweest, Will?'

'Marcus, ik word zo echt kwaad op je.'

'Het geeft niet, Fiona. Nee, ik ben nooit getrouwd geweest. Jij wel?'

'Nee, natuurlijk niet. Daar ben ik niet oud genoeg voor.'

'O.'

'Vraag het eens aan mijn moeder.'

'Fiona, ben jij ooit getrouwd geweest?'

'Nee.'

Dat bracht Marcus heel even in verwarring; toen hij echt nog een kind was, een klein kind, had hij gedacht dat je getrouwd moest zijn om vader of moeder te kunnen zijn, net zoals je een rijbewijs nodig had om te mogen autorijden. Nu wist hij dat het niet zo was, maar om de een of andere reden kon je de ideeën waar je mee opgegroeid was moeilijk van je afschudden.

'Had je wel getrouwd willen zijn, mam?'

'Niet echt. Het leek me niet belangrijk.'

'Maar waarom doen anderen het dan wel?'

'O, om allerlei redenen. Geborgenheid. Druk van de familie. Misplaatste romantische denkbeelden.'

Will moest erom lachen. 'Wat ben je cynisch,' zei hij.

Dit begreep Marcus niet, maar dat was goed: nu hadden zijn moeder en Will iets wat niet van hem afkomstig was.

'Heb je nog steeds contact met Marcus' vader?'

'Soms. Niet zo vaak. Marcus ziet hem vrij vaak. En jij? Zie jij je ex nog steeds?'

'Eh... Eh, ja. Voortdurend. Vanochtend heeft ze Ned opgehaald.' Hij zei dit op een rare manier, vond Marcus. Bijna alsof hij het vergeten was en het hem nu weer te binnen schoot.

'En loopt dat goed?'

'Och, het gaat wel. Soms is het wel leuk.'

'Hoe is het zo gekomen dat jij voor Ned zorgt? Ik geloof graag dat je een fantastische vader bent en zo, maar meestal loopt het zo niet.'

'Nee. Indertijd zat ze in een *Kramer vs Kramer*-fase. Je weet wel, het soort ik-wil-uitzoeken-wie-ik-werkelijk-ben-flauwekul.'

'En, heeft ze ontdekt wie ze is?'

'Niet echt. Ik geloof dat niemand dat precies weet.'

Toen het eten kwam, hadden de twee volwassenen het nauwelijks in de gaten; Marcus begon vol overgave aan zijn omelet met patat. Hij vroeg zich af of ze bij Will zouden intrekken of dat ze een ander huis zouden kopen.

Veertien

Will wist dat Fiona niet zijn type was. Om te beginnen zag ze er niet uit zoals hij wilde dat vrouwen eruitzagen – hij betwijfelde zelfs of het uiterlijk er voor haar überhaupt wel toe deed. Daar kon hij niet tegen. Mensen, mannen zowel als vrouwen, hadden naar zijn idee de plicht zich daar iets aan gelegen te laten liggen, ook als ze niet over het vereiste ruwe materiaal beschikten – tenzij ze helemaal niet geïnteresseerd waren in de seksuele kant van het leven, in dat geval was het logisch. Dan kon je doen wat je wilde. Einstein bijvoorbeeld... Will wist geen fluit van Einsteins privéleven, maar op foto's zag hij eruit als een man die andere dingen aan zijn hoofd had. Maar Fiona was Einstein niet. Misschien was ze wel net zo intelligent als Einstein, maar te oordelen naar het gesprek dat ze tijdens de lunch hadden gehad, was ze duidelijk geïnteresseerd in relaties, dus waarom deed ze dan niet iets meer haar best? Waarom had ze geen fatsoenlijk kapsel in plaats van al dat kroeshaar, en waarom trok ze geen kleren aan die eruitzagen alsof ze belangrijk voor haar waren? Daar begreep hij helemaal niets van.

En ze was gewoon te hippieachtig. Hij begreep nu wel waarom Marcus zo zonderling was. Ze geloofde in alternatieve dingen, zoals aromatherapie, vegetarisme en het milieu, dingen waar hij eerlijk gezegd geen moer om gaf. Als ze zouden uitgaan, zouden ze vreselijk ruzie krijgen, wist hij, en dat zou haar van streek maken, en het laatste wat hij op het moment wilde was haar van streek maken.

Het aantrekkelijkste aan haar vond hij dat ze een zelfmoordpoging had gedaan. Dat was pas interessant – op een morbide manier bijna sexy. Maar hoe kun je overwegen uit te gaan met een vrouw die zich elk moment van kant kan maken? Voorheen beschouwde hij uitgaan met een moeder al als een hele klus; hoeveel moeilijker zou het zijn om uit te gaan met een suïcidale moeder? Maar hij wilde het niet laten rusten. Hij had nog steeds het gevoel dat Fiona en Marcus gaarkeukens en banen uit de *Media Guardian* konden vervangen, misschien wel voorgoed. Hij zou er immers niet zo heel veel voor hoeven doen – af en toe een zwaardvisfilet, soms eens naar een flutfilm gaan die hij anders ook wel zou hebben bekeken. Dat was toch niet zo moeilijk? Het was verdomme een stuk makkelijker dan zwervers dwingen om te eten. Liefdadigheid! Mensen helpen! Dat was nu zijn voorland. In zijn ogen had hij Angie geholpen door met haar naar bed te gaan (hoewel hij moest toegeven dat daar ook een tikkeltje eigenbelang om de hoek was komen kijken) en nu zou hij erachter komen of het mogelijk was iemand te helpen zonder ermee naar bed te gaan. Dat moest toch wel kunnen? Andere mensen was het gelukt, Moeder Theresa en Florence Nightingale en zo, hoewel hij vermoedde dat zijn stijl wel enigszins van die van hen zou verschillen als hij zich op het terrein van liefdadigheid zou begeven.

Ze hadden geen plannen gemaakt voor na de lunch. Toen ze uit het restaurant kwamen, wandelden ze door Covent Garden en namen de metro terug naar Noord-Londen; hij was op tijd thuis voor *Sports Report*. Maar hij wist dat ze allemaal begonnen waren aan iets wat niet ten einde was.

Binnen een paar dagen was hij compleet van gedachten veranderd. Liefdadigheid interesseerde hem niet. Marcus en Fiona interesseerden hem niet. Hij was ervan overtuigd dat hem van schaamte het koude zweet zou uitbreken telkens als hij aan ze dacht. Hij zou ze nooit meer zien; hij betwijfelde zelfs of hij ooit nog naar Holloway kon gaan, louter en alleen omdat hij ze daar tegen het lijf zou kunnen lopen. Hij wist dat hij overdreven reageerde, maar niet zo heel erg. Zingen! Hoe kon je ook maar iets van doen hebben met iemand die je laat zingen! Hij wist dat ze allebei lichtelijk geschift waren, maar...

Het was doodgewoon begonnen, met een uitnodiging voor het

avondeten, en hoewel hij het eten niet lekker had gevonden – iets vegetarisch met kikkererwten, rijst en tomaten uit blik – had hij het gesprek best leuk gevonden. Fiona had hem over haar werk als muziektherapeute verteld, en Marcus had Fiona verteld dat Will miljoenen ponden per minuut verdiende omdat zijn vader een liedje had geschreven. Will hielp met de afwas; Fiona had thee gezet en daarna was ze achter de piano gaan zitten en had gespeeld.

Ze was niet slecht. Haar pianospel was beter dan haar stem, maar haar stem was niet verschrikkelijk, gewoon toereikend, zij het een beetje ijl, maar ze kon beslist goed wijshouden. Nee, het was niet de kwaliteit waarvoor hij zich geneerde, het was de oprechtheid. Hij had wel eerder in gezelschap van mensen verkeerd die de gitaar ter hand hadden genomen of achter de piano waren gaan zitten (maar al heel lang niet meer), maar ze hadden er zelf altijd de draak mee gestoken: ze hadden een onzinnig liedje gekozen om te spelen, of het op een onzinnige manier vertolkt, of hadden er iets kitscherigs van gemaakt of iets anders gedaan om te laten doorschemeren dat ze het niet serieus meenden.

Fiona meende het wel. Ze meende 'Knocking On Heaven's Door', en toen meende ze 'Fire and Rain', en daarna meende ze 'Both Sides Now'. Ze had geen enkele afstand tot de songs; ze ging er helemaal in op. Ze deed zelfs haar ogen dicht terwijl ze zong.

'Wil je niet hier komen zodat je de woorden kunt meelezen?' vroeg ze hem na 'Both Sides Now'. Hij had aan de eettafel strak naar Marcus zitten kijken, tot Marcus ook was gaan zingen, toen had hij zijn aandacht op de muur gericht.

'Eh... Wat komt er hierna?'

'Heb je een verzoeknummer?'

Hij wilde dat ze iets zou spelen waar ze haar ogen niet bij dicht kon doen, 'Roll Out the Barrel', bijvoorbeeld, of 'Knees Up, Mother Brown', maar de toon was al gezet.

'Nee, het maakt me niet uit.'

Ze koos 'Killing Me Softly With His Song'. Er zat niets anders op dan naast haar te staan en af en toe verstikt een halve lettergreep van de tekst uit zijn keel te wurmen. 'Smile... While... Boy... Ling...' Hij wist dat het liedje niet eeuwig kon duren, natuurlijk wist hij dat, en dat hij gauw thuis lekker in bed zou liggen, dat hij niet dood zou gaan aan zingen om de piano met een depressieve hippie en haar geschifte zoon. Dat wist hij allemaal wel, maar hij voelde het niet. Hij kon helemaal niets met deze mensen beginnen, dat zag hij nu wel in. Het was dom geweest te denken dat dit iets voor hem was.

Toen hij thuiskwam, zette hij een cd van de Pet Shop Boys op en keek naar *Prisoner: Cell Block H* zonder het geluid aan te zetten. Hij wilde mensen horen die het niet meenden en hij wilde naar mensen kijken om wie hij kon lachen. Hij werd ook dronken; hij vulde een glas met ijs en schonk zichzelf de ene whisky na de andere in. En toen de drank begon aan te slaan, besefte hij dat mensen die het meenden een veel grotere kans liepen om zelfmoord te plegen dan mensen bij wie dat niet het geval was: hij kon zich niet herinneren ooit ook maar de geringste aanvechting te hebben gehad zich van het leven te beroven, en hij kon zich moeilijk voorstellen dat hij dat ooit wel zou krijgen. Goed beschouwd was zijn betrokkenheid niet zo groot. Je betrokkenheid moest groot zijn om vegetariër te zijn; je betrokkenheid moest groot zijn om 'Both Sides Now' te zingen met je ogen dicht, en goed beschouwd moest je betrokkenheid groot zijn om een moeder te zijn. Hij kon zich eigenlijk nergens druk om maken, en dat, wist hij, zou hem een lang en depressieloos leven garanderen. Hij had een enorme blunder begaan door te denken dat liefdadigheid zijn voorland zou zijn. Dat was niet zo. Je werd er gek van. Fiona deed goed werk en was er gek van geworden: ze was kwetsbaar, zat in de knoop en kon zich niet redden. Will hanteerde een systeem waardoor hij moeiteloos naar zijn graf zou snellen. Dat wilde hij nu niet verkloten.

Fiona belde hem nog een keer op, kort na het tenenkrommende etentje; ze liet een boodschap op zijn antwoordapparaat achter, maar hij reageerde er niet op. Suzie belde hem ook, en hoewel hij haar wilde zien, vermoedde hij dat ze hem namens Fiona belde, dus deed hij vaag en ontwijkend. Hij had het idee dat hij het alleenstaandemoedergedoe nu wel optimaal had verkend, en hij bereidde zich voor op een terugkeer naar het leven dat hij had geleid voordat hij Angie had leren kennen. Misschien was dat maar het beste.

Hij ging platen kopen, hij ging kleding kopen, hij tenniste wat, hij ging naar het café, hij keek televisie en ging met vrienden naar films en bands. Tijdeenheden werden moeiteloos gevuld. Hij begon zelfs 's middags weer boeken te lezen; op een donderdag was hij halverwege een thriller van James Ellroy, in die akelige, saaie uren tussen *Countdown* en het nieuws, toen de deurbel ging.

Hij verwachtte iemand te zien die hem duizenddingendoekjes en borstels wilde verkopen, en daarom zag hij niets toen hij de deur opendeed, omdat zijn bezoeker een kop kleiner was dan de gemiddelde venter.

'Ik kom bij je op bezoek,' zei Marcus.

'O. Goed. Kom binnen.' Naar zijn idee zei hij het hartelijk genoeg, maar om de een of andere reden voelde hij een vloedgolf van paniek.

Marcus liep gedecideerd de woonkamer binnen, ging op de bank zitten en nam alles aandachtig in zich op.

'Je hebt geen kind, hè?'

Dat was in elk geval een verklaring voor de paniek.

'Nou,' zei Will, alsof hij op het punt stond aan een heel lang en ingewikkeld verhaal te beginnen waarvan de details hem momenteel even ontschoten.

Marcus stond op en liep door de flat.

'Waar is de wc? Ik moet heel nodig plassen.'

'Daar in de hal.'

Terwijl Marcus weg was, probeerde Will een verhaal te verzinnen dat het volledige ontbreken van alles wat met Ned samenhing kon verklaren, maar er schoot hem niets te binnen. Hij kon ofwel tegen Marcus zeggen dat hij natuurlijk wel een kind had, en dat het ontbreken van zowel het kind als de bij een kind horende attributen gewoon... gewoon iets was wat hij later zou verzinnen, of hij kon in tranen uitbarsten en opbiechten dat hij een zielige fantast was. Die laatste mogelijkheid sprak hem niet aan.

'Je hebt maar één slaapkamer,' zei Marcus toen hij terugkwam.

'Heb je rondgeneusd?'

'Ja. Je hebt één slaapkamer; er is geen speelgoed in de badkamer en je hebt hier geen speelgoed… Je hebt zelfs geen foto's van hem.'

'Wat gaat jou dat aan?'

'Niets. Behalve dat je hebt gelogen tegen mij en mijn moeder en mijn moeders vriendin.'

'Wie heeft je verteld waar ik woon?'

'Ik heb je een keer gevolgd naar je huis.'

Dat was plausibel. Hij zwierf vaak over straat rond en bovendien had hij Suzie en Fiona en de CHAOS-vrouw niet verteld waar hij woonde, dus een andere verklaring was er niet.

'Waarom?'

'Ik weet het niet. Om iets te doen te hebben.'

'Waarom ga je niet gewoon naar huis, Marcus?'

'Okay. Maar ik ga het wel aan mijn moeder vertellen.'

'O jee, ik doe het in mijn broek.'

Will voelde dat hij een berg aftuimelde en in een soort paniekerig schuldgevoel belandde zoals hij sinds zijn schooltijd niet meer had gekend, en het leek niet meer dan logisch dat hij teruggreep naar het soort zinnen dat hij toen gebruikte. Hij kon Marcus geen andere verklaring geven dan de waarheid – dat hij een kind had verzonnen om met vrouwen in contact te komen – maar de waarheid klonk zoveel vunziger dan ooit de bedoeling was geweest.

'Zo, stap nu maar op.'

'Ik doe je een voorstel. Ik zeg niets tegen mijn moeder als je met haar uitgaat.'

'Waarom wil je dat je moeder uitgaat met iemand zoals ik?'

'Je bent de kwaadste niet, geloof ik. Je hebt wel leugens verteld, bedoel ik, maar afgezien daarvan val je wel mee. En ze is verdrietig, en ik denk dat ze het leuk zou vinden om een vriend te hebben.'

'Marcus, ik kan niet alleen maar met iemand uitgaan omdat jij dat graag wilt. Ik moet die persoon ook aardig vinden.'

'Wat mankeert er dan aan haar?'

'Ze mankeert niets, maar…'

'Je wilt zeker met Suzie uit?'

'Ik heb geen zin om er met jou over te praten.'

'Dat dacht ik al.'

'Ik heb niets gezegd. Ik heb alleen maar gezegd dat... Hoor eens, ik heb echt geen zin om hier met jou over te praten. Ga nou maar naar huis.'

'Okay. Maar ik kom terug.' En toen ging hij.

Toen Will dit onzinnige plan had bedacht en zich bij CHAOS had aangesloten, had hij zich lieve kleine kinderen voorgesteld, en geen kinderen die hem konden volgen en naar zijn huis kwamen. Hij had zich voorgesteld dat hij hun wereld zou betreden, maar hij had niet voorzien dat ze tot zijn leven zouden weten door te dringen. Hij was een van de bezoekers van het leven; hij wilde niet bezocht worden.

Vijftien

Marcus was niet geschift. Nou ja, soms was hij geschift, zoals met dat zingen, maar hij was niet achterlijk-geschift, alleen licht-geschift. Hij begreep meteen dat de dingen die hij over Will wist, zoals dat hij geen kind en geen ex had, te mooi waren om meteen op tafel te leggen; die waren iets waard. Als hij na zijn eerste bezoek aan Wills flat meteen naar huis was gegaan en zijn moeder en Suzie alles ogenblikkelijk had verteld, zou het daarmee afgelopen zijn geweest. Ze zouden hem hebben verboden nog met Will te praten, en dat wilde hij niet.

Hij wist niet precies waarom hij dat niet wilde. Hij wist alleen dat hij deze informatie niet meteen wilde spenderen, net zomin als hij geld dat hij voor zijn verjaardag had gekregen meteen wilde spenderen: hij wilde het op zak houden terwijl hij rondkeek, om uit te dokteren wat het waard was. Hij wist dat hij Will niet kon dwingen met zijn moeder uit te gaan als hij er geen zin in had, maar hij kon hem misschien wel iets anders laten doen, iets waar hij nog niet eens opgekomen was, en daarom ging hij vrijwel elke dag uit school vandaan naar Wills huis om ideeën op te doen.

De eerste keer dat hij terugkwam, was Will niet zo blij hem te zien. Hij bleef gewoon in de deuropening staan met zijn hand aan de deurknop.

'Wat is er?' vroeg Will.

'Niets. Ik dacht: ik wip even aan.' Dat ontlokte Will een glimlach, ook al begreep Marcus niet waarom. 'Wat ben je aan het doen?'

'Wat ik aan het doen ben?'

'Ja.'

'Tv aan het kijken.'

'Waarnaar?'

'*Countdown*.'

'Wat is dat?' Marcus wist wat het was. Ieder kind dat ooit vanuit school was thuisgekomen wist wat het was: het was het meest slaapverwekkende programma in de geschiedenis van de televisie.

'Een quizprogramma. Met woorden en getallen.'

'O. Denk je dat ik het leuk vind?' Natuurlijk zou hij het niet leuk vinden. Niemand vond het leuk, behalve de moeder van zijn vaders vriendin.

'Ik weet niet of dat me wat kan schelen.'

'Ik zou er samen met jou naar kunnen kijken, weet je.'

'Dat is heel aardig van je, Marcus, maar meestal lukt het me wel in mijn eentje.'

'Ik ben goed in anagrammen. En in rekenen. Ik zou je heel goed kunnen helpen als je het er graag goed van af wilt brengen.'

'Je weet dus wel wat *Countdown* is.'

'Ja, ik herinner het me weer. Ik vind het heel leuk. Als het afgelopen is, ga ik weg.'

Will keek hem hoofdschuddend aan. 'O, godsamme. Kom maar binnen.'

Marcus was toch al bijna binnen. Hij ging op Wills lange, crèmekleurige bank zitten, schopte zijn schoenen uit en rekte zich uit. *Countdown* was nog even stompzinnig als hij zich herinnerde, maar hij klaagde er niet over en vroeg niet of er een andere zender op mocht. (Will had kabel, zag Marcus, handig om te weten voor de toekomst.) Hij zat er gewoon geduldig naar te kijken. Will deed niets terwijl het programma aanstond: hij riep de antwoorden niet naar het scherm en maakte geen afkeurende geluiden wanneer iemand een fout antwoord gaf. Hij zat alleen maar te roken.

'Als je het goed wilt doen, heb je pen en papier nodig,' merkte Marcus aan het eind op.

'Ja, nou ja.'

'Doe je dat weleens?'

'Soms.'

'Waarom vandaag niet?'

'Ik weet het niet. Jezus.'

'Dat had je best kunnen doen. Ik zou het niet erg hebben gevonden.

'Dat is heel grootmoedig van je.'

Hij zette de televisie uit met de afstandsbediening en toen zaten ze zonder iets te zeggen bij elkaar.

'Wat wil je nou, Marcus? Heb je geen huiswerk?'

'Jawel. Wil je me helpen?'

'Dat bedoelde ik niet. Ik bedoelde: waarom ga je niet naar huis om je huiswerk te maken?'

'Ik doe het wel na het eten. Je zou trouwens niet moeten roken.'

'Dat weet ik. Fijn dat je het zegt. Hoe laat komt je moeder thuis?'

'Nu ongeveer.'

'Dus...?'

Marcus negeerde hem en begon rond te kijken in de flat. De laatste keer was hem alleen opgevallen dat er geen Ned was, en had hij een heleboel dingen over het hoofd gezien: de dure geluidsinstallatie, de honderden cd's en de duizenden platen en cassettes, de zwart-witfoto's van mensen die saxofoon speelden en de filmaffiches aan de wand, de houten vloeren, het kleed. Het was er klein, wat Marcus verbaasde. Als Will verdiende wat Marcus dacht dat hij verdiende, kon hij zich iets veel groters dan dit veroorloven. Maar het zag er wel cool uit. Als Marcus een eigen flat zou hebben, zou hij die net zo inrichten, hoewel hij waarschijnlijk andere filmaffiches zou uitkiezen. Will had affiches van oude films waar hij nooit van had gehoord: *Double Indemnity, The Big Sleep.* Marcus zou in elk geval *Honey, I Shrunk the Kids* ophangen en *Free Willy* en... maar *Hellhound 3* en *Boilerhead* zou hij niet ophangen. Nu niet meer. Door de Dag van de Dode Eend stond dat soort dingen hem echt tegen.

'Leuk huis.'

'Dank je.'

'Maar wel klein.'

'Voor mij is het groot genoeg.'

'Maar als je wilde, zou je iets groters kunnen nemen.'

'Ik ben hier tevreden mee.'

'Wat heb jij veel cd's. Meer dan alle andere mensen die ik ken.'

Marcus ging ze bekijken, maar hij wist niet precies waar hij naar op zoek was. 'Iggy Pop,' zei hij, en hij lachte om de rare naam, maar Will keek hem alleen maar aan.

'Wie zijn die mensen aan de wand? Die met die saxofoons en trompetten?'

'Saxofonisten en trompettisten.'

'Maar wie zijn het? En waarom heb je ze aan de wand hangen?'

'Dat is Charlie Parker, en dat is Chet Baker. En ze hangen aan de wand omdat ik van hun muziek houd en ze cool zijn.'

'Waarom zijn ze cool?'

Will slaakte een zucht. 'Ik weet het niet. Omdat ze drugs gebruikten en zijn doodgegaan, denk ik.'

Marcus keek hem aan om te zien of hij hem in de maling nam, maar dat leek niet het geval te zijn. Marcus zou geen foto's aan de wand willen van mensen die drugs gebruikten en waren doodgegaan. Dat soort dingen zou hij helemaal willen vergeten en niet elke dag van zijn leven naar willen kijken.

'Wil je iets drinken? Een kopje thee of een cola of zoiets?'

'Ja, graag.'

Marcus volgde hem naar de keuken. Die leek niet op de keuken die zij thuis hadden. Hij was veel kleiner en witter, en er stonden veel meer apparaten, die er allemaal uitzagen alsof ze nooit gebruikt waren. Thuis hadden ze een keukenmachine en een magnetron, die allebei onder de vlekken zaten die geleidelijk aan zwart waren geworden.

'Wat is dit?'

'Een espressoapparaat.'

'En dit?'

'Een ijsmachine. Wat wil je hebben?'

'Ik wil wel wat ijs als je dat aan het maken bent.'

'Maar dat ben ik niet. Dat duurt uren.'

'Dan kun je het net zo goed in de winkel kopen.'

'Cola?'

'Dat is goed.'

Will gaf hem een blikje, dat hij opentrok.

'Zit je de hele dag tv te kijken?'

'Nee, natuurlijk niet.'

'Wat doe je verder nog?'

'Lezen. Winkelen. Vrienden opzoeken.'

'Leuk leven. Ben jij naar school geweest toen je een kind was?'

'Ja, natuurlijk.'

'Hoezo? Ik bedoel: je hoefde toch niet echt naar school?'

'Hoe kom je daar nou bij? Waar denk je dat een school voor is?'

'Om een baan te kunnen krijgen.'

'En lezen en schrijven dan?'

'Dat kon ik jaren geleden al, en ik ga nog steeds naar school. Omdat ik een baan moet zien te vinden. Jij had van school kunnen gaan toen je zes of zeven was. Dan had je jezelf al die ellende kunnen besparen. Je hoeft niets van geschiedenis te weten om boodschappen te kunnen doen of te lezen, vind je wel?'

'Dat hangt ervan af of je over geschiedenis wilt lezen.'

'Lees je daarover?'

'Nee, niet vaak.'

'Okay, waarom ben je dan naar school geweest?'

'Dram niet zo door, Marcus.'

'Als ik wist dat ik geen baan zou hoeven nemen, zou ik het erbij laten zitten.'

'Vind je het niet leuk?' Will zette een kop thee voor zichzelf. Toen hij er melk in had gedaan, liepen ze terug naar de woonkamer en gingen op de bank zitten.

'Nee, ik vind het verschrikkelijk.'

'Waarom?'

'Het is niets voor mij. Ik ben geen schooltype. Ik ben het verkeerde persoonlijkheidstype.' Een poos geleden, kort nadat ze waren verhuisd, had zijn moeder hem over persoonlijkheidstypes verteld. Zij waren allebei introvert, zei ze, wat een heleboel dingen – nieuwe vrienden maken, op een nieuwe school of aan een nieuwe baan beginnen – veel moeilijker maakte. Ze zei het alsof hij zich daardoor beter moest gaan voelen, maar het had natuurlijk helemaal niet geholpen, en hij kon er met zijn verstand niet bij waarom zij had gedacht van wel: als je introvert was, betekende dat in zijn ogen dat het niet eens de moeite waard was om het te proberen.

'Pesten ze je?'

Marcus keek hem aan. Hoe wist hij dat? Het moest nog erger zijn dan hij dacht als mensen het al wisten voordat hij iets had gezegd.

'Valt wel mee. Het zijn maar een paar kinderen.'

'Waar pesten ze je mee?'

'Ach, nergens mee eigenlijk. Alleen met mijn haar en mijn bril, je weet wel. En zingen enzo.'

'Wat is er met zingen?'

'O, gewoon... soms zing ik zonder dat ik er erg in heb.'

Will lachte.

'Het is niet leuk.'

'Sorry.'

'Ik kan er niets aan doen.'

'Je zou wel iets aan je haar kunnen doen.'

'Wat dan?'

'Laten knippen.'

'Zoals wie?'

'Zoals wie? Zoals je het hebben wilt.'

'Ik wil het zo hebben.'

'Dan moet je de andere kinderen voor lief nemen. Waarom wil je je haar zo dragen?'

'Omdat het zo groeit en ik er de pest aan heb om naar de kapper te gaan.'

'Dat begrijp ik. Hoe vaak ga je?'

'Nooit. Mijn moeder knipt het.'

'Je moeder? Jezus. Hoe oud ben je? Twaalf? Ik zou toch denken dat je oud genoeg bent om zelf uit te maken hoe je je haar wilt.'

Marcus' interesse werd gewekt door dat 'oud genoeg zijn'. Dat hoorde hij niet vaak. 'Vind je?'

'Natuurlijk. Hoe oud ben je? Twaalf? Over vier jaar zou je kunnen trouwen. Laat je je moeder dan ook nog je haar knippen?'

Marcus dacht niet dat hij over vier jaar zou gaan trouwen, maar begreep wel wat Will hem duidelijk probeerde te maken.

'Dat zou ze, denk ik, niet leuk vinden,' zei hij.

'Wie niet?'

'Mijn vrouw. Als ik een vrouw zou hebben, maar ik denk het niet. Niet over vier jaar.'

'Dat bedoelde ik eigenlijk niet. Ik bedoelde dat je je misschien een beetje een eikel zou voelen als je moeder moest komen om dat soort dingen te doen. Je haar knippen en je teennagels en je rug moest boenen...'

'O, op die manier. Ja, ik begrijp wat je bedoelt.'

En ja, hij zag wat Will bedoelde, en ja, Will had gelijk. In die situatie zou hij zich een eikel voelen. Maar je kon het ook anders bekijken: als zijn moeder over vier jaar langs zou komen om zijn haar te knippen, zou dat betekenen dat er intussen niets vreselijks was gebeurd. En zoals hij zich nu voelde, zou hij er tevreden mee zijn zich om de paar maanden een beetje een eikel te voelen.

Marcus ging dat najaar vaak op bezoek bij Will, en de derde of de vierde keer kreeg hij het gevoel dat Will aan hem gewend begon te raken. De tweede keer kregen ze een beetje onenigheid; Will wilde hem weer niet binnenlaten, en Marcus moest aandringen, maar na verloop van tijd kwamen ze in het stadium dat Marcus aanbelde en Will opendeed zonder zelfs maar te kijken wie er was; hij liep terug naar de woonkamer en verwachtte dat Marcus hem zou volgen. Een paar keer was hij niet thuis, maar Marcus wist niet of hij opzettelijk de deur uitging en dat wilde hij ook niet weten, en daarom vroeg hij er niet naar.

In het begin praatten ze niet veel, maar op den duur, toen de bezoekjes vanzelfsprekend werden, scheen Will te denken dat ze een echt gesprek moesten voeren. Maar hij was er niet erg goed in. De eerste keer dat het gebeurde, hadden ze het over de dikke man die steeds won bij *Countdown*, en toen vroeg Will, naar Marcus' idee zonder enige reden: 'Hoe gaat het thuis?'

'Met mijn moeder, bedoel je?'

'Ja, ik denk het.'

Het lag er zo dik bovenop dat Will liever over die dikke man van *Countdown* zou praten dan over wat er een tijdje geleden was gebeurd, dat Marcus heel even woede voelde oplaaien omdat hij niet dezelfde keus had. Als het aan hem lag, zou hij al zijn tijd zoetbrengen met gedachten over de dikke man van *Countdown*, maar dat kon niet omdat er te veel andere dingen waren om over na te denken. Maar hij bleef niet lang kwaad. Het was Wills schuld niet, en hij probeerde het in elk geval, ook al ging het hem niet makkelijk af.

'Het gaat goed met haar,' zei Marcus op een manier die impliceerde dat het altijd goed met haar ging.

'Nee, ik bedoel...'

'Ja, dat weet ik. Nee, niets in die richting.'

'Zit je er nog mee?'

Hij had er nooit meer over gepraat sinds de avond dat het gebeurd was, en zelfs toen had hij nooit gezegd wat hij voelde. Wat hij voelde, aan een stuk door, elke dag weer, was een vreselijke angst. De voornaamste reden waarom hij na school bij Will langsging, was eigenlijk dat hij het naar huis gaan kon uitstellen; hij kon thuis niet meer de trap oplopen zonder naar zijn voeten te kijken en aan de Dag van de Dode Eend te denken. Als het moment was aangebroken waarop hij de sleutel in het slot moest steken, bonkte zijn hart in zijn borstkas en armen en benen, en wanneer hij zag dat zijn moeder naar het journaal keek, of eten kookte of aan de eettafel werk voorbereidde, moest hij alle zeilen bijzetten om niet in tranen uit te barsten of misselijk te worden of zoiets.

'Een beetje. Als ik eraan denk.'

'Denk je er vaak aan?'

'Ik weet het niet.' Aan een stuk door, aan een stuk door, aan een stuk door. Kon hij dat tegen Will zeggen? Hij wist het niet. Hij kon het niet tegen zijn moeder zeggen, hij kon het niet tegen zijn vader zeggen, hij kon het niet tegen Suzie zeggen; die zouden er allemaal te veel ophef over maken. Zijn moeder zou van streek raken; Suzie zou erover willen praten; zijn vader zou willen dat hij weer in Cambridge kwam wonen... daar had hij geen trek in. Dus waarom zou hij iemand iets vertellen? Wat had het voor zin? Het enige wat hij wilde was een belofte van iemand, maakt niet uit wie, dat het echt nooit meer zou gebeuren, en dat kon niemand beloven.

'Godverdomme,' zei Will. 'Sorry, dat zou ik in jouw bijzijn niet moeten zeggen, geloof ik.'

'Het geeft niet. Op school zeggen mensen dat de hele tijd.'

En daar bleef het bij. Meer zei Will niet. 'Godverdomme.' Marcus wist niet waarom Will zo had gevloekt, maar Marcus vond het prettig; hij klaarde er van op. Het was serieus, het was niet overdreven, en hij begon te beseffen dat het geen aanstellerij was dat hij zo bang was.

'Je kunt nu net zo goed *Neighbours* blijven kijken,' zei Will. 'Anders mis je het begin.' Marcus keek nooit naar *Neighbours*, en wist niet hoe Will erbij kwam dat hij er wel naar keek, maar hij bleef toch. Hij vond dat het hoorde. Ze keken ernaar zonder iets te zeggen, en toen de aftitelingsmelodie begon, zei Marcus beleefd dankjewel en ging naar huis.

Zestien

Will merkte dat hij de bezoekjes van Marcus in zijn dagindeling opnam. Dit was niet moeilijk, aangezien zijn dagindeling sleets was en behoorlijk wat grote, welkome gaten vertoonde, maar dan nog, die had hij met andere, makkelijker dingen kunnen vullen, zoals meer winkelen en vaker naar de middagvoorstelling in de bioscoop gaan; niemand kon beweren dat Marcus het equivalent was van een slechte Steve Martin-film en een zak gemengde drop. Niet dat hij zich misdroeg wanneer hij op bezoek kwam; dat was het niet, en niet dat het moeilijk was om een gesprek met hem te voeren; dat was het niet. Marcus was gewoon lastig omdat hij vaak de indruk wekte dat hij alleen even op deze planeet neerstreek terwijl hij op weg naar elders was, naar een plek waar hij beter op zijn plaats zou zijn. Perioden van afwezigheid, wanneer hij compleet in zijn eigen hoofd leek op te gaan, werden afgewisseld met perioden waarin het leek of hij deze afwezigheid probeerde te compenseren en de ene vraag na de andere stelde.

Een of twee keer besloot Will dat hij er niet tegen opgewassen was en ging hij winkelen of naar de bioscoop, maar meestal was hij om kwart over vier thuis en wachtte op de bel – soms omdat hij geen zin had om de deur uit te gaan, soms omdat hij het gevoel had dat hij Marcus iets verschuldigd was. Wat en waarom hij hem iets verschuldigd was, wist hij niet, maar hij begreep dat hij momenteel een functie in het leven van het kind vervulde, en omdat hij geen functie in het leven van iemand anders vervulde, zou hij beslist niet aan compassiemoeheid bezwijken. Toch viel het nog niet mee dat zich elke middag een kind aan hem opdrong. Will zou een zucht van verlichting slaken wanneer Marcus ergens anders een doel in zijn leven zou hebben gevonden.

Tijdens het derde of vierde bezoek informeerde hij bij Marcus naar Fiona en wenste uiteindelijk dat hij dat niet had gedaan omdat het overduidelijk was dat de jongen ermee in zijn maag zat. Will kon het hem niet kwalijk nemen, maar wist niets te bedenken wat hem ook maar enigszins tot troost kon strekken of van waarde was, en daarom vloekte hij uiteindelijk meelevend en, gezien Marcus' leeftijd, ongepast. Die fout zou Will niet meer maken. Als Marcus over zijn suïcidale moeder wilde praten, kon hij dat met Suzie doen of met een psychotherapeut of iets in die richting, met iemand die iets anders te berde kon brengen dan een vloek.

De kwestie was dat Will zijn hele leven de dingen die echt wezenlijk waren had vermeden. Hij was immers de zoon en erfgenaam van de man die 'Santa's Super Sleigh' had geschreven. De kerstman, wiens bestaan door de meeste volwassenen met gegronde redenen in twijfel werd getrokken, verschafte hem alles wat hij aantrok, at en dronk, de stoel waar hij op zat en het huis waarin hij woonde; je kon redelijkerwijs stellen dat werkelijkheidszin niet in zijn genen zat. Hij keek graag naar wezenlijke dingen in *East Enders* en *The Bill*, en hij luisterde graag naar Joe Strummer en Curtis Mayfield en Kurt Cobain, die over wezenlijke dingen zongen, maar er had nooit eerder iets wezenlijks op zijn bank gezeten. Het was dan ook geen wonder dat hij eigenlijk niet wist wat hij ermee aanmoest nadat hij er een kop thee voor had gezet en het een koekje had gegeven.

Soms slaagden ze erin gesprekken over Marcus' leven te voeren die de dubbele ramp van school en thuis omzeilden.

'Mijn vader drinkt geen koffie meer,' zei Marcus plotseling op een avond nadat Will had gemopperd dat hij een cafeïnevergiftiging had (een beroepsrisico, vermoedde hij, van mensen zonder beroep).

Will had eigenlijk nooit over Marcus' vader nagedacht. Marcus leek zozeer een product van zijn moeder dat het idee van een vader er bijna niet mee te rijmen leek.

'Wat doet je vader?'

'Hij werkt bij de sociale dienst in Cambridge.'

Dat had hij kunnen weten, dacht Will. Al deze mensen kwamen

uit een ander land, een land vol dingen waar Will niets van wist en niets aan had, zoals muziektherapeuten, en huisvestingsambtenaren en reformwinkels met prikborden en aromatherapie-olie en bontgekleurde truien en moeilijke Europese romans, en gevoelens. Marcus was de vrucht van hun schoot.

'Wat doet hij daar?'

'Ik weet het niet. Maar hij verdient er niet veel mee.'

'Zie je hem vaak?'

'Vrij vaak. Soms de weekends. In de vakanties. Hij heeft een vriendin die Lindsey heet. Ze is aardig.'

'O.'

'Wil je dat ik meer over hem vertel?' bood Marcus behulpzaam aan. 'Dat wil ik best doen, als je wilt.'

'Vind je het leuk om meer over hem te vertellen?'

'Ja. Thuis praten we niet vaak over hem.'

'Wat wil je dan vertellen?'

'Ik weet het niet. Ik zou kunnen vertellen wat voor auto hij heeft en of hij rookt.'

'Okay, rookt hij?' Will liet zich niet meer van de wijs brengen door Marcus' nogal excentrieke gesprekspatronen.

'Nee, hij is ermee gestopt,' zei Marcus triomfantelijk, alsof hij Will in de val had gelokt.

'O.'

'Maar dat viel niet mee.'

'Dat zal wel. Mis je je vader?'

'Hoe bedoel je?'

'Nou, je weet wel. Mis je... ik weet het niet... mis je hem? Je begrijpt best wat dat betekent.'

'Hoe kan ik hem nou missen als ik hem zie?'

'Zou je willen dat je hem vaker zag?'

'Nee.'

'O, dat is dan mooi.'

'Mag ik nog een cola?'

Aanvankelijk begreep Will niet waarom Marcus zijn vader ter sprake had gebracht, maar kennelijk was het nuttig te praten over iets wat Marcus niet deed denken aan de vreselijke puinhopen die hem omringden. Het overwinnen van een nicotineverslaving was nu niet bepaald een overwinning van Marcus, maar in een bestaan dat momenteel absoluut overwinningsloos was, was hij er in tijden niet zo dichtbij gekomen.

Will begreep hoe triest dat was, maar hij begreep ook dat het zijn probleem niet was. Geen enkel probleem was zijn probleem. Maar heel weinig mensen verkeerden in de positie te kunnen zeggen dat ze geen problemen hadden, maar ook dat was zijn probleem niet. Will beschouwde dit niet als een reden tot schaamte, maar als een reden tot dol en uitzinnig feestvieren; de leeftijd te bereiken die hij had zonder daarbij op ernstige problemen te zijn gestuit was in zijn ogen een record dat het behouden waard was, en hoewel hij er geen bezwaar tegen had Marcus af en toe een blikje cola te geven, was hij niet van plan betrokken te raken bij het armzalige zootje waaruit Marcus' leven bestond. Waarom zou hij?

Een week later werd Wills afspraakje met *Countdown* verstoord door een hagel van grind, zo klonk het althans, tegen het raam van zijn woonkamer, gevolgd door een aanhoudend, dringend klinkend en irritant rinkelen van de deurbel. Will wist dat het rottigheid betekende – er wordt geen grind tegen je ruiten gegooid en verwoed aangebeld zonder rottigheid, dacht hij zo – en zijn eerste ingeving was om het geluid van de tv harder te zetten en het allemaal te negeren. Maar na een poosje werd zijn lafheid verdreven door enig gevoel van zelfrespect, en dwong hij zich ertoe van de bank te komen en naar de voordeur te lopen.

Marcus stond op de trap en werd bekogeld met een soort snoepgoed, keiharde brokken, die makkelijk evenveel schade konden aanrichten als kiezelstenen. Will wist dit omdat hij zelf een paar voltreffers opliep. Hij loodste Marcus naar binnen en slaagde erin de bekogelaars te traceren, twee onguur uitziende tieners met stekeltjeshaar.

'Zijn jullie nou helemaal gek geworden?'

'Wie ben jij?'

'Het doet er geen reet toe wie ik ben. Wie zijn jullie in godsnaam?' Will kon zich niet herinneren wanneer hij voor het laatst zin had gehad iemand een pak slaag te geven, maar bij deze twee jeukten zijn handen. 'Sodemieter op.'

'Oeoeoeh,' zei een van hen om onduidelijke redenen. Will nam aan dat het bedoeld was om hun gebrek aan angst te onderstrepen, maar hun vertoon van lef werd enigszins ondergraven door hun snelle en onmiddellijke aftocht. Dat was een verrassing en een opluchting. Will zou in geen honderd jaar voor Will zijn weggelopen (of beter gezegd: in het weliswaar onwaarschijnlijke geval dat Will zichzelf in een donkere steeg zou tegenkomen, zouden beide Wills met gelijke en heel hoge snelheid in tegengestelde richting zijn gerend). Maar hij was nu een volwassene, en hoewel het natuurlijk waar was dat tieners geen enkel respect meer toonden, voer de dienstplicht weer in, enzovoort, enzovoort, zouden vermoedelijk alleen echte slechteriken of goed bewapende types een confrontatie riskeren met iemand die groter en ouder was dan zijzelf. Toen Will de flat weer binnenging, voelde hij zich groter en ouder en was al met al niet ontevreden over zichzelf.

Marcus had een koekje genomen en zat op de bank tv te kijken. Hij zag eruit zoals hij er altijd uitzag, verdiept in het programma, het koekje halverwege zijn mond; er was geen enkel uiterlijk teken van spanning. Als de jongen die daar op de bank naar *Countdown* zat te kijken, ooit was gepest, was dat tijden geleden en was hij het allemaal allang weer vergeten.

'Wie waren dat?'

'Wie?'

'Wie? De jongens die net je hersenpan met snoepjes probeerden te vullen.'

'O, die,' zei Marcus, zijn blik nog steeds op het scherm gericht. 'Ik weet niet hoe ze heten. Ze zitten in de negende.'

'En je weet niet hoe ze heten?'

'Nee. Ze zijn uit school vandaan gewoon achter me aangelopen. Daarom vond ik dat ik beter niet naar huis kon gaan, zodat ze er niet achter zouden komen waar ik woonde. Ik dacht dat ik beter hiernaar toe kon gaan.'

'Je wordt bedankt.'

'Ze zullen jou heus niet met snoep bekogelen. Ze zijn op mij uit.'

'En gebeurt dit vaak?'

'Ze hebben nooit eerder snoep gegooid. Dat hebben ze vandaag verzonnen. Zonet.'

'Ik heb het niet over dat snoepgoed. Ik heb het over... grotere jongens die je proberen te vermoorden.'

Marcus keek hem aan.

'Dat had ik je toch al verteld.'

'Toen klonk het niet alsof het zo ernstig was.'

'Wat bedoel je?'

'Je zei dat een paar kinderen je pestten. Je hebt niet gezegd dat mensen die je niet eens kent je achternazitten en je bekogelen.'

'Dat hadden ze toen nog niet gedaan,' zei Marcus geduldig. 'Dat hebben ze zonet pas bedacht.'

Will begon zijn geduld te verliezen; als hij snoepjes bij de hand had gehad, had hij ze eigenhandig naar Marcus' hoofd gegooid. 'Jezus Christus, Marcus, ik heb het niet over die klotesnoepjes. Neem je altijd alles zo godvergeten letterlijk? Ik begrijp dat ze dit nooit eerder hebben gedaan. Maar ze pesten je al tijden.'

'O ja. Niet deze twee...'

'Nee, okay, okay, niet deze twee. Maar anderen zoals zij.'

'Ja. Een heleboel kinderen.'

'Goed. Dat is het enige wat ik duidelijk probeerde te krijgen.'

'Dat had je toch gewoon kunnen vragen?'

Will liep naar de keuken en zette water op, al was het maar om iets te doen te hebben wat niet tot een gevangenisstraf zou leiden, maar hij kon het onderwerp niet laten rusten.

'En wat ga je eraan doen?'

'Hoe bedoel je?'

'Laat je dit gewoon de volgende weet ik hoeveel jaar doorgaan?'

'Je klinkt als de leraren op school.'

'Wat zeggen die dan?'

'Ach, je weet wel. "Je moet uit hun buurt blijven." Maar ik probeer helemaal niet in hun buurt te komen.'

'Maar je moet je er wel lullig door voelen.'

'Ja, best wel. Maar ik denk er gewoon niet aan. Net als de keer dat ik mijn pols brak toen ik van dat klimrek was gevallen.'

'Ik kan je niet volgen.'

'Daar probeerde ik ook niet aan te denken. Het gebeurde zonder dat ik het wilde, maar zo is het leven, toch?'

Soms klonk Marcus alsof hij honderd jaar oud was, en dat ging Will aan zijn hart.

'Maar zo hoeft het leven toch niet te zijn?'

'Ik weet het niet. Zeg jij het maar. Ik heb niets gedaan. Ik ben net op een nieuwe school begonnen en nu heb ik dit. Ik weet niet waarom.'

'Hoe ging dat op je vorige school?'

'Daar was het anders. Niet alle kinderen waren hetzelfde. Er waren slimme kinderen en domme en modieuze en je had weirdo's. Daar voelde ik me niet anders. Hier wel.'

'Je kunt hier toch niet een ander soort kinderen hebben? Kinderen zijn kinderen.'

'Waar zijn alle weirdo's dan?'

'Misschien beginnen ze als weirdo en zorgen ze er dan voor dat ze hun zaakjes voor elkaar krijgen. Het zijn nog steeds weirdo's, maar je kunt ze gewoon niet meer zien. Het probleem is dat deze kinderen jou kunnen zien. Je valt op.'

'Moet ik mezelf dan onzichtbaar maken?' Marcus snoof bij de gedachte aan de omvang van die taak. 'Hoe doe ik dat? Is een van die apparaten bij jou in de keuken een onzichtbaarheidsmachine?'

'Je hoeft je niet onzichtbaar te maken. Je moet je gewoon vermommen.'

'Hoe, met een snor en dat soort dingen?'

'Ja hoor, met een snor. Het zou niemand opvallen als ze een twaalfjarige met een snor zagen, denk je niet?'

Marcus keek hem aan. 'Je houdt me voor de gek. Dat zou iedereen opvallen. Ik zou de enige van de hele school zijn.'

Dat van het sarcasme was Will vergeten. 'Okay, dan geen snor. Geen goed idee. Maar als je nu eens dezelfde kleding en bril droeg en hetzelfde kapsel had als iedereen? Van binnen kun je zo raar zijn als je wilt. Doe gewoon iets aan de buitenkant.'

Ze begonnen bij zijn voeten. Marcus droeg het soort schoenen waarvan Will niet wist dat ze die nog maakten: eenvoudige, zwarte instappers, die kennelijk als enige ambitie hadden hun eigenaar door de gangen van de school te laten lopen zonder de aandacht van de conrector te trekken.

'Vind je die schoenen mooi?' vroeg Will. Ze liepen door Holloway Road op zoek naar sportschoenen. Marcus tuurde door de namiddagschemering naar zijn voeten en botste prompt tegen een grote vrouw op die een paar overvolle Lo-Cost-tassen torste.

'Wat bedoel je?'

'Ik bedoel of je ze mooi vindt?'

'Het zijn mijn schoolschoenen. Die hoef ik niet mooi te vinden.'

'Als je er moeite voor doet, kun je alles mooi vinden wat je aanhebt.'

'Vind jij alles mooi wat je aanhebt?'

'Ik trek niet iets aan wat ik vreselijk vind.'

'Wat doe je dan met de spullen die je vreselijk vindt?'

'Die koop ik niet, snap je?'

'Ja, omdat jij geen moeder hebt. Sorry dat ik het zo zeg, maar die heb je niet.'

'Dat geeft niet. Ik ben eraan gewend.'

De sportschoenenwinkel was groot en druk bevolkt, en door de verlichting zagen alle klanten eruit alsof ze ziek waren; iedereen zag een beetje groenig, ongeacht hun oorspronkelijke huidskleur. Will zag het beeld van hen tweeën in de spiegel en zag tot zijn schrik dat ze makkelijk voor vader en zoon konden doorgaan; hij had op de een of andere manier een voorstelling van zichzelf als Marcus' oudere broer, maar het spiegelbeeld bood een schril contrast tussen ouderdom en jeugd – Wills stoppelbaard en kraaienpootjes versus Marcus' gladde wangen en stralend witte tanden. En het haar... Will was er trots op dat zelfs de kleinste kale plekken hem bespaard waren gebleven, maar toch had hij bovenop minder haar dan Marcus, bijna alsof het leven een deel ervan had versleten.

'Welke vind je mooi?'

'Ik weet het niet.'

'Ze moeten, geloof ik, van Adidas zijn.'

'Waarom?'

'Omdat iedereen die draagt.'

De schoenen waren naar fabrikant uitgestald, en op de Adidas-afdeling van de winkel waren onevenredig veel kooplustigen.

'Schapen,' zei Marcus toen ze dichterbij kwamen. 'Bèèèè.'

'Hoe kom je daarbij?'

'Dat zegt mijn moeder als ze denkt dat mensen maar ergens achteraan lopen.'

Will herinnerde zich ineens dat een jongen van zijn vroegere school ook een moeder als Fiona had gehad – niet precies hetzelfde, want Will vond Fiona wel heel erg een product van deze tijd, met haar platen uit de jaren zeventig, haar politiek uit de jaren tachtig en haar voetlotion uit de jaren negentig, maar toch een jarenzestig equivalent van Fiona. Stephen Fullicks moeder had iets tegen televisie; ze vond dat het mensen tot robotten maakte, en daarom hadden ze thuis geen toestel. 'Heb je *Thund...*' zei Will elke maandagochtend, en dan schoot het hem weer te binnen en bloosde hij, alsof de televisie een ouder was die pas was overleden. En wat had het Stephen Fullick opgeleverd? Voor zover Will wist, was hij geen profetisch dichter geworden of een primitieve schilder; hij zat waarschijnlijk met een baan op een provinciaal advocatenkantoor opgezadeld, net als al die anderen van school. Hij had zich jarenlang zonder duidelijk doel medelijden moeten laten welgevallen.

'Het hele idee achter deze onderneming is dat je leert een schaap te worden, Marcus.'

'O ja?'

'Natuurlijk. Je wilt niet opvallen. Je wilt er niet anders uitzien. Bèèè.'

Will koos een paar hoge Adidas-basketbalschoenen die er cool maar relatief onopvallend uitzagen.

'Hoe vind je ze?'

'Ze kosten zestig pond.'

'Wat ze kosten is niet van belang. Hoe vind je ze?'

'Ja, mooi.'

Will trok een verkoper aan zijn jasje en vroeg of hij de juiste maat wilde brengen; Marcus stampte een poosje heen en weer. Hij bekeek zichzelf in de spiegel en probeerde een glimlach te onderdrukken.

'Je vindt dat je er gaaf uitziet, hè?' vroeg Will.

'Ja. Alleen... nu ziet de rest er helemaal fout uit.'

'Dan zorgen we er de volgende keer voor dat de rest er goed uit komt te zien.'

Marcus ging erna meteen naar huis met zijn sportschoenen in zijn schooltas gepropt; Will liep terug en straalde vanwege zijn eigen vrijgevigheid. Dit was wat mensen bedoelden met een natuurlijke euforie! Hij kon zich niet herinneren dat hij zich ooit eerder zo had gevoeld, zo in harmonie met zichzelf, zo overtuigd van zijn eigenwaarde. En, het was niet te geloven, het had hem maar zestig pond gekost! Hoeveel had hij niet moeten neertellen voor een gelijkwaardige kunstmatige euforie? (Vermoedelijk vijfentwintig pond, nu hij erover nadacht, maar een kunstmatige euforie was ontegenzeggelijk inferieur.) Hij had een ongelukkig jongetje tijdelijk gelukkig gemaakt, zonder dat het hem ook maar iets opleverde. Hij wilde niet eens met de moeder van het jongetje naar bed.

De volgende dag stond Marcus in tranen bij Will voor de deur, met een paar doorweekte zwarte sokken waar zijn Adidas-sportschoenen hadden moeten zitten; ze waren natuurlijk gejat.

Zeventien

Marcus zou zijn moeder heus wel hebben verteld waar de sport-schoenen vandaan kwamen als ze het had gevraagd, maar dat deed ze niet omdat ze niet zag dat hij ze aan had. Okay, zijn moeder was niet een van de opmerkzaamste, maar de sportschoenen leken zo groot, wit en buitenissig en de aandacht vragend dat Marcus hele-maal niet het gevoel had dat hij schoenen aanhad, maar eerder iets levends – een stel konijnen misschien.

Maar ze zag wel dat ze verdwenen waren. Typisch iets voor haar. De konijnen zag ze niet, en die zie je nooit aan voeten, maar ze zag wel zijn sokken, die gewoon waren waar ze hoorden te zijn.

'Waar zijn je schoenen?' riep ze uit toen hij thuiskwam. (Will had hem een lift gegeven, maar het was november en regenachtig, en tij-dens het korte stukje over het trottoir en de trap op naar de voor-deur van de flats waren zijn sokken weer helemaal doorweekt ge-raakt.) Hij keek naar zijn voeten, en heel even zei hij niets: hij speelde met de gedachte heel verrast te doen en te zeggen dat hij het niet wist, maar hij besefte al gauw dat ze hem niet zou geloven.

'Gestolen,' zei hij ten slotte.

'Gestolen? Waarom zou iemand jouw schoenen willen stelen?'

'Omdat...' Hij zou de waarheid moeten vertellen, maar het pro-bleem was dat de waarheid tot heel wat nieuwe vragen zou leiden. 'Omdat het mooie waren.'

'Het waren doodgewone zwarte instappers.'

'Nee, het waren nieuwe Adidas-sportschoenen.'

'Hoe kom jij aan nieuwe Adidas-sportschoenen?'

'Die heeft Will voor me gekocht.'

'Welke Will? De Will die ons mee uit lunchen heeft genomen?'

'Ja, Will. De man van chaos. Hij is een soort vriend geworden.'

'Hij is een soort vriend geworden?'

Marcus had gelijk. Ze had massa's vragen, alleen was de manier waarop ze die stelde nogal saai: ze herhaalde gewoon wat hij het laatst had gezegd, zette er een vraagteken achter en schreeuwde.

'Ik ga uit school vandaan naar zijn huis.'

'JE GAAT UIT SCHOOL VANDAAN NAAR ZIJN HUIS?'

Of:

'Tja, weet je, hij heeft eigenlijk geen kind.'

'HIJ HEEFT EIGENLIJK GEEN KIND?'

Enzovoort. In elk geval zat hij na afloop van al dat gevraag behoorlijk in de nesten, maar waarschijnlijk niet zo erg als Will.

Nadat Marcus zijn oude schoenen weer had aangetrokken, gingen hij en zijn moeder meteen terug naar Wills flat. Zodra hij ze had gevraagd binnen te komen, begon Fiona tegen Will uit te varen, en in het begin, toen ze hem aanviel over CHAOS en zijn denkbeeldige zoon, keek hij gegeneerd en boetvaardig; hij kon niet een van haar vragen beantwoorden, en daarom stond hij maar wat naar de vloer te staren. Maar toen ze maar doorging, begon hij zich ook op te winden.

'Okay,' zei Fiona. 'Wat is in godsvredesnaam de bedoeling van die theekransjes als hij uit school komt?'

'Wat bedoel je?'

'Waarom zou een volwassen man dag in dag uit tijd willen doorbrengen met een jongen van twaalf?'

Will keek haar aan. 'Insinueer je wat ik denk dat je insinueert?'

'Ik insinueer niets.'

'Dat klopt volgens mij niet. Je insinueert dat ik... met je zoon heb gerotzooid.'

Marcus keek naar Fiona. Was dat echt wat haar dwarszat? Gerotzooi?

'Ik vraag alleen waarom je twaalfjarigen in je flat ontvangt.'

Will ontplofte. Zijn gezicht liep rood aan en hij begon vreselijk tekeer te gaan. 'Ik heb verdomme toch geen keus? Je zoon komt hier goddomme elke middag onuitgenodigd langs. Soms wordt hij achternagezeten door bendes halve wilden. Ik zou hem voor de deur kunnen laten staan en het hem zelf kunnen laten uitzoeken, maar met het oog op zijn veiligheid heb ik hem binnengelaten. Sodeju, de volgende keer zal ik hem laten staan. Krijg allebei het lazarus. En als je klaar bent, kun je oprotten.'

'Nee, ik ben eigenlijk nog niet met je klaar. Waarom heb je een paar dure sportschoenen voor hem gekocht?'

'Omdat... Kijk toch eens naar hem.' Ze keken naar hem. Zelfs Marcus keek naar zichzelf.

'Wat is er mis met hem?'

Will keek haar aan. 'Je hebt geen flauw idee, hè? Je hebt echt geen flauw idee.'

'Van wat?'

'Ze lusten Marcus rauw op school, weet je. Hij wordt verdomme elke dag van de week te grazen genomen, en jij zit erover in waar zijn sportschoenen vandaan komen en of ik met hem heb gerotzooid.'

Marcus voelde zich ineens uitgeput. Hij had zich niet goed gerealiseerd hoe erg het allemaal was tot Will begon te schreeuwen, maar het was waar, hij werd verdomme elke dag van de week te grazen genomen. Tot nu toe had hij de dagen van de week niet op die manier met elkaar in verband gebracht: elke dag was een rotdag, maar hij overleefde het door zichzelf voor te spiegelen dat elke dag op de een of andere manier losstond van de dag ervoor. Nu begreep hij hoe stom dat was en hoe klote alles was; hij wilde naar bed om er niet meer uit te komen tot het weekend was.

'Het gaat prima met Marcus,' zei zijn moeder. Eerst kon hij niet geloven dat ze het had gezegd, en toen hij de kans had gehad de woorden in zijn oren te laten naklinken, probeerde hij er een andere betekenis voor te vinden. Misschien bestond er een andere Marcus? Misschien was er iets anders wat hem prima afging, iets wat hem was ontschoten? Maar er was natuurlijk geen andere Marcus, en niets ging hem prima af; zijn moeder was gewoon blind, stom en getikt.

'Dat meen je niet,' zei Will.

'Ik weet dat hij wat tijd nodig heeft om te wennen op zijn nieuwe school, maar...'

Will begon te lachen. 'Ja, hoor. Als je hem een paar weken de tijd gunt, gaat het prima met hem, hè? Als ze ermee ophouden zijn schoenen te jatten en hem van school naar huis achterna te zitten, is alles weer koek en ei.'

Daar klopte niets van. Ze waren allemaal getikt. 'Ik denk het niet,' zei Marcus. 'Dat zal langer duren dan een paar weken.'

'Laat maar, ik weet het,' zei Will. 'Ik maakte een grapje.'

Marcus vond niet dat dit het soort gesprek was waar grapjes in pasten, maar het betekende in elk geval dat iemand begreep wat er aan de hand was. Maar hoe kon het dat Will, die hij pas twee minuten kende, diegene was en niet zijn moeder die hij, tja, zijn hele leven al kende?

'Ik vind dat je er nogal melodramatisch over doet,' zei Fiona. 'Misschien heb je nooit eerder erg veel met kinderen te maken gehad.'

Marcus wist niet wat het 'melo'-deel van 'melodramatisch' betekende, maar Will werd er nog woedender door.

'Ik ben goddomme zelf een kind geweest,' zei Will. Hij vloekte nu wel veel. 'En ik ben ook naar zo'n kloteschool geweest. Ik weet het verschil tussen kinderen die niet zo goed kunnen wennen en kinderen die zich ronduit ellendig voelen, dus je hoeft bij mij niet aan te komen met dat gelul over melodramatisch doen. Moet ik me dat laten aanleunen van iemand die...'

'Ho!' riep Marcus. 'Holadiee!'

Ze keken hem allebei aan, en hij keek terug. Hij kon zijn uitbarsting absoluut niet verklaren; hij had de eerste klanken uitgekraamd die in hem opkwamen, omdat hij zag aankomen dat Will het ziekenhuis ter sprake zou brengen, en dat wilde hij niet. Dat was niet eerlijk. Dat zijn moeder stom deed, betekende nog niet dat Will het recht had haar daarover aan te vallen. In zijn ogen was het ziekenhuisgedoe ernstiger dan snoepgoed en sportschoenen, en niemand moest die twee op een hoop gooien.

'Wat mankeert jou?' vroeg Will.

Marcus haalde zijn schouders op. 'Niets. Gewoon... Ik weet het niet. Ik had zin om te schreeuwen.'

Will schudde zijn hoofd. 'Jezus,' zei hij. 'Wat een gezin.'

Marcus had de ruzies van die middag niet leuk gevonden, maar toen ze achter de rug waren, zag hij het nut er wel van in. Zijn moeder wist nu dat Will geen kind had, wat waarschijnlijk een goede zaak was, en ze wist dat hij bijna elke dag uit school vandaan naar Will ging, wat waarschijnlijk ook een goede zaak was, want hij had haar de laatste tijd wel veel leugentjes moeten vertellen, en daar had hij een rotgevoel over. En het belangrijkste was dat ze wist wat er op school gaande was omdat Will haar dat duidelijk had gemaakt. Dat had Marcus niet kunnen doen omdat hij het geheel niet overzag, en het maakte ook niet uit wie het had gedaan; het ging erom dat Fiona het begreep.

'Daar ga je niet meer naar toe,' zei ze onderweg naar huis.

Marcus wist dat ze dat zou zeggen, en hij wist ook dat hij zich er niets van zou aantrekken, maar hij ging er toch tegen in.

'Waarom niet?'

'Als je iets te zeggen hebt, zeg je het maar tegen mij. Als je nieuwe kleren wilt, koop ik ze voor je.'

'Maar jij weet niet wat ik nodig heb.'

'Dan vertel je me dat.'

'Ik weet niet wat ik nodig heb. Alleen Will weet wat ik nodig heb.'

'Doe niet zo belachelijk.'

'Het is waar. Hij weet wat kinderen aan hebben.'

'Kinderen hebben aan wat ze 's ochtends aantrekken.'

'Je weet best wat ik bedoel.'

'Je bedoelt dat hij denkt dat hij trendy is en dat hij weet welke sportschoenen in zijn, ook al weet hij verder helemaal nergens iets van en al is hij god-weet-hoe-oud.'

Dat was precies wat hij bedoelde. Daar was Will goed in, en Marcus vond dat hij mazzel had gehad dat hij hem had gevonden.

'Zo iemand hebben we niet nodig. Zoals wij het doen gaat het prima.'

Marcus keek uit het raam van de bus en overwoog of dat waar was; hij kwam tot de conclusie dat het niet klopte, dat het met hen allebei niet goed ging, hoe je het ook bekeek.

'Als je problemen hebt, heeft dat niets te maken met wat voor schoenen je aan hebt, dat kan ik je zo wel vertellen.'

'Ja, dat weet ik, maar...'

'Marcus, vertrouw mij nou maar, okay? Ik ben al twaalf jaar je moeder. Zo slecht heb ik het er niet afgebracht. Ik denk er heus wel over na. Ik weet wat ik doe.'

Zo had Marcus zijn moeder nooit gezien, als iemand die wist wat ze deed. Hij had ook niet gedacht dat ze geen flauw idee had; het was alleen dat wat ze met hem deed (voor hem deed? hem aandeed?) niets bijzonders leek. Hij had moeder-zijn altijd als iets simpels beschouwd, zoiets als bijvoorbeeld autorijden: dat konden de meeste mensen, en je kon er een potje van maken door iets stoms te doen, door met je auto tegen een bus op te rijden, of je kind niet te vertellen dat hij alsjeblieft, dankjewel en sorry moest zeggen (volgens hem zaten er heel wat kinderen op school, kinderen die stalen en te veel vloekten en andere kinderen pestten, van wie de vaders en moeders heel wat te verantwoorden hadden). Als je het zo bekeek, was er niet zoveel om over na te denken. Maar zijn moeder scheen te zeggen dat er meer bij kwam kijken. Ze zei dat ze een plan had.

Als zij een plan had, dan had hij de keus. Hij kon haar vertrouwen, haar geloven als ze zei dat ze wist wat ze deed; dat betekende de dingen op school voor lief nemen, omdat het uiteindelijk allemaal goed zou komen en zij dingen kon zien die hij niet zag. Of hij kon tot de conclusie komen dat ze in feite niet goed bij haar hoofd was, iemand die een overdosis medicijnen nam en dat naderhand kennelijk helemaal vergat. Beide mogelijkheden waren eng. Hij wilde de dingen zoals ze nu gingen niet voor lief nemen, maar de andere keus hield in dat hij zijn eigen moeder zou moeten zijn, en hoe kon je nu je eigen moeder zijn als je pas twaalf was? Hij kon tegen zichzelf zeggen dat hij sorry en alsjeblieft en dankjewel moest zeggen, dat was makkelijk, maar hij had geen idee hoe hij de rest moest aanpakken. Hij wist niet eens wat de rest was. Tot vandaag had hij niet eens geweten dat er een rest was.

Elke keer als hij erover nadacht, kwam hij op hetzelfde probleem uit: ze waren maar met zijn tweeën, en minstens een van hen was gek, minstens.

In de daaropvolgende dagen begonnen hem meer dingen op te vallen aan de manier waarop Fiona tegen hem praatte. Alles wat ze zei over waarnaar hij mocht luisteren en kijken, en wat hij hoorde te lezen of eten maakte hem nieuwsgierig: maakte dit deel uit van het plan, of verzon ze het zomaar? Het kwam niet in hem op het te vragen tot ze vroeg of hij naar de winkel wilde gaan om eieren te kopen voor het avondeten: ineens bedacht hij dat hij alleen maar vegetariër was omdat zij dat ook was.

'Wist je van het begin af aan dat ik vegetariër zou worden?'

Ze lachte. 'Natuurlijk. Dat heb ik niet zomaar in een opwelling besloten omdat we geen worstjes meer in huis hadden.'

'En vind je dat eerlijk?'

'Hoe bedoel je dat?'

'Had ik niet de kans moeten krijgen om dat zelf te beslissen?'

'Dat kun je doen als je ouder bent.'

'Waarom ben ik daar nu niet oud genoeg voor?'

'Omdat je je eigen eten niet klaarmaakt. Ik wil geen vlees klaarmaken, dus moet je eten wat ik eet.'

'Maar ik mag van jou ook niet naar McDonald's.

'Is dit voortijdige puberale opstandigheid? Als jij naar McDonald's wil, kan ik je niet tegenhouden.'

'Echt niet?'

'Hoe dan? Ik zou alleen teleurgesteld zijn als je het deed.'

Teleurgesteld. Teleurstelling. Zo kreeg ze het voor elkaar. Zo kreeg ze een heleboel dingen voor elkaar.

'Waarom?'

'Ik dacht dat je vegetariër was omdat je erin geloofde.'

'Dat is ook zo.'

'Nou, dan kun je toch niet naar McDonald's gaan?'

Ze had hem er weer ingeluisd. Ze zei altijd dat hij kon doen wat hij wilde, en dan ging ze met hem in discussie tot wat hij wilde hetzelfde was als wat zij wilde. Het begon hem behoorlijk te irriteren.

'Dat is niet eerlijk.'

Ze lachte. 'Zo zit het leven in elkaar, Marcus. Je moet uitzoeken waar je in gelooft, en dan moet je je eraan houden. Het is hard, maar niet oneerlijk. En het is in elk geval makkelijk te begrijpen.'

Hier klopte iets niet, maar hij wist niet wat. Hij wist alleen dat niet iedereen er zo over dacht. Wanneer ze in de klas praatten over dingen als roken, was iedereen het erover eens dat het slecht was, maar een heleboel kinderen rookten toch; wanneer ze over gewelddadige films praatten, zei iedereen dat ze die afkeurden, maar ze keken er toch naar. Ze vonden het een en deden het ander. Bij Marcus thuis ging het anders. Ze stelden vast wat slecht was en dan raakten ze het nooit meer aan of deden het nooit meer. Daar zag hij de zin wel van in: hij vond dat stelen niet deugde en moorden niet deugde, en hij pikte geen dingen en vermoordde geen mensen. Maar hij wist niet zeker of er niet meer aan vastzat.

Maar hij begreep wel dat dit het belangrijkste was van alle dingen die hem anders maakten. Daarom droeg hij kleren waar andere kinderen om moesten lachen – ze hadden immers een gesprek over mode gehad en waren het erover eens dat mode stom was – en daarom luisterde hij naar muziek die ouderwets was, of waar niemand anders van had gehoord – ze hadden immers een gesprek over moderne popmuziek gehad en waren het erover eens dat het gewoon iets was waar platenmaatschappijen veel geld aan verdienden. Daarom mocht hij geen gewelddadige computerspelletjes doen, of hamburgers eten, en zo was er nog een hele waslijst. En hij was het in alles met haar eens, behalve dat hij het eigenlijk niet met haar eens was; hij had gewoon de discussies verloren.

'Waarom zeg je niet gewoon wat ik moet doen? Waarom moeten we er altijd over praten?'

'Omdat ik je wil bijbrengen dat je zelf moet nadenken.'

'Was dat je plan?'

'Welk plan?'

'Toen je laatst zei dat je wist wat je deed.'

'Wist wat ik deed?'

'Over het moeder-zijn.'

'Heb ik dat gezegd?'

'Ja.'

'O, okay. Ja, natuurlijk wil ik dat je zelf gaat nadenken. Dat willen alle ouders.'

'Maar het enige wat er gebeurt is dat we een discussie hebben en ik verlies, en ik doe wat jij wilt dat ik doe. We kunnen net zo goed tijd besparen: zeg maar gewoon wat ik niet mag, punt uit.'

'Hoe kom je hier nu zo ineens allemaal bij?'

'Ik heb zelf nagedacht.'

'Mooi zo.'

'Ik heb nagedacht en ik wil na school bij Will langsgaan.'

'Die discussie heb je al verloren.'

'Ik moet iemand anders zien dan jou.'

'En Suzie dan?'

'Zij is net als jij. Will is anders.'

'Ja. Het is een leugenaar, die geen fluit uitvoert, en...'

'Hij heeft sportschoenen voor me gekocht.'

'Ja. Het is een rijke leugenaar die niets uitvoert.'

'Hij begrijpt dingen van school enzo. Hij weet van alles.'

'Hij weet van alles! Marcus, hij weet van voren niet dat hij van achteren leeft.'

'Snap je nou wat ik bedoel?' Hij begon nu echt gefrustreerd te raken. 'Ik denk zelf na en het enige wat jij... het werkt gewoon niet. Je wint toch altijd.'

'Omdat je het niet onderbouwt. Het is niet genoeg dat je zegt dat je zelf nadenkt. Je moet het me ook laten zien.'

'Hoe kan ik het je laten zien?'

'Geef me er een goede reden voor.'

Hij kon haar wel een reden geven. Het zou niet de eigenlijke reden zijn en hij zou zich rot voelen als hij het zei, en hij wist bijna zeker dat het haar aan het huilen zou maken. Maar het was een goede reden, een reden die haar de mond zou snoeren, en als je zo een discussie moest winnen, zou hij hem gebruiken.

'Omdat ik een vader nodig heb.'

Het snoerde haar de mond en het maakte haar aan het huilen. Het werkte.

Achttien

19 november. Goddomme, 19 november! Dat was absoluut een nieuw record, constateerde Will somber. Vorig jaar was het goddomme 26 november geweest. Hij had het nu al in geen jaren meer gered tot december; hij begreep dat hij als hij vijftig of zestig was de eerste vertolking van 'Santa's Super Sleigh' in juli of augustus zou horen. Dit jaar was het een straatmuzikante die onder aan de roltrap van het Angelstation stond, een opgewekte, aantrekkelijke jonge vrouw met een viool die kennelijk probeerde haar beurs voor het conservatorium wat aan te vullen. Will wierp haar een woedende blik toe met alle haat die hij kon opbrengen, een blik die niet alleen duidelijk probeerde te maken dat hij haar geen geld zou geven, maar dat hij zin had haar instrument stuk te slaan en daarna haar hoofd aan de roltrap vast te nieten.

Will had om de voor de hand liggende reden een hekel aan Kerstmis: mensen klopten aan de deur terwijl ze het liedje zongen dat hij meer haatte dan welk liedje ter wereld ook, in de verwachting dat hij ze geld zou geven. Toen hij een kind was, was het nog erger geweest, omdat zijn vader om de voor de hand liggende reden ook een hekel aan Kerstmis had, (hoewel Will toen niet had beseft dat het de voor de hand liggende reden was – indertijd had hij alleen gedacht dat zijn vader het liedje even zat was als iedereen): het was een vreselijke manier om eraan herinnerd te worden hoe erg hij had gefaald in zijn leven. Het kwam vrij vaak voor dat mensen zijn vader wilden interviewen over 'Santa's Super Sleigh'; dan vroegen ze steevast wat hij nog meer had geschreven, en dat vertelde hij dan, speelde ze soms zelfs iets voor of liet platen zien waarop een van zijn andere liedjes was opgenomen. Dan keken ze onbehaaglijk, klakten meelevend met hun tong en zeiden dat het niet meeviel voor iemand die in een grijs verleden door één ding beroemd was geworden, en vroegen of het liedje zijn leven had verpest, of dat hij wilde dat hij het nooit had geschreven. Dan werd hij kwaad en zei dat ze niet zo stom, neerbuigend en gevoelloos moesten doen, maar als ze weg waren, beklaagde hij zich er bitter over dat het liedje zijn leven had verpest en zei dat hij wilde dat hij het nooit geschreven had. Een radioverslaggever die hem had bezocht, maakte zelfs een programmaserie, getiteld *One-Hit Wonders*, gebaseerd op zijn interview met Charles Freeman, die helemaal ging over mensen die één fantastisch boek hadden geschreven, of in één film hadden gespeeld, of één beroemd liedje hadden geschreven; de journalist had het lef gehad hem om een tweede interview te vragen, hetgeen Wills vader, wellicht begrijpelijk, had geweigerd.

Kerstmis was dus een tijd van boosheid en verbittering, van spijt en verwijten, van drankgelagen en van koortsachtige en lachwekkend onbeholpen activiteit (tijdens een van de kerstdagen had zijn vader een complete, en volkomen zinloze musical geschreven, in een tot mislukken gedoemde poging te bewijzen dat zijn talent duurzaam was). Het was ook de tijd van cadeautjes bij de schoorsteen, maar zelfs toen hij negen was, had Will zijn Spirograaf en zijn Batmobielen met alle plezier verruild voor een beetje vrede en welbehagen.

Maar de situatie veranderde. Zijn vader ging dood, en toen zijn moeder, en het contact met zijn stiefbroer en stiefzus, die immers toch oud en saai waren, verwaterde, en toen werd Kerstmis meestal met vrienden, of de familie van vriendinnen doorgebracht; het enige wat overbleef was 'Santa's Super Sleigh', en de cheques die hem door de sneeuw werden aangevoerd. Maar dat was meer dan genoeg. Will had zich vaak afgevraagd of er nog een ander stom liedje bestond waar, ergens diep verscholen, evenveel verdriet, wanhoop en spijt uit sprak. Hij betwijfelde het. De ex-vrouw van Bob Dylan zou wel niet al te vaak naar *Blood on the Tracks* luisteren, maar *Blood on the Tracks* was anders – dat ging over treurnis en letsel. 'Santa's Super Sleigh' was helemaal niet zo bedoeld, maar hij had nog altijd het gevoel dat hij een stevige borrel, of psychotherapie nodig had, of eens lekker moest huilen wanneer hij het in de lift van een warenhuis of via de intercom van een supermarkt hoorde in de weken die voorafgingen aan 25 december. Misschien waren er ergens nog anderen zoals hij; misschien moest hij een steungroep oprichten voor Succesvolle Trendsongs, waar rijke, verbitterde mannen en vrouwen in dure restaurants bij elkaar kwamen om te praten over hondjes, vogeltjes, bikini's, melkboeren en vreselijke dansen.

Hij had absoluut geen plannen voor deze kerst. Hij had geen vriendin, dus waren er ook geen ouders van een vriendin, en hoewel hij vrienden had aan wie hij zich zou kunnen opdringen, had hij daar geen zin in. Hij zou thuisblijven, een paar miljoen films bekijken en dronken en stoned worden. Waarom niet? Hij had evenveel recht op een paar vrije dagen als iedereen, al was er niets waarvan hij vrij hoefde te nemen.

Ook al was zijn vader, die niet uit te drijven geest van de kerst van het verleden, de eerste aan wie hij dacht toen hij de straatmuzikante bij het metrostation hoorde, de tweede was Marcus. Hij wist niet waarom. Hij had niet veel meer aan hem gedacht sinds het incident met de sportschoenen, en hij had geen contact meer met hem gehad sinds Fiona hem de vorige week de flat had uitgesleurd. Misschien was het omdat Marcus het enige kind was dat hij echt kende, hoewel Will betwijfelde of hij sentimenteel genoeg was om de weerzinwekkende gedachte te slikken dat kerst een tijd voor kinderen was; de meer voor de hand liggende verklaring was dat hij op de een of andere manier verband had gelegd tussen de jeugd van Marcus en die van hemzelf. Niet dat Will een eikel met foute sportschoenen was geweest, integendeel; hij had de juiste schoenen en de juiste sokken, de juiste broek en de juiste overhemden aan gehad, en hij was naar de juiste kapper gegaan voor het juiste kapsel. Dat was in Wills ogen waar mode om draaide; het betekende dat je bij de modieuzen en de machtigen hoorde en je onderscheidde van de wereldvreemden en de zwakke broeders, precies wat Will wilde, en hij had met succes weten te voorkomen dat hij werd gepest door zelf verwoed en enthousiast te pesten.

Maar bij Fiona thuis zat er meer dan een vleugje van het Freeman-huishouden in de lucht: je kreeg er hetzelfde gevoel van hopeloosheid, verslagenheid, verbijstering en regelrechte krankzinnigheid. Will was weliswaar in welstand opgegroeid en Marcus had geen cent, maar je had geen geld nodig om gestoord te zijn. Wat maakte het uit dat Charles Freeman zich had doodgedronken met dure malt whisky en dat Fiona zich van kant had proberen te maken met tranquillizers van het ziekenfonds? Die twee zouden op een feestje ruim voldoende gespreksstof hebben gehad.

Will was niet zo enthousiast over het verband dat hij had gelegd, want het bracht met zich mee dat hij, als hij ook maar een greintje fatsoen in zijn lijf had, Marcus onder zijn hoede moest nemen, gebruik moest maken van zijn eigen ervaring met een getikte ouder om de jongen naar een veilige haven te loodsen. En daar had hij geen zin in. Het was te veel werk, en het impliceerde te veel contact met mensen die hij niet begreep en niet mocht, en bovendien keek hij liever in zijn eentje naar *Countdown*.

Maar hij was vergeten dat hij kennelijk geen zeggenschap had over zijn relatie met Marcus en Fiona. Op de kloterige twintigste november, de dag na de kloterige negentiende november, toen hij min of meer had besloten dat Marcus het maar zonder zijn hulp moest zien te stellen, belde Fiona op, die door de telefoon onzin begon uit te kramen.

'Marcus heeft geen vader nodig, en hij heeft zeker geen vader nodig zoals jij,' zei ze. Will was de draad al kwijt voordat ze begonnen waren. In deze fase van het gesprek had hij alleen nog maar een weliswaar behoedzaam, maar verder absoluut niet provocerend 'Hallo, hoe gaat het met je?' bijgedragen.

'Pardon?'

'Marcus schijnt te denken dat hij volwassen mannelijk gezelschap nodig heeft. Een vaderfiguur. En om de een of andere reden dook jouw naam op.'

'Nou, Fiona, ik kan je verzekeren dat ik hem er niet toe heb aangezet. Ik heb geen jeugdig mannelijk gezelschap nodig, en ik heb beslist geen behoefte aan een zoonfiguur. Dat is dus mooi. We zijn het helemaal met elkaar eens.'

'Dus je wilt geen contact met hem, terwijl hij dat wel wil?'

'Waarom neemt hij zijn vader niet als vaderfiguur? Is dat niet de makkelijkste oplossing, of zeg ik nou iets heel doms?'

'Zijn vader woont in Cambridge.'

'Wat, Cambridge in Australië? Cambridge in Californië? We hebben het toch zeker niet over het Cambridge dat iets verderop aan de Ml1 ligt?'

'Marcus kan de Ml1 niet nemen. Hij is twaalf.'

'Wacht eens even, wacht eens even. Laatst belde je op om te zeggen dat ik uit Marcus' buurt moet blijven. Ik heb je gezegd dat ik niet van plan was bij Marcus in de buurt te komen. En nu zeg je... Wat? Ik heb ergens iets gemist.'

'Je lijkt er wel heel erg op gebrand van hem af te komen.'

'Je zegt dus niet dat ik bij hem uit de buurt moet blijven. Je zegt dat ik het voogdijschap moet aanvragen.'

'Kun je geen gesprek voeren zonder dat je in sarcasme vervalt?'

'Leg me gewoon eens helder en duidelijk uit wat je wilt dat ik doe zonder dat je halverwege van gedachte verandert.'

Ze slaakte een zucht. 'Sommige dingen zijn iets gecompliceerder dan dat, Will.'

'Bel je op om me dat te vertellen? Want ik denk dat je me in het begin van het gesprek op het verkeerde been hebt gezet, toen je zei dat ik de meest ongeschikte man ter wereld was.'

'Je bent niet bepaald makkelijk in de omgang.'

'Dan ga je toch niet met me om!' Inmiddels schreeuwde hij bijna. Kwaad was hij zeker. Ze hadden nog geen drie minuten gepraat, maar hij kreeg nu al het gevoel dat dit telefoongesprek zijn levenswerk zou worden; dat hij om de paar uur de hoorn zou neerleggen om te eten, te slapen en naar het toilet te kunnen, en dat Fiona de rest van de tijd steeds eerst het een zou beweren en daarna het tegendeel. 'Leg de hoorn er gewoon op! Hang op! Ik zal me heus niet beledigd voelen!'

'Ik denk dat we hier maar eens goed over moeten praten, vind je ook niet?'

'Waarover? Waar moeten we eens goed over praten?'

'Dit hele gedoe.'

'Er is niet zoiets als het hele gedoe. Er is zelfs geen half gedoe!'

'Heb je tijd om morgenavond iets te gaan drinken? Misschien is het beter dat we hier in een persoonlijk gesprek over praten. Zo komen we nergens.'

Het had geen zin ertegenin te gaan. Het had zelfs geen zin er niet tegen in te gaan. Ze maakten een afspraak om ergens iets te gaan drinken, en het was tekenend voor Wills frustratie en verwarring dat hij de overeenkomst over een tijd en een plaats als een klinkende triomf kon beschouwen.

Will was nog nooit eerder met Fiona alleen geweest; tot nu toe was Marcus er altijd bij geweest om te zeggen wanneer ze moesten praten en waarover – behalve op de dag met de sportschoenen, toen hij hun eigenlijk had gedicteerd waarover ze moesten praten, ook al had hij niets gezegd. Ze waren naar een rustig café in de buurt van Liverpool Road gegaan, zodat ze er zeker van waren dat ze konden zitten en een gesprek voeren zonder dat ze hoefden op te boksen tegen een jukebox, een grungeband, of een alternatieve cabaretier. Toen Will iets te drinken had gehaald en tegenover Fiona was gaan zitten, kwam hij ongewild opnieuw tot de conclusie dat hij haar absoluut niet aantrekkelijk vond; ineens besefte hij iets anders: hij kwam nu al twintig jaar in cafés, maar hij was nog nooit naar een café gegaan met een vrouw voor wie hij geen enkele seksuele belangstelling voelde. Hij dacht nog eens na. Kon dat kloppen? Goed, hij was Jessica blijven ontmoeten – de ex, die altijd beweerde dat hij een boel misliep – nadat ze uit elkaar waren gegaan. Maar vroeger was er seksuele belangstelling geweest, en hij wist zeker dat hij zou solliciteren, zijn naam ter overweging zou opgeven als Jessica ooit zou aankondigen dat ze op een discrete buitenechtelijke affaire uit was.

Nee, dit was iets nieuws voor hem, en hij had geen flauw idee of er in zo'n situatie andere regels van toepassing waren. Het zou natuurlijk niet passend of verstandig zijn om haar hand te pakken en haar in de ogen te kijken, of het gesprek voorzichtig op seks te brengen zodat hij geleidelijk aan avances kon maken. Als hij niet de behoefte voelde om met Fiona naar bed te gaan, was het natuurlijk niet nodig te doen alsof alles wat ze zei interessant was. Maar er gebeurde iets vreemds: hij wás over het algemeen geïnteresseerd. Niet op een tjee-dat-heb-ik-nooit-geweten-manier, want ook al wist Fiona vermoedelijk een heleboel dingen die Will niet wist, hij was er vrijwel zeker van dat het allemaal heel saaie dingen zouden zijn... Hij ging gewoon op in het gesprek. Hij luisterde naar wat ze zei, dacht erover na en reageerde erop. Hij kon zich niet herinneren wanneer dat voor het laatst was gebeurd, dus waarom nu wel? Was het gewoon de Wet van Murphy – als je niet op iemand valt, is ze juist eindeloos fascinerend – of was er hier iets aan de hand waarover hij moest nadenken?

Ze gedroeg zich vandaag anders. Ze probeerde hem niet aan zijn verstand te brengen wat een waardeloos mens hij was, en ze probeerde hem er niet van te beschuldigen dat hij met haar zoontje rotzooide; het was bijna alsof ze tot de conclusie was gekomen dat dit een relatie was die onvermijdelijk was. De implicaties daarvan bevielen Will niet.

'Het spijt me van gisteren,' zei ze.

'O, dat is wel goed.'

Will stak een sigaret op; Fiona vertrok haar gezicht en wuifde de rook weg. Will had de pest aan mensen die dat deden op plaatsen waar ze er het recht niet toe hadden. Hij was niet van plan zich te gaan verontschuldigen voor het feit dat hij rookte in een café; sterker nog, hij zou in zijn eentje zo'n walm creëren dat ze elkaar niet meer zouden kunnen zien.

'Ik was erg van streek toen ik belde. Toen Marcus zei dat hij vond dat hij wat mannelijke inbreng nodig had, was het alsof ik een klap in mijn gezicht had gekregen.'

'Dat kan ik me voorstellen.'

Hij had geen flauw idee waar ze het over had. Waarom zou iemand zich ook maar ene malle moer aantrekken van wat Marcus zei?

'Weet je, dat is het eerste waar je aan denkt als de relatie met de vader van je zoon stukloopt, dat hij een man om zich heen moet hebben en zo. Maar dan krijgt je feministische gezonde verstand de overhand. En vanaf het moment dat Marcus oud genoeg was om het te begrijpen, hebben we erover gepraat, en hij heeft me elke keer weer verzekerd dat het niet uitmaakt. En gisteren kwam het als een donderslag bij heldere hemel... Hij heeft altijd geweten hoe ik daarover heb ingezeten.'

Will wilde hier allemaal niets mee te maken hebben. Het kon

hem niet schelen of Marcus een man in zijn leven nodig had of niet. Waarom zou hij? Het was zijn zaak niet, ook al scheen hij dan de man in kwestie te zijn. Daar had hij niet om gevraagd en hij was er bovendien vrij zeker van dat als Marcus behoefte had aan een man, het niet om zijn type zou gaan. Maar nu hij Fiona zo hoorde, besefte hij dat hij Marcus althans in sommige opzichten beter begreep dan zij – mogelijk, gaf hij met tegenzin toe, omdat hij een man was en Fiona niet, en mogelijk omdat Marcus op zijn eigen jeugdige en excentrieke manier een doortrapte man was. Will begreep doortrapte mannen.

'Nou, dan ben je er toch,' zei hij kordaat.

'Waar ben ik toch?'

'Daarom zei hij het. Omdat hij wist dat het daarmee zou lukken.'

'Dat wat zou lukken?'

'Datgene wat hij op dat moment voor elkaar wilde krijgen. Ik vermoed dat hij het achter de hand heeft gehouden. Het was zijn nucleaire optie. Waar hadden jullie ruzie over?'

'Ik had net nog eens duidelijk gemaakt dat ik ertegen was dat hij met jou omging.'

'O.' Dat was heel slecht nieuws. Als Marcus bereid was ter wille van hem het zwaarste geschut in te zetten, dan zat hij dieper in de ellende dan hij had gevreesd.

'Bedoel je wat ik denk dat je bedoelt? Dat hij me op mijn meest kwetsbare plek aanviel alleen maar om een discussie te kunnen winnen?'

'Ja, natuurlijk.'

'Daar is Marcus niet toe in staat.'

Will snoof. 'Dan niet.'

'Denk je dat echt?'

'Hij is niet dom.'

'Ik maak me geen zorgen over zijn intelligentie. Het gaat me om zijn... emotionele eerlijkheid.'

Will snoof weer. Hij was van plan geweest zijn gedachten tijdens het gesprek voor zich te houden, maar ze ontsnapten steeds door zijn neus. Op welke planeet woonde deze vrouw? Ze was zo wereldvreemd dat hij haar een onwaarschijnlijke kandidaat voor een suïcidale depressie vond, ook al zong ze met haar ogen dicht: iemand die overal zo hoog overheen zweefde werd toch zeker wel op de een of andere manier beschermd? Maar dat was natuurlijk een deel van het probleem. Ze zaten hier omdat ze door het uitgekookte gedrag van een twaalfjarige met een klap weer op de aarde was beland, en als Marcus dat voor elkaar kon krijgen, kon iedere vriend, werkgever of huisbaas – iedere volwassene die niet van haar hield – dat ook. Er was geen bescherming ingebouwd. Waarom maakten mensen het zichzelf zo moeilijk? Het leven was een eitje, een zachtgekookt eitje, een kwestie van simpel rekenwerk: van mensen houden en toelaten dat er van je gehouden werd, was alleen het risico waard als de kans groot was dat het in je voordeel zou uitvallen, maar dat was duidelijk niet het geval. Er waren ongeveer zevenennegentig tralatriljoen mensen op de wereld, en als je heel veel geluk had, zouden misschien vijftien of twintig daarvan van je houden. Dus hoe intelligent moest je zijn om te bedenken dat het gewoon het risico niet waard was? Okay, Fiona had de fout gemaakt een kind te krijgen, maar dat betekende niet het einde van de wereld. In haar plaats zou hij zich door die kleine opsodemieter niet in de luren laten leggen.

Fiona keek hem aan. 'Waarom doe je dat bij alles wat ik zeg?'

'Wat?'

'Dat gesnuif?'

'Sorry. Het is alleen dat... Ik weet niets van ontwikkelingsfasen en wat kinderen wanneer horen te doen en dat soort zaken. Maar ik weet wel dat je omstreeks deze tijd niets meer moet vertrouwen van wat een man over zijn gevoelens zegt.'

Fiona staarde somber naar haar Guinness.

'En wanneer houdt dat op naar jouw deskundige mening?' De laatste twee woorden hadden roestige kartelrandjes, maar Will negeerde het.

'Als hij in de zeventig of tachtig is, en dan kan hij op uiterst ongelegen momenten met de waarheid aankomen om mensen te choqueren.'

'Tegen die tijd ben ik dood.'

'Yep.'

Ze ging naar de bar om een drankje voor hem te halen en leunde toen moedeloos achterover in haar stoel. 'Maar waarom jij?'

'Dat heb ik je net verteld. Hij heeft niet echt behoefte aan mannelijke inbreng. Hij heeft het alleen maar gezegd om zijn zin te krijgen.'

'Ik weet het, ik weet het. Dat begrijp ik wel. Maar waarom wil hij jou zo graag blijven zien dat hij me zoiets aandoet?'

'Geen idee.'

'Weet je het echt niet?'

'Echt niet.'

'Misschien is het beter dat hij je niet meer ziet.'

Will zei niets. Hij had in elk geval iets opgestoken van het gesprek van de vorige dag.

'Wat denk jij?'

'Niets.'

'Wat?'

'Ik denk niet. Ik denk helemaal niets. Jij bent zijn moeder. Jij beslist.'

'Maar je bent er nu bij betrokken. Hij blijft je thuis opzoeken. Je gaat schoenen met hem kopen. Hij leidt een heel leven waar ik geen vat op heb, wat betekent dat jij het moet doen.'

'Ik ben niet van plan ergens vat op te krijgen.'

'In dat geval kan hij beter niet bij je op bezoek komen.'

'Terug bij af. Wat wil je dat ik doe als hij aanbelt?'

'Dan laat je hem er niet in.'

'Mij best.'

'Ik bedoel dat je je er buiten moet houden als je niet bereid bent na te denken over hoe je me kunt helpen.'

'Prima.'

'Jezus, wat ben jij een egoïstische klootzak.'

'Maar ik ben alleen. Er is niemand anders. Ik stel mezelf niet op de eerste plaats, want er is verder niemand.'

'Nou, hij is er nu ook. Je kunt het leven niet zomaar buitensluiten, weet je.'

Hij wist vrijwel zeker dat ze ongelijk had. Je kon het leven wel degelijk buitensluiten. Hoe moest het binnenkomen als je er de deur niet voor opendeed?

Negentien

Marcus vond het een vervelend idee dat zijn moeder met Will praatte. Een poosje geleden zou hij er opgetogen over zijn geweest, maar hij dacht niet meer dat hij en zijn moeder en Will en Ned en nog een baby misschien met zijn allen in Wills flat zouden gaan wonen. Om te beginnen bestond Ned niet, en om nog eens te beginnen, als je twee keer kon beginnen, lagen Will en Fiona elkaar niet zo; bovendien was de flat van Will bij lange na niet groot genoeg voor hen allemaal, ook al waren ze niet met zovelen als hij oorspronkelijk had gedacht.

Maar inmiddels wist iedereen te veel, en er waren te veel dingen die hij niet door die twee besproken wilde hebben zonder dat hij er bij was. Hij wilde niet dat Will met zijn moeder over het ziekenhuis zou praten voor het geval ze weer raar zou gaan doen, en hij wilde niet dat Will haar zou vertellen dat hij hem had geprobeerd te chanteren met haar uit te gaan, en hij wilde niet dat zijn moeder zou vertellen hoeveel tv hij mocht kijken voor het geval Will hem zou uitzetten als hij op bezoek kwam... Voor zover hij het kon overzien, leidde elk denkbaar gespreksonderwerp tot een of andere vorm van rottigheid.

Ze zou na het avondeten maar een paar uur weg zijn, zodat ze geen oppas hoefden te regelen: hij deed de veiligheidsketting op de deur, maakte zijn huiswerk, keek een beetje tv, deed een spelletje op de computer en wachtte. Om vijf over negen zoemde de deurbel op hun speciale manier. Hij liet haar binnen en nam haar gezicht op om te zien hoe boos of gedeprimeerd ze precies was, maar ze leek okay.

'Heb je het leuk gehad?'

'Het ging wel.'

'Wat betekent dat?'

'Het is niet zo'n aardige man, vind je wel?'

'Ik vind hem wel aardig. Hij heeft die sportschoenen voor me gekocht.'

'Nou, je mag niet meer bij hem langsgaan.'

'Je kunt me niet tegenhouden.'

'Nee, maar hij laat je er niet meer in, dus dat is tijdverspilling.'

'Hoe weet je dat hij me er niet meer in laat?'

'Omdat hij dat heeft gezegd.'

Marcus kon het Will gewoon horen zeggen, maar hij zat er niet over in. Hij wist hoe hard de deurbel klonk in de flat, en hij had de tijd om eindeloos aan te bellen.

Marcus moest naar de directrice over zijn sportschoenen. Zijn moeder had een klacht ingediend bij de school, hoewel Marcus haar had gevraagd, gesmeekt, het niet te doen. Ze hadden er zo lang over geharreward dat hij uiteindelijk dagen nadat het gebeurd was naar haar toe moest. En nu had hij dus de keus: hij kon de directrice iets voorliegen en zeggen dat hij geen idee had wie zijn schoenen had gestolen en zichzelf voor joker zetten, of hij kon het haar vertellen en op weg naar huis zijn schoenen, jack, overhemd, broek, onderbroek en vermoedelijk een oog of een stuk van zijn oor kwijtraken. Hij dacht niet dat hij wakker zou liggen over wat hij moest doen.

Hij ging aan het begin van de middagpauze, op het tijdstip dat hij van zijn klassenlerares moest gaan, maar Mrs. Morrison had nog geen tijd voor hem; hij hoorde haar door de deur heen tegen iemand tekeergaan. Eerst zat hij er in zijn eentje, maar toen was Ellie McCrae, het chagrijnige, sjofele meisje uit de tiende, dat haar eigen haar grofweg had afgeknipt en zwarte lippenstift droeg, aan het andere eind van de rij stoelen voor het kantoortje komen zitten. Ellie was een bekende figuur. Ze zat altijd wel vanwege iets in de nesten, meestal vanwege iets heel ergs.

Zwijgend zaten ze zo een poosje, maar toen bedacht Marcus dat hij iets tegen haar moest proberen te zeggen; zijn moeder zat altijd tegen hem te zeuren dat hij een gesprek moest aanknopen met mensen op school.

'Hallo, Ellie, zei hij. Ze keek hem aan, lachte zacht voor zich uit, schudde verbitterd haar hoofd en keek toen de andere kant op. Marcus trok het zich niet aan. Hij moest zelfs bijna lachen. Hij wou dat hij een videocamera had. Hij zou zijn moeder graag laten zien wat er gebeurde als je op school met een ander kind probeerde te praten, helemaal als het een ouder kind was, helemaal als het een meisje was. Hij zou het wel uit zijn hoofd laten het nog eens te proberen.

'Hoe komt het toch dat ieder lullig, klein, kloterig kutjochie weet hoe ik heet?'

Marcus kon niet geloven dat ze het tegen hem had, en toen hij naar haar keek, zag het ernaar uit dat hij gelijk had dat te betwijfelen, want ze keek nog steeds de andere kant op. Hij besloot haar te negeren.

'Hé, ik praat tegen je. Doe niet zo godvergeten onbeschoft.'

'Sorry, ik had niet door dat je het tegen mij had.'

'Ik zie geen ander lullig, klein, kloterig kutjochie, jij wel?'

'Nee,' gaf Marcus toe.

'Maar hoe komt het dat je weet hoe ik heet? Ik heb verdomme geen flauw idee wie jij bent.'

'Jij bent bekend.' Zodra hij het had gezegd, wist hij dat het een vergissing was.

'Waarom ben ik bekend?'

'Geen idee.'

'O, jawel. Ik ben bekend omdat ik altijd in de shit zit.'

'Ja.'

'Godkolere.'

Zo zaten ze er nog een poos. Marcus had geen zin de stilte te verbreken; als 'Hallo, Ellie' zeggen al zo'n toestand gaf, was hij niet van plan haar te vragen of ze een leuk weekend had gehad.

'Ik zit altijd in de puree, en ik heb nooit iets verkeerd gedaan,' zei ze uiteindelijk.

'Nee.'

'Hoe weet jij dat?'

'Omdat je dat net zei.' Marcus vond het een goed antwoord. Als Ellie McCrae zei dat ze niets verkeerds had gedaan, dan was dat zo.

'Als je brutaal wordt, kun je een dreun krijgen.'

Marcus hoopte dat Mrs. Morrison zou opschieten. Ook al was hij best bereid te geloven dat Ellie helemaal nooit iets verkeerd had gedaan, begon hij te begrijpen waarom sommige mensen daar misschien anders over dachten.

'Weet je wat ik dit keer heb misdaan?'

'Niets,' zei Marcus vastberaden.

'Okay, weet je wat ze vinden dat ik misdaan heb?'

'Niets.' Dit was zijn standpunt, en daar hield hij het bij.

'Tja, ze moeten wel denken dat ik iets heb misdaan, anders zou ik hier immers niet zitten?'

'Nee.'

'Het gaat om deze sweater. Die mag ik van hen niet aan, maar ik ben niet van plan hem uit te doen. Dat geeft dus gelazer.'

Hij keek ernaar. Ze hoorden allemaal een sweater te dragen met het logo van de school erop, maar op die van Ellie stond een vent met piekerig haar en een baardje. Hij had grote ogen en leek een beetje op Jezus, alleen zag hij er moderner uit en had hij geblondeerd haar.

'Wie is dat?' vroeg hij beleefd.

'Dat hoor je te weten.'

'Ehhh... O, ja.'

'Nou, wie is het dan?'

'Eh... dat ben ik vergeten.'

'Je hebt het nooit geweten.'

'Nee.'

'Dat is ongelooflijk. Dat is net zoiets als de naam van de minister-president niet weten, of zoiets.'

'Eh, ja.' Marcus lachte even om haar in elk geval te laten merken dat hij wist hoe stom hij was, ook al wist hij verder niets. 'Maar wie is het nou?'

'Kirk O'Bane.'

'O, ja.'

Hij had nooit van Kirk O'Bane gehoord, maar hij had nooit van wie dan ook gehoord.

'Wat doet hij?'

'Hij speelt bij Manchester United.'

Marcus keek nog eens naar de afbeelding op het sweatshirt, ook al moest hij dan min of meer naar Ellies tieten kijken. Hij hoopte dat ze begreep dat hij niet in haar tieten geïnteresseerd was, alleen in de afbeelding.

'Echt waar?' Hij leek veel meer op een zanger dan op een voetballer. Voetballers zagen er meestal niet triest uit, en deze man keek triest. Hij had bovendien niet gedacht dat Ellie het type was dat van voetbal hield.

'Ja. Afgelopen zaterdag heeft hij vijf doelpunten voor ze gemaakt.'

'Wow,' zei Marcus.

De deur van Mrs. Morrison ging open; er kwamen twee zevendeklassers met bleke gezichten naar buiten. 'Kom binnen, Marcus,' zei Mrs. Morrison.

'Dag, Ellie,' zei Marcus. Ellie begon weer te hoofdschudden, blijkbaar nog steeds verbitterd over het feit dat haar reputatie haar vooruit was gesneld. Marcus verheugde zich niet op de ontmoeting met Mrs. Morrison, maar als het alternatief was dat hij met Ellie op de gang moest zitten, zou hij altijd voor het kantoortje van de directrice kiezen.

Hij werd kwaad op Mrs. Morrison. Achteraf begreep hij wel dat het niet zo'n goed idee was om kwaad te worden op de directrice van je nieuwe school, maar hij kon er niets aan doen. Ze was zo stompzinnig dat hij op het laatst wel tegen haar móest schreeuwen. Het gesprek begon wel goed: nee, hij had nooit eerder problemen gehad met de schoenendieven; nee, hij wist niet wie het waren, en nee, hij voelde zich niet erg prettig op school (daar zat maar één leugen bij). Maar daarna begon ze over iets wat ze 'overlevingstactieken' noemde, en toen werd hij kwaad.

'Ik bedoel, en daar zul je zelf ook vast wel aan gedacht hebben, of het niet mogelijk is ze gewoon te ontlopen?'

Dachten ze nu allemaal dat hij achterlijk was? Dachten ze echt dat hij elke ochtend wakker werd met de gedachte: ik moet eens op zoek naar de mensen die me uitschelden en treiteren en die mijn sportschoenen willen stelen, zodat ze me nog het een en ander kunnen flikken?

'Dat heb ik geprobeerd.' Dat was op dat moment het enige wat hij kon zeggen. Hij was te gefrustreerd om meer te kunnen uitbrengen.

'Misschien heb je het niet goed genoeg geprobeerd.'

Dat was de druppel. Dit zei ze niet omdat ze hem wilde helpen, maar omdat ze hem niet aardig vond. Niemand op school vond hem aardig, ook al begreep hij het niet. Hij had er genoeg van, stond op en wilde weggaan.

'Ga zitten, Marcus. Ik ben nog niet met je klaar.'

'Ik wel met u.'

Hij had geen idee gehad dat hij dit zou gaan zeggen, en toen hij het gezegd had, stond hij er versteld van. Hij was nog nooit brutaal tegen een docent geweest, voornamelijk omdat hij er geen reden voor had gehad. Hij begreep inmiddels wel dat hij er niet zo'n goede plek voor had uitgezocht. Als je je in de nesten wilde werken, kon je er misschien beter langzaam naar toe werken, eerst een beetje oefenen. Hij was meteen bij de belangrijkste begonnen, wat vermoedelijk een fout was.

'Ga zitten!'

Maar dat deed hij niet. Hij liep de deur uit zoals hij was binnengekomen, en bleef doorlopen.

Zodra hij het kantoortje van Mrs. Morrison uit was, voelde hij zich anders, beter, alsof hij losgelaten had en nu door de ruimte viel. Het was eigenlijk een opwindend gevoel, en het was veel beter dan het gevoel van vastklampen dat hij daarvoor had gehad. Hij had het tot zojuist niet hebben kunnen beschrijven als 'vastklampen', maar dat was beslist wat het geweest was. Hij had gedaan alsof alles normaal was – moeilijk, ja, maar normaal – maar nu hij dat had losgelaten, begreep hij dat het allesbehalve normaal was geweest. Normaal worden je schoenen niet gestolen. Normaal zegt een lerares Engels niet dat je een idioot bent. Normaal worden er geen zuurtjes naar je hoofd gegooid. En dat was alleen nog maar het gedoe op school.

En nu was hij een spijbelaar. Hij liep door Holloway Road terwijl iedereen op school aan het... nou ja, eigenlijk waren ze hun brood aan het eten, maar hij ging niet terug. Zo meteen zou hij tijdens geschiedenis door Holloway Road lopen (nou ja, waarschijnlijk niet door Holloway Road, omdat hij al bijna aan het eind van de straat was gekomen, en de middagpauze nog wel een halfuur zou duren), en dan zou hij een echte spijbelaar zijn. Hij vroeg zich af of alle spijbelaars zo begonnen, of er altijd een Mrs. Morrison-moment was waardoor ze woedend werden en weggingen. Volgens hem moest dat haast wel. Hij was er altijd van uitgegaan dat spijbelaars een heel ander slag mensen waren, helemaal niet zoals hij, dat ze min of meer geboren spijbelaars waren, maar hij had het kennelijk bij het verkeerde eind gehad. In mei, voordat ze naar Londen waren verhuisd, tijdens het laatste trimester op zijn oude school, was hij helemaal niet zo'n spijbelaarachtig type geweest. Hij ging naar school, luisterde naar wat mensen zeiden, maakte zijn huiswerk, deed mee. Maar een halfjaar later was dat beetje bij beetje allemaal veranderd.

Waarschijnlijk gold voor zwervers hetzelfde, besefte hij. Op een avond liepen ze hun huis uit en dachten: vanavond ga ik bij deze winkeldeur slapen, en als je het eenmaal gedaan had, veranderde er iets in je en werd je een zwerver in plaats van iemand die voor één avond geen plek om te slapen had. En dat gold ook voor misdadigers! En drugsverslaafden! En... Toen besloot hij daar niet meer allemaal over na te denken. Als hij ermee doorging, zou weglopen uit het kantoortje van Mrs. Morrison nog de vorm kunnen aannemen van het moment waarop zijn hele leven veranderde, en hij wist niet zeker of hij daar al aan toe was. Hij was niet iemand die een spijbelaar, zwerver, moordenaar of een drugsverslaafde wilde worden. Hij was gewoon iemand die Mrs. Morrison zat was. Dat moest verschil maken.

Twintig

Will vond het heerlijk om door Londen te rijden. Hij hield van het verkeer, dat hem in staat stelde te denken dat hij een gehaast man was en hem de zeldzame kans op woede en frustratie bood (andere mensen deden dingen om stress kwijt te raken, maar Will moest dingen doen om stress op te bouwen); hij genoot ervan de weg te kennen en hij vond het heerlijk te worden opgeslokt door de stroom van het stadsleven. Je had geen baan of gezin nodig om door Londen te rijden; je had alleen maar een auto nodig, en Will had een auto. Soms reed hij puur voor de lol, en soms reed hij rond omdat hij graag naar muziek luisterde die zo hard stond als thuis niet zou kunnen zonder dat er woedend op de deur, de muur of het plafond werd gebonkt.

Vandaag had hij zichzelf wijsgemaakt dat hij met de auto naar Waitrose moest, maar als hij eerlijk was, was de echte aanleiding voor het ritje dat hij zin had om keihard mee te zingen met 'Nevermind', en dat kon hij thuis niet doen. Hij was dol op Nirvana, maar op zijn leeftijd was dat een ietwat met schuldgevoel beladen genoegen. Al die woede, dat lijden en die zelfverachting! Soms had Will... ja, overal een beetje genoeg van, maar hij kon niet doen alsof het meer was dan dat. Nu gebruikte hij dus harde, boze rockmuziek als vervanging van echte gevoelens in plaats van als een manier om er uiting aan te geven, maar zelfs dat vond hij niet zo erg. Wat had je nou aan echte gevoelens?

De cassette was net aan de B-kant begonnen, toen hij Marcus door Upper Street zag kuieren. Hij had hem sinds de dag van de sportschoenen niet meer gezien, en hij had hem ook niet bepaald graag willen zien, maar ineens welde er enige genegenheid in hem op. Marcus was zo gesloten, zo totaal onbewust van alles en iedereen dat genegenheid de enig mogelijke reactie leek: het joch leek op de een of andere manier absoluut niets te vragen en tegelijkertijd absoluut alles.

De genegenheid die Will voelde was niet intens genoeg om te remmen of zelfs maar te toeteren: hij was erachter gekomen dat het veel makkelijker was om genegenheid voor Marcus te houden als je je poot stijf hield, letterlijk en figuurlijk. Maar het was raar om hem op klaarlichte dag doelloos over straat te zien lopen... Er zat hem iets dwars. Waarom was het raar? Omdat Will Marcus eigenlijk nooit op klaarlichte dag had gezien. Hij had hem tot dusver alleen gezien op schemerige, winterse namiddagen. En waarom had hij hem alleen op schemerige, winterse namiddagen gezien? Omdat Marcus alleen na schooltijd langskwam. Maar het was pas iets over tweeën. Marcus hoorde nu op school te zitten. Shit!

Will worstelde met zijn geweten, drukte het tegen de grond en ging er bovenop zitten tot het geen kik meer gaf. Wat kon het hem nou schelen of Marcus naar school ging of niet? Okay, verkeerde vraag. Hij wist maar al te goed dat het hem iets zou moeten uitmaken of Marcus naar school ging of niet. Probeer eens een andere vraag: hoeveel kon het hem schelen of Marcus naar school ging of niet? Antwoord: niet zoveel. Dat was beter. Hij reed naar huis.

Precies om kwart over vier, midden in *Countdown*, ging de bel. Als Will Marcus die middag niet had zien spijbelen, zou de precisie van zijn timing aan zijn aandacht zijn ontsnapt, maar nu was het wel zonneklaar: Marcus was kennelijk tot de slotsom gekomen dat het achterdocht zou wekken als hij voor kwart over vier bij de flat zou aankomen, en daarom had hij het tot op de seconde uitgemikt. Maar het maakte niet uit; hij ging toch niet opendoen.

Marcus belde nog eens aan, maar Will negeerde het opnieuw. Toen er de derde keer werd gebeld, zette hij *Countdown* uit en zette *In Utero* op, in de hoop dat Nirvana het geluid beter zou overstemmen dan Carol Vorderman. Toen hij bij 'Pennyroyal Tea' was gekomen, het achtste of negende nummer, had hij er genoeg van naar Nirvana en Marcus te luisteren: Marcus kon de muziek kennelijk door de deur heen horen en zorgde voor zijn eigen begeleiding door op de maat te bellen. Will gaf het op.

'Je hoort hier niet te zijn.'

'Ik kom vragen of je iets voor me wilt doen.' Niets in Marcus' gezicht of stem wees erop dat hij het ook maar in het minst vervelend of saai had gevonden dat hij ongeveer een halfuur had moeten aanbellen.

Ze deden een korte partij beenworstelen: Will versperde Marcus de doorgang, maar toch slaagde Marcus erin de flat binnen te dringen.

'Hè nee, *Countdown* is afgelopen. Hebben ze die dikke vent eruit gegooid?'

'Wat wil je dat ik voor je doe?'

'Ik wil dat je mij en een vriendin meeneemt naar het voetballen.'

'Dat kan je moeder toch ook doen.'

'Zij houdt niet van voetbal.'

'Jij ook niet.'

'Nu wel. Ik vind Manchester United goed.'

'Waarom?'

'Ik vind O'Bane goed.'

'Wie is O'Bane in vredesnaam?'

'Hij heeft afgelopen zaterdag vijf doelpunten voor ze gemaakt.'

'Ze hebben nul-nul gespeeld tegen Leeds.'

'Dan was het waarschijnlijk de zaterdag ervoor.'

'Marcus, er is geen speler die O'Bane heet.'

'Misschien heb ik het verkeerd verstaan. Iets wat zo klinkt. Hij heeft geblondeerd haar en een baardje en hij lijkt op Jezus. Mag ik een cola?'

'Nee. Er speelt niemand voor Manchester United met geblondeerd haar en een baard die op Jezus lijkt.'

'Noem eens een paar namen.'

'Hughes? Cantona? Giggs? Sharpe? Robson?'

'Nee. O'Bane.'

'O'Kane?'

Marcus' gezicht lichtte op. 'Dat moet hem zijn!'

'Die speelde zo'n vijfentwintig jaar geleden voor Nottingham Forest. Leek niet op Jezus. Blondeerde zijn haar niet. Heeft nooit vijf doelpunten gemaakt. Hoe was het op school vandaag?'

'Goed.'

'Hoe ging het vanmiddag?'

Marcus keek hem aan en probeerde erachter te komen waarom hij die vraag stelde.

'Goed.'

'Welke vakken had je?'

'Geschiedenis, en toen... eh...'

Will was van plan geweest het spijbelen achter de hand te houden, net zoals Marcus dat gedoe met Ned achter de hand had gehouden, maar nu hij hem aan de haak voelde kronkelen, kon hij niet nalaten hem eraf te halen en rondjes te laten zwemmen in de emmer.

'Het is vandaag woensdag, hè?'

'Eh... ja.'

'Heb je op woensdagmiddag niet een blokuur heen en weer lopen door Upper Street?'

Hij zag Marcus langzaam afglijden naar paniek.

'Wat bedoel je?'

'Ik heb je vanmiddag gezien.'

'Wat, op school?'

'Nee, Marcus, ik had je natuurlijk niet op school kunnen zien. Want daar was je niet.'

'Vanmiddag?'

'Ja, vanmiddag.'

'O, toen. Ik moest er even tussenuit om iets te halen.'

'Je moest er even tussenuit? En ze maken er zeker geen punt van als je er even tussenuit moet?'

'Waar heb je me gezien?'

'Ik passeerde je in Upper Street. Ik moet zeggen dat het er niet naar uitzag dat je er even tussenuit was. Het zag eruit alsof je aan het spijbelen was.'

'Het was de schuld van Mrs. Morrison.'

'Was het haar schuld dat je er even tussenuit moest? Of was het haar schuld dat je moest spijbelen?'

'Ze zei weer dat ik uit hun buurt moest blijven.'

'Ik ben de draad kwijt, Marcus. Wie is Mrs. Morrison?'

'De directrice. Je weet toch dat ze altijd zeggen dat ik uit hun buurt moet blijven als ik gepest word? Zij zei dat over de kinderen van de sportschoenen.' Zijn stem ging een octaaf omhoog en hij begon sneller te spreken. 'Ze waren me achternagelopen! Hoe kan ik nu uit hun buurt blijven als ze me achternalopen?'

'Rustig maar, wind je niet op. Heb je dat tegen haar gezegd?'

'Natuurlijk heb ik dat gezegd. Maar ze trok zich er gewoon niets van aan.'

'Goed. Dan ga je naar huis en vertelt dit aan je moeder. Het heeft geen zin om het mij te vertellen. En je moet haar ook vertellen dat je gespijbeld hebt.'

'Dat ga ik haar niet vertellen. Ze heeft genoeg problemen zonder mij.'

'Je bent al een probleem, Marcus.'

'Waarom kun jij niet naar haar toegaan? Naar Mrs. Morrison?'

'Dat meen je niet. Waarom zou ze zich iets van me aantrekken?'

'Dat zou ze heus wel doen. Ze...'

'Marcus, luister eens. Ik ben niet je vader, of je oom, of je stiefvader of wie dan ook. Ik heb helemaal niets met je te maken. Er is geen directrice die zich iets zal aantrekken van wat ik zeg, en dat zou ook niet goed zijn. Je moet ophouden te denken dat ik overal het antwoord op weet, want dat is niet zo.'

'Jij weet van alles. Jij wist ook van die sportschoenen.'

'Ja, god, wat een triomf was dat. Ik bedoel maar: daar heb je nog eens eindeloos lang plezier van gehad. Als ik die sportschoenen niet voor je had gekocht, zou jij vanmiddag op school hebben gezeten.'

'En je kende Kirk O'Bane.'

'Wie?'

'Kirk O'Bane.'

'De voetballer?'

'Alleen denk ik dat hij geen voetballer kan zijn. Ellie maakte net zo'n soort grapje als jij wel maakt.'

'Maar zijn voornaam was Kirk?'

'Ik geloof het wel.'

'Kurt Cobain, sukkel.'

'Wie is Kurt Cobain?'

'De zanger van Nirvana.'

'Ik dacht al dat het een zanger moest zijn. Met geblondeerd haar? Lijkt hij een beetje op Jezus?'

'Ik geloof het wel.'

'Zie je nou wel,' zei Marcus triomfantelijk. 'Die ken je ook al.'

'Iedereen kent hem.'

'Ik niet.'

'Nee, jij niet. Maar jij bent anders, Marcus.'

'En mijn moeder zou hem ook niet kennen.'

'Nee, zij ook niet.'

'Zie je nou wel dat jij van alles weet. Jij kunt me helpen.'

Op dat moment begreep Will voor het eerst wat voor soort hulp Marcus nodig had. Fiona had hem de indruk gegeven dat Marcus op zoek was naar een vaderfiguur, iemand om hem met zachte hand in de richting van mannelijke volwassenheid te loodsen, maar dat was het helemaal niet: Marcus had hulp nodig om een kind te zijn, niet een volwassene. En het was jammer voor Will, maar dat was precies het soort hulp waarvoor hij gekwalificeerd was. Hij kon Marcus niet vertellen hoe hij volwassen moest worden, of hoe je moest omgaan met een suïcidale moeder, en dat soort dingen, maar hij kon hem in elk geval wel vertellen dat Kurt Cobain niet voor Manchester United speelde, en voor een twaalfjarige die eind 1993 op een scholengemeenschap zat, was dat misschien wel de belangrijkste informatie die je krijgen kon.

Eenentwintig

De volgende ochtend ging Marcus weer naar school. Het scheen niemand te zijn opgevallen dat hij er de vorige middag niet was geweest: zijn klassenlerares wist dat hij 's middags tijdens het opnemen van de absenten naar Mrs. Morrison moest, en Mr. Sandford, de geschiedenisleraar, nam zelfs geen notitie van hem als hij er wel was. De andere kinderen in de klas hadden misschien wel bedacht dat hij spijbelde, maar hoe moest hij dat aan de weet komen, aangezien ze toch nooit met hem praatten?

In de kleine pauze liep hij Ellie tegen het lijf bij de snoepautomaat. Ze had haar Kurt Cobain-sweater aan en had een vriendin uit haar klas bij zich.

'Kurt Cobain speelt niet bij Manchester United,' zei hij tegen haar. Het meisje uit haar klas barstte in hysterisch gelach uit.

'O, nee toch!' zei Ellie, quasi-geschrokken. 'Hebben ze hem weggedaan?'

Marcus werd even in verwarring gebracht – misschien dacht Ellie echt dat hij een voetballer was? Maar toen realiseerde hij zich dat ze een van die grapjes maakte die hij nooit doorhad.

'Ha, ha,' zei hij, zonder een spier te vertrekken. Dat was wat je hoorde te doen, en hij kreeg een kick omdat hij eindelijk eens iets goed had gedaan. 'Nee, hij speelt... hij *zingt* bij Nirvana.'

'Fijn dat te horen.'

'O, dat is okay. Een vriend van me heeft een plaat van ze. *Nevermind*.'

'Die heeft iedereen. De nieuwste heeft hij vast nog niet.'

'Misschien wel. Hij heeft er een heleboel.'

'In welke klas zit hij? Ik dacht niet dat iemand op school van Nirvana hield.'

'Hij zit niet meer op school. Hij is vrij oud. Het is grunge, hè, Nirvana? Ik weet niet wat ik van grunge moet vinden.' Dat was ook zo. Will had de vorige avond wat van Nirvana gedraaid, en hij had nog nooit zoiets gehoord. In het begin had hij niets anders dan lawaai en geschreeuw gehoord, maar er waren ook rustiger gedeeltes, en op het laatst had hij een melodie kunnen onderscheiden. Hij dacht niet dat hij er ooit net zoveel van zou houden als van Joni of Bob of Mozart, maar hij begreep wel min of meer waarom iemand als Ellie ervan zou houden.

De twee meisjes keken elkaar aan en lachten harder dan ze de eerste keer hadden gedaan.

'En wat denk je dat je ervan zou kunnen vinden?' vroeg Ellies vriendin.

'Tja,' zei Marcus. 'Het is een boel kabaal, maar er zit een goed ritme in, en de foto op de hoes is heel interessant.' Het was een foto van een baby onder water die achter een dollarbiljet aan zwom. Will had iets over de foto gezegd, maar hij kon zich niet meer herinneren wat. 'Ik geloof dat die hoes iets betekent. Iets met de maatschappij.'

De meisjes keken hem aan, keken elkaar aan en lachten.

'Je bent erg geestig,' zei Ellies vriendin. 'Hoe heet je?'

'Marcus.'

'Marcus. Aparte naam.'

'Vind je?' Marcus had nooit zo stilgestaan bij zijn naam, maar hij had nooit gedacht dat hij apart was.

'Nee,' zei Ellies vriendin, waarop ze weer moesten lachen. 'Tot ziens, Marcus.'

'Tot ziens.'

Het was het langste gesprek dat hij op school in weken met iemand had gehad.

'We hebben dus een succesje geboekt,' zei Will, toen Marcus hem vertelde over Ellie en haar vriendin. 'Maar ik ben er niet kapot van.'

Soms begreep Marcus geen woord van wat Will zei, maar wanneer dat gebeurde, ging hij er gewoon compleet aan voorbij.

'Ze zeiden dat ik geestig was.'

'Je bent ook geestig. Om je te bescheuren. Maar ik weet niet of dat genoeg is om een hele relatie op te baseren.'

'Mag ik Ellie een keer meenemen?'

'Ik ben er niet zeker van dat ze zal komen, Marcus.'

'Waarom niet?'

'Nou... Ik weet niet zeker of... Hoe oud is ze?'

'Geen idee. Vijftien?'

'Ik weet niet of vijftienjarigen wel omgaan met twaalfjarigen. Ik durf te wedden dat haar vriendje vijfentwintig is, op een Harley Davidson rijdt en als roadie voor de een of andere band werkt. Hij zou je in elkaar slaan. Hij zou gehakt van je maken, man.'

Daar had Marcus niet aan gedacht.

'Ik wil niet met haar uitgaan. Ik weet dat ze nooit op iemand als ik zou vallen. Maar we kunnen toch wel hier komen om naar je Nirvana-platen te luisteren?'

'Die heeft ze vermoedelijk al gehoord.'

Marcus voelde zich gedwarsboomd door Will. Waarom wilde hij niet dat hij vrienden zou maken?

'Okay, laat dan maar.'

'Sorry, Marcus. Ik ben blij dat je Ellie hebt gesproken vandaag, echt waar. Maar een gesprek van twee minuten met iemand die je in de zeik neemt... Ik geloof niet dat dat op lange termijn iets wordt, jij wel?'

Marcus luisterde niet echt. Ellie en haar vriendin hadden gezegd dat hij geestig was, en als hij één keer geestig kon zijn, kon hij nog een keer geestig zijn.

De volgende dag zag hij ze bij de snoepautomaat. Ze leunden ertegen en maakten een opmerking over iedereen die de moed had ernaar toe te komen en er geld in te stoppen. Marcus keek een poosje naar ze voordat hij naar ze toeging.

'Hallo, Ellie.'

'Marcus! Ouwe reus!'

Marcus had geen zin om te bedenken wat dat zou kunnen betekenen, dus negeerde hij het.

'Ellie, hoe oud is je vriendje?'

Hij had pas één vraag gesteld en had de meisjes nu al aan het lachen gemaakt. Hij wist dat hij het kon.

'Honderdtwee.'

'Ha, ha.' Hij had het weer goed gedaan.

'Negen.'

'Ha, ha.'

'Waarom wil je dat weten? Hoe weet je trouwens of ik wel een vriendje heb?'

'Mijn vriend Will zei dat hij waarschijnlijk vijfentwintig was, op een Harley Davidson reed en dat hij gehakt van me zou maken.'

'Ohhh, Marcus.' Ellie sloeg een arm om zijn nek en woelde zijn haar door elkaar. 'Dat zou ik nooit goedvinden.'

'Mooi. Dank je. Ik moet toegeven dat ik me een beetje zorgen begon te maken toen hij dat zei.'

Nog meer gelach. Ellies vriendin keek hem aan alsof hij het interessantste mens was dat ze ooit had ontmoet.

'Hoe oud is jouw vriendin trouwens? Ze wil me zeker vermoorden, hè?' Ze lachten nu aan een stuk door. De ene lach ging naadloos over in de volgende.

'Nee, want ik heb geen vriendin.'

'Daar geloof ik niks van. Een knappe jongen zoals jij? Dan moeten we iemand voor je zoeken.'

'Nee, laat maar. Ik wil op het moment eigenlijk niemand. Ik ben er nog niet aan toe.'

'Heel verstandig.'

Ineens dook Mrs. Morrison naast hen op.

'Ellie, naar mijn kamer, nu.'

'Ik doe geen andere sweater aan.'

'Dat bespreken we in mijn kamer wel.'

'Er valt niets te bespreken.'

'Wil je hierover redetwisten waar iedereen bij is?'

Ellie haalde haar schouders op. 'Als u er niet mee zit, vind ik het geen probleem.'

Marcus zag dat het Ellie echt niet kon schelen. Een heleboel kinderen deden alsof ze niet bang waren, maar hielden op met die komedie zodra een docent iets tegen ze zei. Ellie kon het echter eindeloos volhouden, en Mrs. Morrison kon haar niets maken. Maar hem kon ze een heleboel maken, en Ellies vriendin zag er ook niet uit alsof ze ruzie met Mrs. Morrison wilde uitlokken. Ellie had iets wat zij niet hadden – of zij hadden iets wat Ellie niet had, hij wist niet precies hoe het zat.

'Zoe, Marcus, ik wil Ellie onder vier ogen spreken. En Marcus, jij en ik hebben ook nog een appeltje te schillen, is het niet?'

'Ja, Mrs. Morrison.' Ellie keek hem aan en glimlachte, en even had hij echt het gevoel dat zij drieën een trio vormden. Of misschien een driehoek, met Ellie bovenaan en Zoe en hij onderaan.

'Wegwezen.'

En weg gingen ze.

Ellie en Zoe kwamen hem in de middagpauze zoeken. Hij zat aan zijn tafeltje boterhammen te eten en naar Frankie Ball en Juliet Lawrence te luisteren die het over een jongen uit de negende hadden, toen ze ineens voor zijn neus stonden.

'Kijk, daar heb je hem!'

'Hé, Marcus!'

Nagenoeg alle kinderen in het lokaal stopten met wat ze aan het doen waren en draaiden zich om. Je kon zien wat ze dachten: Ellie en *Marcus????????* Zelfs Nicky en Mark, die in geen weken met hem hadden gepraat en graag deden alsof ze hem nooit hadden gekend, keken op van hun Gameboy; Marcus hoopte dat een van hen er een leven bij was ingeschoten. Hij voelde zich fantastisch. Als Kurt Cobain in eigen persoon het klaslokaal was binnengelopen om hem te zoeken, hadden de monden van zijn klasgenoten niet verder kunnen openvallen.

'Wat zitten jullie nou te kijken? Marcus is een vriend van ons, toch, Marcus?'

'Ja,' zei Marcus. Wat zijn relatie met Ellie en Zoe ook was, 'ja' was nu beslist het juiste antwoord.

'Kom op dan, laten we gaan. Je hebt toch zeker geen zin hier de hele pauze te blijven? Ga mee naar ons lokaal. Het is zonde van je tijd om bij dit zootje te zitten. Stelletje droogkloten.'

Marcus zag dat sommigen van hen een kleur kregen, maar niemand zei iets. Dat kon ook niet, tenzij ze bereid waren met Ellie in de clinch te gaan, maar daar zat kennelijk niemand op te wachten. Het had geen zin. Zelfs Mrs. Morrison moest het tegen Ellie afleggen, dus hoeveel kans zouden Frankie Ball en de anderen dan maken?

'Okay,' zei Marcus. 'Wacht even.' Hij wilde ze domweg laten wachten omdat hij het moment wilde laten voortduren: hij wist niet of Ellie en Zoe hem ooit nog eens zouden komen zoeken en al zouden ze dat wel doen, betwijfelde hij of ze de wereld zouden verkondigen, althans dat deel van de wereld dat in zijn lokaal boterhammen zat te eten, dat hij hun vriend was en dat alle anderen droogkloten waren. Dat zou te veel gevraagd zijn. Maar nu hij ze had gevraagd te wachten, had hij geen idee waarop ze zouden moeten wachten.

'Zal ik… Moet ik iets meenemen?'

'Zoals wat?' vroeg Zoe. 'Een fles van het een of ander?'

'Nee, maar zoiets als…'

'Condooms?' vroeg Ellie. 'Bedoel je dat? We kunnen niet in ons lokaal neuken, Marcus, hoewel ik het natuurlijk wel zou willen. Er zijn te veel mensen.' Zoe moest zo hard lachen dat Marcus vreesde dat ze moest overgeven. Ze had haar ogen dicht en het leek alsof ze kokhalsde.

'Nee, dat weet ik, ik…' Misschien was het een vergissing geweest te vragen of ze wilden wachten. Hij had zijn ogenblik van triomf in een jaar van afgrijselijke gruwel veranderd.

'Neem alleen je eigen beminnelijke ik mee, Marcus. Maar schiet een beetje op, wil je?'

Hij wist dat hij een rode kop had, en die opmerking over het condoom was erg geweest. Maar toch moest hij, terwijl iedereen keek, van zijn tafel naar de plek lopen waar Ellie en Zoe stonden, en toen hij daar kwam, gaf Ellie hem een kus. Goed, ze nam hem in de maling, maar dat maakte niet uit, want er zaten niet veel mensen in zijn klas die Ellie een blik waardig zou keuren, laat staan kussen. 'Slechte publiciteit bestaat niet,' had zijn vader tijden geleden een keer gezegd, toen Marcus had gevraagd waarom de een of andere acteur toeliet dat Noel Edmonds troep over zijn hoofd uitgoot, maar nu begreep hij wat hij had bedoeld. Je zou kunnen zeggen dat Ellie troep over zijn hoofd had uitgegoten, maar het was dubbel en dwars de moeite waard.

Ellies klaslokaal was boven, en de wandeling ernaar toe zorgde ervoor dat het leuke deel, het-godallemachtig-Marcus-en-Ellie-deel, langer duurde. Een van de docenten hield hem zelfs even tegen om te vragen of het goed met hem ging, alsof iedereen die met Ellie omging moest zijn gekidnapt of gehersenspoeld.

'We adopteren hem, meneer,' zei Ellie.

'Ik vroeg het jou niet, Ellie. Ik vroeg het hem.'

'Ze adopteren me, meneer,' zei Marcus. Hij bedoelde het niet als een grapje – hij vond alleen dat wat Ellie zei zinnig was – maar ze moesten er toch allemaal om lachen.

'Je zou je geen verantwoordelijker ouders kunnen wensen,' zei de leraar.

'Ha, ha,' zei Marcus, hoewel hij niet goed wist of hij dat dit keer wel had moeten doen.

'Dat vatten we op als een compliment,' zei Ellie. 'Bedankt. We zullen goed op hem passen. En ervoor zorgen dat hij voor middernacht thuis is enzo.'

'Afgesproken,' zei de leraar. 'En heelhuids.'

Ellie liet hem buiten het lokaal wachten terwijl ze hem aankondigde. Hij kon haar horen schreeuwen.

'Okay, luister allemaal. Ik wil jullie Marcus voorstellen. De enige andere Kurt Cobain-fan op deze hele kutschool. Kom maar binnen, Marcus.'

Hij liep het lokaal in. Er waren niet veel mensen, maar degenen die er waren, lachten toen ze hem zagen.

'Ik heb niet gezegd dat ik per se een fan ben,' zei hij. 'Ik vind alleen dat ze een goed ritme hebben en dat de hoes iets betekent.'

Weer moest iedereen lachen. Ellie en Zoe stonden trots naast hem, alsof hij net een goocheltrucje had gedaan waarvan zij tegen iedereen hadden beweerd dat hij het kon, ook al wilde niemand ze geloven. Ze hadden gelijk: hij had echt het gevoel dat hij was geadopteerd.

Tweeëntwintig

Will had geprobeerd niet over de kerst na te denken, maar toen het dichterbij kwam, begon hij zijn twijfels te krijgen over het idee een paar honderd video's te bekijken en een paar duizend joints te roken. Het leek hem zomaar niet zo feestelijk, en hoewel tijdens het verloop van de feestelijkheden steevast Het Lied opdook, wilde hij er niet helemaal aan voorbijgaan. Het ging door zijn hoofd dat de manier waarop je kerst vierde een boodschap aan de wereld was over waar je stond in het leven, een indicatie gaf van hoe diep het gat was dat je voor jezelf had weten te graven, en met het oog daarop: drie dagen knetterstoned in je eentje doorbrengen zou misschien iets over je zeggen dat je liever ongezegd zou laten.

Daarom zou hij Kerstmis in een familiekring doorbrengen – niet zijn familiekring, want die had hij niet, maar een familiekring. Er was één familiekring die hij ten koste van alles wilde vermijden: hij was absoluut niet van plan de kerst door te brengen met het eten van kutterige notenkoteletjes, niet-tv-kijken, en met zijn ogen dicht kerstliedjes zingen. Maar hij moest uitkijken, want als hij zich gewoon met de stroom liet meedrijven zou hij zo over de rand van de waterkering worden meegevoerd; hij moest als de donder in de tegenovergestelde richting beginnen te zwemmen.

Nadat hij met onvermurwbare vastberadenheid had besloten dat hij absoluut onder geen voorwaarde eerste kerstdag met Fiona en Marcus wilde doorbrengen, kwam het nogal als een verrassing dat hij zichzelf de volgende middag hoorde ingaan op een uitnodiging van Marcus om uitgerekend dat te doen.

'Heb je zin om met kerst bij ons te komen?' vroeg Marcus, nog voordat hij een voet over de drempel had gezet.

'Eh,' zei Will. 'Dat is, eh, heel aardig van je.'

'Mooi,' zei Marcus.

'Ik heb alleen maar gezegd dat het heel aardig van je is,' zei Will.

'Maar je komt wel.'

'Ik weet het niet.'

'Waarom niet?'

'Omdat...'

'Heb je geen zin om te komen?'

'Ja, natuurlijk wel, maar... En je moeder dan?'

'Die is er ook.'

'Ja, dat vermoedde ik al min of meer. Maar ze zou me er niet bij willen hebben.'

'Ik heb het er al met haar over gehad. Ik heb gezegd dat ik een vriend wilde uitnodigen, en ze zei dat dat goed was.'

'Maar je hebt haar niet verteld dat ik het was?'

'Nee, maar ik geloof dat ze dat wel kon raden.'

'Hoe dan?'

'Ik heb toch geen andere vrienden?'

'Weet ze dat je hier nog steeds op bezoek komt?'

'Min of meer. Ze vraagt er niet meer naar, dus ik denk dat ze zich er geen zorgen meer over maakt.'

'En er is echt niet iemand anders die je liever zou uitnodigen?'

'Nee, natuurlijk niet. En als dat wel zo was, zouden ze met kerst niet bij mij thuis mogen komen lunchen. Ze zouden naar hun eigen huis gaan. Alleen wonen ze daar al, dus zouden ze eigenlijk nergens naar toegaan.'

Will vond het een deprimerend gesprek. Wat Marcus op zijn eigen spitsvondige, kromme manier zei, was dat hij niet wilde dat Will eerste kerstdag alleen zou zijn.

'Ik weet nog niet wat ik ga doen.'

'Waar zou je anders naar toegaan?'

'Nergens, maar...'

Leemtes in het gesprek die gevuld moesten worden, nam Marcus meestal voor zijn rekening. Zijn concentratievermogen was zo dat elke hm en eh en maar voor hem het teken was om op een heel ander onderwerp over te stappen. Maar om de een of andere reden zag hij af van zijn gebruikelijke techniek en keek hij Will gespannen aan.

'Wat zit je me nou aan te staren?' vroeg Will uiteindelijk.

'Ik zat niet te staren. Ik wachtte tot je de vraag zou beantwoorden.'

'Die heb ik beantwoord. "Nergens," zei ik.'

'Je zei "Nergens, maar…" Ik wachtte wat er na dat maar zou komen.'

'Nou, niets. Ik ga met kerst nergens naar toe.'

'Dan kun je toch bij ons komen.'

'Ja, maar…'

'Maar wat?'

'Hou nou eens op steeds "Maar wat?" te vragen.'

'Waarom?'

'Omdat het… niet beleefd is.'

'Waarom niet?'

'Omdat ik… kennelijk mijn bedenkingen heb, Marcus. Daarom zeg ik steeds "Maar". Ik ben er kennelijk niet voor de volle honderd procent van overtuigd dat ik kerst bij jou thuis wil doorbrengen.'

'Waarom niet?'

'Probeer je soms geestig te zijn?'

'Nee.'

Dat was natuurlijk waar: Marcus was nooit opzettelijk geestig. Een blik op Marcus' gezicht was voldoende om Will ervan te overtuigen dat de jongen alleen maar nieuwsgierig was, en dat niets erop wees dat zijn nieuwsgierigheid afnam. Het gesprek had zich toch al verder uitgesponnen dan Will lief was, en nu begon hij erover in te zitten dat hij uiteindelijk genoodzaakt zou zijn de wreedste van alle waarheden te verwoorden: dat Marcus' moeder, net als haar zoon, compleet geschift was; dat ze, nog afgezien van hun geestelijke gezondheid, hoe dan ook een stelletje minkukels waren; dat hij zich geen deprimerender kerst kon voorstellen; dat hij veel en veel liever zou terugvallen op zijn oorspronkelijke plan van vergetelheid en het volledige oeuvre van de Marx Brothers dan met die twee knalbonbons open te trekken; dat ieder mens die bij zijn volle verstand was er hetzelfde over zou denken. Wat voor keus had hij als het kind aan een half woord niet genoeg had? Tenzij…

'Sorry, Marcus, dat was onbeleefd van me. Ik kom graag met kerst bij jullie.'

Dat was de andere keus. Het was niet zijn eerste keus, maar het was de andere keus.

Toen hij kwam, bleek dat ze niet slechts met hun drieën waren, wat hem enorm opmonterde. Hij verwachtte een van Fiona's van logica gespeende zedenpreken, maar kreeg slechts een blik toegeworpen; ze had er kennelijk geen zin in de vijandigheden ten overstaan van haar andere gasten te hervatten. Marcus' vader Clive was er, en zijn vriendin Lindsey, en de moeder van zijn vriendin, bij elkaar zes mensen die allemaal om de uitschuifbare eettafel gepropt zaten. Will wist niet dat de wereld zo in elkaar stak. Als product van een tweede huwelijk uit de jaren zestig leed hij onder de misvatting dat de samenstellende delen niet meer met elkaar spraken wanneer een gezin uit elkaar viel, maar hier was de situatie anders: Fiona en haar ex leken vooral op hun relatie terug te zien als iets wat hen bij elkaar had gebracht in plaats van als iets wat vreselijk fout was gelopen en hen uit elkaar had gedreven. Het was alsof een huis en een bed delen en samen een kind krijgen zoiets was als in aangrenzende kamers in hetzelfde hotel logeren, of als bij elkaar in de klas hebben gezeten – een gelukkig toeval waardoor ze in de gelegenheid waren gesteld een oppervlakkige vriendschap voor elkaar op te vatten.

Maar zo kon het er niet overal aan toegaan, dacht Will, anders zou het bij CHAOS vol zitten met gelukkige, maar gescheiden echtparen, die allemaal hun exen en aanstaanden en kinderen van hier, daar en weet ik waar aan elkaar voorstelden, maar zo was het helemaal niet geweest – het had er gezinderd van gegronde en gerechtvaardigde woede, en er waren heel veel mensen ongelukkig geweest. Uit wat hij die avond had gezien, kon hij niet afleiden dat al te veel CHAOS-gezinnen zich vandaag zouden herenigen voor een spelletje Twister en samenzang om de boom.

Maar ook als het niet vaak voorkwam, het gebeurde hier, vandaag, en Will vond het in het begin nogal tenenkrommend: als mensen niet konden samenleven, moesten ze op zijn minst het fatsoen kunnen opbrengen om de pest aan elkaar te hebben, vond hij. Maar in de loop van de dag, toen hij iets meer had gedronken, begreep Will vagelijk dat een keer per jaar streven naar gezelligheid en harmonie eigenlijk niet een volkomen te verachten ambitie was. Een kamer vol mensen die het met elkaar probeerden te vinden maakte om te beginnen Marcus gelukkig, en zelfs Will was niet cynisch genoeg om Marcus iets anders dan geluk te wensen op eerste kerstdag. Op oudejaarsavond zou hij zich voornemen iets van zijn vroegere scepticisme terug te veroveren, maar tot die tijd zou hij huilen met de wolven in het bos en mensen toelachen, ook als hij ze veroordeelde. Dat je mensen toelachte betekende immers niet dat je voorgoed met ze bevriend moest blijven, of wel? Veel later op de dag, toen het gezonde verstand de overhand kreeg en iedereen begon te ruziën, kwam hij erachter dat mensen toelachen niet eens betekende dat je een dag bevriend moest blijven, maar een paar uur lang wilde hij best in een omgekeerd universum geloven.

Voor Fiona en Marcus had hij cadeautjes gekocht. Hij gaf Marcus *Nevermind* op vinyl, omdat ze geen cd-speler hadden, en een Kurt Cobain-sweater, zodat hij niet voor Ellie hoefde onder te doen; hij gaf Fiona een eenvoudige, maar tamelijk aparte en tamelijk kostbare glazen vaas, omdat ze na het ziekenhuisgedoe had gemopperd dat ze niet wist waar ze de bloemen moest laten. Van Marcus kreeg hij een puzzelwoordenboek om bij *Countdown* te gebruiken, en van Fiona kreeg hij als grapje *Het handboek voor alleenstaande ouders*.

'Wat is daar grappig aan?' vroeg Lindsey hem.

'Niets,' zei Will snel en, zoals hij begreep zodra hij het had gezegd, zwak.

'Will deed alsof hij een kind had om lid te kunnen worden van een groep voor alleenstaande ouders,' zei Marcus.

'O,' zei Lindsey. De vreemden in de kamer, Lindsey en haar moeder en Clive, keken hem met enige belangstelling aan, maar hij weigerde het toe te lichten. Hij lachte hen alleen toe, alsof het iets was wat iedereen onder die omstandigheden zou hebben gedaan. Maar hij zou niet graag hebben uitgelegd wat die omstandigheden waren.

Het cadeaugedeelte van de dag duurde niet zo lang, en over het algemeen waren het de gebruikelijke dingen – zelfs in verontrustende mate, gezien het gecompliceerde web van relaties in de kamer. Penisvormige chocolade was allemaal leuk en aardig, vond Will (wat hij eigenlijk helemaal niet vond, maar dat deed er niet toe – hij probeerde iedereen in zijn waarde te laten), maar was penisvormige chocolade een geschikt cadeau voor de momenteel minnaarloze en celibatair levende ex-geliefde van je vriend? Hij wist het eerlijk niet, maar op de een of andere manier deed het een beetje smakeloos aan – je kon bij zulke gelegenheden toch zeker het hele onderwerp penissen maar beter laten rusten? – en bovendien had Fiona bij Will nooit de indruk gewekt dat ze het type vrouw was voor penisvormige chocolade, maar ze moest er toch om lachen.

Naarmate de berg weggegooid cadeaupapier groter werd, ging Will door het hoofd dat je in deze situatie van vrijwel elk geschenk kon denken dat het ongepast was of bedekte toespelingen bevatte. Fiona gaf Lindsey zijden lingerie, alsof ze wilde zeggen: 'Hé, het kan mij niet schelen wat jullie tweeën 's nachts uitvoeren,' en ze gaf Clive een nieuw boek dat *The Secret History* heette, alsof ze iets heel anders impliceerde. Clive gaf Fiona een cassette van Nick Drake, en hoewel Clive, voor zover Will wist, niet op de hoogte was van de ziekenhuisepisode, had het toch iets merkwaardigs dat hij de muziek van een kandidaat voor een suïcidale depressie opdrong aan een kandidaat voor een suïcidale depressie.

De cadeautjes die Clive voor Marcus had waren op zich niet controversieel: computerspelletjes, sweaters, een honkbalpet en de plaat van Mr. Blobby en dergelijke, maar opvallend was dat ze een schril contrast vormden met het vreugdeloze hoopje dat Fiona Marcus eerder op de dag had gegeven: een trui die hem op school geen goed zou doen (hij was slobberig en pluizig en kunstzinnig), een paar boeken en wat pianomuziek – naar het scheen een vriendelijke en oersaaie moederlijke vermaning omdat Marcus een poosje geleden met zijn lessen was gestopt. Marcus liet Will deze armzalige oogst met zoveel trots en enthousiasme zien dat zijn hart bijna brak... 'En een hele leuke trui, en deze boeken die me heel boeiend lijken, en deze muziek, want als ik weer eens... als ik wat meer tijd heb, ga ik het echt weer proberen...' Will had Marcus nooit wezenlijk gewaardeerd om het feit dat hij een goed kind was – tot nu toe was hem alleen zijn excentrieke, problematische kant opgevallen, vermoedelijk omdat er niet veel anders op te merken was. Maar hij was goed, dat zag Will nu wel in. Niet goed in de zin van gehoorzaam en geduldig; het was meer dat zijn instelling goed was, zodat je naar zoiets als een stapeltje flutcadeaus kon kijken en zag dat ze met liefde waren gegeven en met zorg waren uitgekozen, en dat dat genoeg was. Het was ook niet eens zo dat Marcus ervoor koos het glas als halfvol te zien – Marcus' glas was barstensvol, en hij zou verbaasd zijn en voor een raadsel staan als iemand hem had proberen te vertellen dat er kinderen bestonden die hun ouders de pluizige trui en de bladmuziek naar het hoofd zouden hebben gesmeten en een Nintendo zouden hebben geëist.

Will wist dat hij in dat opzicht nooit goed zou worden. Als hij naar een pluizige trui keek, zou hij met de beste wil van de wereld niet kunnen verzinnen waarom die als geknipt voor hem was, en waarom hij die op elk moment van de dag en de nacht zou moeten dragen. Hij zou er één blik op werpen en concluderen dat degene die hem gekocht had een idioot was. Dat deed hij voortdurend: als hij een vent van een jaar of vijfentwintig op inlineskates parmantig door Upper Street zag rijden, dacht hij een van de volgende drie dingen: 1) Wat een lul; of: 2) Wie denk je in godsnaam dat je bent?; of: 3) Hoe oud ben je? Veertien?

Volgens hem was iedereen in Engeland zo. Niemand keek naar een inlineskatende man met een halfronde zonnebril op en dacht: tjonge, die ziet er cool uit, of: tjee, dat lijkt me een leuke manier om in conditie te blijven. Ze dachten domweg: wat een lul. Maar Marcus niet. Marcus zou de man helemaal niet zien, of hij zou er met open mond naar staan kijken, zwijmelend van bewondering en verbazing. Dit vloeide niet simpelweg voort uit het kind-zijn, want al zijn klasgenoten behoorden tot de wat-een-lul-denkwijze, zoals Marcus op pijnlijke wijze had moeten ervaren. Het vloeide voort uit het feit dat hij Marcus was, zoon van Fiona. Over twintig jaar zou hij waarschijnlijk met gesloten ogen zingen en flesjes pillen slikken, maar hij reageerde in elk geval mild op zijn kerstcadeautjes. Dat was maar een schrale compensatie voor de lange jaren die voor hem lagen.

Drieëntwintig

Het was prettig een vader en een moeder te hebben die niet samen over dingen beslisten, dacht Marcus; op die manier kreeg je met kerst het beste van twee werelden. Je kreeg dingen als truien en bladmuziek, die je nu eenmaal moest hebben, maar je kreeg ook computerspelletjes en andere leuke dingen. En hoe zou Kerstmis nu zijn geweest als zijn vader en moeder nog bij elkaar waren, als ze maar met zijn drieën waren geweest? Vrij saai, waarschijnlijk. Zo was het meer een feest, omdat Will en Lindsey er ook waren en, nou ja, als hij eerlijk was, kon Lindseys moeder hem niet zoveel schelen, maar ze hielp de kamer een beetje op te vullen.

Na de cadeautjes kwam het middageten: een soort grote, donutachtige ring, maar dan van pasteideeg in plaats van donutspul, met een heel lekkere saus van room en paddestoelen in het gat in het midden, en daarna een kerstpudding waar vijfpencemuntjes in verstopt waren (Marcus had er twee in zijn portie), en daarna trokken ze knalbonbons open en zetten hoedjes op, alleen wou Will de zijne niet lang ophouden. Hij zei dat zijn hoofd ervan ging jeuken.

Nadat ze op tv naar de koningin hadden gekeken (wat niemand wilde, behalve Lindseys moeder, maar Marcus' ervaring was dat oude mensen altijd hun zin kregen), draaide Clive een joint, en ontstond er een fikse ruzie. Lindsey werd kwaad op Clive vanwege haar moeder, die geen idee had wat hij deed tot mensen erover begonnen te schreeuwen, en Fiona werd kwaad op Clive vanwege Marcus, die hem al honderdduizend keer een joint had zien draaien.

'Dit heeft hij me al honderd keer zien doen,' zei Clive. Het bleek dat dat een verkeerde opmerking was, zodat Marcus blij was dat hij het niet had gezegd.

'Ik wou dat je me dat niet had verteld,' zei Fiona. 'Dat wilde ik nou echt niet weten.'

'Wat, dacht je dat ik op de dag dat we uit elkaar waren gegaan was gestopt met blowen? Waarom zou ik?'

'Toen was Marcus nog klein. Hij lag altijd in bed voordat je een stickie draaide.'

'Ik rook het nooit, hoor mam. Dat mag niet van pappa.'

'O, maar dan is er niets aan de hand. Zolang jij maar geen weed rookt, heb ik er geen enkel bezwaar tegen dat je vader zijn drugsverslaving uitleeft waar je bij bent.'

'Ha, ha,' zei Marcus. Iedereen in de kamer keek hem aan, maar toen werd de ruzie voortgezet.

'Ik zou af en toe een joint roken toch geen drugsverslaving willen noemen, jij wel?'

'Ja, kennelijk wel, want zo noemde ik het net.'

'Kunnen we hier een andere keer over praten?' vroeg Lindsey. Haar moeder had tot dusver niets gezegd, maar ze leek heel geïnteresseerd in wat er zich afspeelde.

'Waarom? Omdat je moeder er is?' Marcus had Fiona nog nooit kwaad zien worden op Lindsey, maar dat gebeurde nu dus. 'Om redenen die ik niet kan doorgronden, kan ik helaas nooit een gesprek met Marcus' vader hebben zonder dat je moeder er bij aanwezig is. Dus dit moet je verdomme maar voor lief nemen.'

'Hoor eens, ik berg de weed wel op, nou goed? Dan kunnen we allemaal bedaren, naar *International Velvet* kijken en het uit ons hoofd zetten.'

'*International Velvet* komt niet,' zei Marcus. 'Het is *Indiana Jones and the Temple of Doom.*'

'Daar gaat het nu niet om, Marcus.'

Marcus zei niets, maar in zijn hart was hij het er niet mee eens: het was niet het enige geweest waar het om ging, maar het was beslist een van de dingen geweest.

'Ik weet dat hij drugs gebruikt,' zei Lindseys moeder ineens. 'Ik ben niet achterlijk.'

'Ik gebruik geen... *drugs*,' zei Clive.

'O, nou ja, hoe noem je het dan?' vroeg Lindseys moeder.

'Het is geen drugsgebruik. Het is... niets bijzonders. Drugsgebruik is iets anders.'

'Denkt u dat hij het in zijn eentje gebruikt?' vroeg Fiona aan Lindseys moeder. 'Denkt u dat uw dochter alleen maar naar hem zit te kijken als hij blowt?'

'Wat bedoel je?'

'Ze bedoelt er niets mee, mam. Ik vind dat Clive met een uitstekend idee kwam. Laten we het wegdoen en woordraadsels gaan doen of iets dergelijks.'

'Ik heb niets gezegd over woordraadsels. Ik heb voorgesteld om naar *International Velvet* te gaan kijken.'

'Er is geen *International...*' begon Marcus.

'Hou je mond, Marcus,' zei iedereen, en toen moesten ze allemaal lachen.

Maar door de ruzie was de sfeer veranderd. Clive en Fiona spraken af om bij een andere gelegenheid eens een goed gesprek over het weedgedoe te hebben, Fiona en Lindsey snauwden nog een paar keer tegen elkaar, en zelfs Will leek anders, hoewel niets van dit alles iets met hem te maken had gehad. Marcus vermoedde dat Will het tot de ruzie leuk had gevonden, maar daarna leek hij er een beetje buiten te staan, terwijl hij eerst bij de familie had gehoord. Om redenen die Marcus niet begreep, leek het bijna of hij vanwege het ruziën om ze moest lachen. En toen, na het avondeten (er waren koude vleessoorten voor de vleeseters, waar Marcus iets van nam, alleen maar om de blik op zijn moeders gezicht te kunnen zien), kwam Suzie op bezoek met haar dochtertje, en was het hun beurt om Will uit te lachen.

Marcus wist niet dat Will Suzie niet meer had gezien sinds zijn moeder haar over Ned en CHAOS en zo had verteld. Niemand had er iets over gezegd, maar dat wilde niets zeggen – Marcus had altijd aangenomen dat volwassenen, als hij naar bed of naar school was gegaan, allerlei dingen deden waar ze hem niets over vertelden, maar nu begon hij te vermoeden dat dit niet waar was, en dat de volwassenen die hij kende er helemaal geen geheim leven op nahielden. Toen Suzie de kamer kwam binnenlopen, was het duidelijk dat het een pijnlijk moment was, vooral voor Will: hij stond op, ging zitten, kwam toen weer overeind, en werd toen rood en zei dat hij ervandoor moest; toen zei Fiona dat hij zich niet zo moest aanstellen, en ging hij weer zitten. De enige vrije stoel stond in de hoek waar Will zat, zodat Suzie geen andere keus had dan naast hem te gaan zitten.

'Heb je een leuke dag gehad, Suzie?' vroeg Fiona.

'Ja, wel aardig. We komen net terug van oma.'

'En hoe gaat het met oma?' vroeg Will. Suzie draaide zich om, keek hem aan, opende haar mond om antwoord te geven, maar veranderde van gedachte en negeerde hem compleet. Het was een van de meest opwindende dingen die Marcus in het echt had gezien, en veruit het meest opwindende dat hij ooit in zijn eigen huiskamer had gezien. (Zijn moeder en het braaksel op de Dag van de Dode Eend telde niet. Dat was niet opwindend. Dat was alleen afschuwelijk geweest.) Hij vermoedde dat Suzie hem met de nek aankeek. Hij had veel gehoord over iemand met de nek aankijken, maar hij had het nooit iemand zien doen. Het was fantastisch, maar wel een beetje eng.

Will stond op en ging weer zitten. Als hij echt weg wilde, dacht Marcus, kon niemand hem tegenhouden. Nou ja, ze kónden hem wel tegenhouden – als iedereen in de kamer hem vastgreep en boven op hem ging zitten, zou hij niet ver komen. (Marcus glimlachte bij de gedachte aan Lindseys moeder die boven op Wills hoofd zat.) Maar ze zouden hem niet tegenhouden. Dus waarom stond hij niet gewoon op om te blijven staan en te gaan lopen? Waarom jojode hij op en neer? Misschien had met de nek aankijken een aspect dat Marcus niet kende. Misschien bestonden er regels voor het met de nek aankijken, en moest je het gewoon uitzitten, ook als je er geen zin in had.

Megan wriemelde van haar moeders schoot af en liep naar de kerstboom.

'Misschien ligt er wel een cadeautje voor je bij, Megan,' zei Fiona.

'Oooo, Megan, cadeautjes,' zei Suzie. Fiona liep naar de boom, pakte een van de laatste twee of drie cadeautjes en gaf het haar. Megan hield het stevig vast en keek om zich heen.

'Ze staat te bedenken aan wie ze het zal geven,' zei Suzie. 'Ze had vandaag evenveel plezier in het uitdelen als het uitpakken.'

'Wat lief,' zei Lindseys moeder. Iedereen keek afwachtend toe terwijl Megan een besluit nam; het was bijna alsof het kleine meisje het gedoe van met-de-nek-aankijken begreep en iets ondeugends wilde uithalen, want ze liep met wankele pasjes naar Will en stak hem met een bruusk gebaar het pakje toe.

Will verroerde zich niet. 'Hé, rare, pak het nou van haar aan,' zei Suzie.

'Het is toch verdomme mijn cadeautje niet,' zei Will. Die zit, dacht Marcus. Je mag best van je afbijten. Het enige probleem was dat het er nu op neerkwam dat Will Megan met de nek aankeek, niet Suzie, en Marcus vond dat je iemand onder de drie niet met de nek kon aankijken. Wat had dat voor zin? Maar Megan scheen het niet erg te vinden, want ze bleef hem het pakje voorhouden tot hij het aanpakte.

'En nu?' vroeg Will.

'Pak het maar samen met haar uit,' zei Suzie. Dit keer klonk ze geduldiger; door Wills uitval leek ze een beetje te zijn gekalmeerd. Als ze ruzie wilde maken met Will, dan wilde ze het kennelijk niet hier, in het bijzijn van al die mensen.

Will en Megan scheurden het papier eraf; er zat een plastic speeltje in dat melodietjes kon maken. Megan keek ernaar en zwaaide er toen mee naar Will.

'Wat nu?' vroeg Will.

'Speel met haar,' zei Suzie. 'God, drie keer raden wie er hier geen kinderen heeft.'

'Weet je wat?' zei Will. 'Speel jij maar met haar.' Hij wierp Suzie het speeltje toe. 'Ik schijn toch nergens ene moer van te begrijpen.'

'Misschien kun je leren er iets van te begrijpen,' zei Suzie.

'Waarom?'

'Het lijkt me voor iemand met jouw bezigheden wel handig om te weten hoe je met kinderen speelt.'

'Wat voor bezigheden hebt u?' vroeg Lindsey beleefd, alsof dit een normaal gesprek tussen een normale groep mensen was.

'Hij doet niets,' zei Marcus. 'Zijn vader heeft "Santa's Super Sleigh" geschreven, en hij verdient een miljoen per minuut.'

'Hij doet alsof hij een kind heeft, zodat hij bij een groep voor alleenstaande ouders kan gaan om alleenstaande moeders te versieren,' zei Suzie.

'Ja, maar daar krijgt hij niets voor betaald,' zei Marcus.

Will kwam weer overeind, maar dit keer bleef hij staan.

'Bedankt voor de lunch enzo,' zei hij. 'Ik ga.'

'Suzie heeft alle recht om haar woede te uiten, Will,' zei Fiona.

'Ja, en nu heeft ze het geuit, en nu heb ik het recht om naar huis te gaan.' Hij baande zich zigzaggend een weg door de cadeautjes, de glazen en de mensen in de richting van de deur.

'Het is mijn vriend,' zei Marcus ineens. 'Ik heb hem uitgenodigd. Ik vind dat ik mag uitmaken wanneer hij naar huis gaat.'

'Ik geloof niet dat gastvrijheid zo werkt,' zei Will.

'Maar ik wil niet dat hij al weggaat,' zei Marcus. 'Het is niet eerlijk. Hoe kan het nou dat Lindseys moeder er nog is terwijl niemand haar heeft uitgenodigd, en de enige die ik heb uitgenodigd weggaat omdat iedereen zo rot tegen hem doet?'

'Om te beginnen,' zei Fiona, 'heb ik Lindseys moeder uitgenodigd, en het is ook mijn huis. En we hebben niet rot gedaan tegen Will. Suzie is kwaad op Will; daar heeft ze alle reden toe, en dat zegt ze hem ook.'

Marcus had het gevoel dat hij in een toneelstuk speelde. Hij was gaan staan, en Will stond, en toen stond Fiona ook op, maar Lindsey en haar moeder en Clive zaten op een rij op de bank en keken met open mond toe.

'Hij heeft alleen een paar weken lang een kind verzonnen. Jezus, dat is toch niets bijzonders? Wat geeft dat nou? Wie zit daar nou mee? De kinderen op school doen dagelijks veel ergere dingen.'

'Het punt is, Marcus, dat Will al een hele poos van school is. Hij zou inmiddels mogen weten dat je geen mensen moet verzinnen.'

'Ja, maar sindsdien gedraagt hij zich toch beter?'

'Mag ik al weg?' vroeg Will, maar niemand nam er enige notitie van.

'Hoezo? Wat heeft hij dan gedaan?' vroeg Suzie.

'Hij heeft nooit gewild dat ik elke dag bij hem thuis kwam. Ik ben gewoon gegaan. En hij heeft die schoenen voor me gekocht, en hij luistert tenminste naar me als ik zeg dat ik het vreselijk vind op school. Jullie zeggen alleen maar dat ik eraan moet wennen. En hij wist wie Kirk O'Bane was.'

'Kurt Cobain,' zei Will.

'En het is niet zo dat jullie allemaal nooit eens iets verkeerds doen,' zei Marcus. 'Ik bedoel...' Nu moest hij uitkijken. Hij wist dat hij niet al te veel, of eigenlijk helemaal niets kon zeggen over die ziekenhuistoestand. 'Ik bedoel maar, hoe komt het eigenlijk dat ik Will heb leren kennen?'

'Hoofdzakelijk doordat je een eend een godvergeten groot stokbrood naar zijn kop hebt gegooid en dat het beest toen doodging,' zei Will.

Marcus kon niet geloven dat Will daar nu over begon. Het hoorde nu te gaan over het feit dat alle anderen ook fouten maakten, niet over de keer dat hij een eend had doodgegooid. Maar toen begonnen Suzie en Fiona te lachen, en toen begreep Marcus dat Will wist wat hij deed.

'Echt waar, Marcus?' vroeg zijn vader.

'Hij mankeerde al iets,' zei Marcus. 'Ik denk dat hij anders ook wel was doodgegaan.'

Suzie en Fiona moesten nog harder lachen. De toeschouwers op de bank keken afkeurend. Will ging weer zitten.

Vierentwintig

Op oudejaarsavond werd Will verliefd, en die ervaring kwam als een complete verrassing. Ze heette Rachel, ze illustreerde kinderboeken, en ze leek een beetje op Laura Nyro op de cover van *Gonna Take a Miracle* – nerveus, zeer aantrekkelijk, bohémienne, intelligent, en met een grote, wilde bos lang, donker haar.

Will was er nooit op uit geweest om verliefd te worden. Wanneer het vrienden overkwam, had hem dat altijd een bijzonder onaangename ervaring geleken, met al dat slaapgebrek, gewichtsverlies, het ongelukkig-zijn als de liefde onbeantwoord bleef, en het twijfelachtige, krankjoreme geluksgevoel als het wel iets werd. Dat waren mensen die zich niet konden beheersen, zichzelf niet konden beschermen; mensen die er, al was het maar tijdelijk, niet tevreden mee waren hun eigen ruimte in te nemen, mensen die er niet meer op konden vertrouwen dat ze genoeg zouden hebben aan een nieuw jasje, een zakje weed en een middagherhaling van *The Rockford Files*.

Een heleboel mensen zouden het natuurlijk fantastisch vinden om naast hun door de computer gegenereerde ideale levenspartner te gaan zitten, maar Will was een realist, en hij begreep meteen dat er alleen reden tot paniek bestond. Hij was er vrijwel zeker van dat Rachel op het punt stond hem echt diepongelukkig te maken, voornamelijk omdat hij niet het idee had dat hij iets in huis had wat haar mogelijkerwijs zou kunnen interesseren.

Als er een nadeel was verbonden aan het leven dat hij voor zichzelf had gekozen, een leven zonder werk, verantwoordelijkheden, problemen en opsmuk, een leven zonder samenhang en structuur, dan wist hij eindelijk wat het was: wanneer hij tijdens een oud-ennieuwfeest een intelligente, ontwikkelde, ambitieuze, mooie, geestige en alleenstaande vrouw ontmoette, voelde hij zich een nietszeggende sukkel, een non-valeur, iemand die zijn hele leven niets anders had uitgevoerd dan naar *Countdown* kijken en rondrijden om naar muziek van Nirvana te luisteren. Dat was toch wel iets negatiefs, dacht hij zo. Als je verliefd werd op iemand die mooi, intelligent en noem maar op was, was je behoorlijk in het nadeel als je je een nietszeggende sukkel voelde.

Een van zijn problemen, bedacht hij terwijl hij zijn geheugen afpijnigde naar een flintertje ervaring dat deze vrouw een vluchtige beschouwing waard zou kunnen vinden, was dat hij er redelijk goed uitzag en redelijk welbespraakt was. Dat gaf mensen de verkeerde indruk. Hij kreeg er toegang mee tot een feest waartoe hem de entree had moeten worden ontzegd door meedogenloze uitsmijters met dikke nekken en tatoeages. Hij mocht er dan goed uitzien en welbespraakt zijn, dat was slechts een geestig samenspel van genetica, omgeving en onderwijs; diep vanbinnen was hij lelijk en zwijgzaam. Misschien moest hij een soort omgekeerde plastische chirurgie laten uitvoeren – iets waardoor zijn trekken zo zouden veranderen dat ze minder gelijkmatig waren en waardoor zijn ogen dichter naar elkaar toe of verder uit elkaar geduwd zouden worden. Of misschien moest hij heel veel aan gewicht zien te winnen, een paar onderkinnen aankweken, zo dik worden dat hij voortdurend verschrikkelijk zou transpireren. En hij zou natuurlijk moeten gaan grommen als een aap.

Want wat er gebeurde was dat die vrouw, die Rachel, toen ze bij het eten naast hem kwam te zitten, de eerste vijf minuten interesse had getoond, voordat ze hem doorhad, en in die vijf minuten kreeg hij een glimp te zien van hoe het leven zou kunnen zijn als hij ook maar een tikkeltje interessant was geweest. Al met al, overwoog hij, zou hij die glimp liever niet hebben opgevangen. Wat had hij er immers aan? Hij zou niet met Rachel in bed belanden. Hij zou niet met haar naar een restaurant gaan, of zien hoe haar woonkamer eruitzag, of leren begrijpen hoe haar vaders verhouding met de beste vriendin van haar moeder van invloed was geweest op haar ideeën over kinderen krijgen. Hij haatte dat doorkijkje van vijf minuten op wat had kunnen zijn. Als het erop aankwam, dacht hij, zou hij een stuk gelukkiger zijn als ze zich zou omdraaien, een blik op hem zou werpen, haar braakneigingen net kon onderdrukken en hem dan de rest van de avond de rug zou toekeren.

Hij miste Ned. Ned had hem iets extra's gegeven, een klein beetje *il ne sait quoi*, dat goed van pas zou komen op een avond als deze. Maar hij zou hem niet weer tot leven wekken, de arme stumper. Dat hij ruste in vrede.

'Hoe heb je Robert leren kennen?' vroeg Rachel hem.

'O, gewoon...' Robert produceerde televisieprogramma's. Hij ging om met acteurs en schrijvers en regisseurs. De mensen die Robert kenden, waren de machtigen en invloedrijken uit de kunstwereld, die vrijwel zonder uitzondering glamour uitstraalden. Will wilde zeggen dat hij de muziek voor Roberts nieuwste film had geschreven, of hem zijn grote doorbraak had bezorgd, of dat ze samen gingen lunchen om de godsgruwelijke puinhoop te bespreken waaruit het kunstbeleid van deze regering bestond. Dat wilde hij zeggen, maar hij kon het niet.

'Gewoon... Jaren geleden kocht ik mijn weed altijd bij hem.' Dat was helaas de waarheid. Voordat Robert een televisieproducer werd, dealde hij in softdrugs. Niet zo'n dealer met een honkbalknuppel en een pitbull, gewoon iemand die wat extra kocht om door te verkopen aan zijn vrienden, waar Will in die tijd bijhoorde omdat Will ging stappen met een vriend van Robert... Het deed er trouwens niet toe waarom hij halverwege de jaren tachtig met Robert optrok. Het ging erom dat hij de enige in het vertrek was die machtig noch invloedrijk was, en dat Rachel het nu wist.

'O, op die manier,' zei ze. 'Maar jullie hebben contact gehouden.'

Misschien kon hij een of ander verhaal verzinnen over waarom hij nog steeds met Robert omging, een verhaal waardoor hij in een flatteuzer licht zou komen te staan, waardoor hij iets gecompliceerder zou lijken.

'Ja. Ik weet eigenlijk niet waarom.' Er zat kennelijk geen verhaal in. Nou ja. Hij wist echt niet waarom ze contact hadden gehouden. Ze konden redelijk goed met elkaar opschieten, maar Robert had met de meesten van die mensen redelijk goed kunnen opschieten, en Will had nooit precies geweten waarom hij degene was geweest die de onvermijdelijke selectie na de carrièreverandering had overleefd. Misschien – en dit klonk achterdochtig, maar hij was ervan overtuigd dat het ergens een kern van waarheid bevatte – was hij zo'n grote nietsnut dat de aanwezigen eruit konden afleiden dat Robert een premediaverleden had, terwijl hij fatsoenlijk genoeg was om ze niet allemaal af te schrikken. Rachel was hij kwijt, althans voor het moment. Ze was in gesprek met degene die aan haar andere kant zat. Waarmee kon hij haar aandacht weer naar zich toe trekken? Hij moest toch wel een talent hebben dat hij een beetje kon opblazen en dramatiseren? Koken? Hij kon wel een beetje koken, maar wie niet? Misschien was hij een roman aan het schrijven en was hij dat vergeten. Waar was hij goed in geweest toen hij nog op school zat? Spellen. 'Hé, Rachel, weet je hoe je acceleratie schrijft?' Dat wist ze waarschijnlijk wel. Het was hopeloos. Het meest interessante in zijn leven, besefte hij, was Marcus. Dat was iets waardoor hij zich onderscheidde. 'Sorry dat ik jullie in de rede val, Rachel, maar ik heb een merkwaardige relatie met een twaalfjarige jongen. Kun je daar iets mee?' Okay, het materiaal moest nog een beetje bijgeschaafd worden, maar het was beslist bruikbaar. Hij moest er alleen nog een vorm voor vinden. Hij zwoer dat hij Marcus bij de eerste de beste gelegenheid ter sprake zou brengen.

Rachel had gemerkt dat hij met niemand praatte en draaide zich om zodat hij zich kon mengen in een gesprek over nieuwe ontwikkelingen, toegespitst op hedendaagse popmuziek. Rachel zei dat ze vond dat Nirvana net zo klonk als Led Zeppelin.

'Ik ken een twaalfjarige die je om zo'n uitspraak zou kunnen vermoorden,' zei Will. Dat was natuurlijk niet waar. Een paar weken geleden had Marcus nog gedacht dat de zanger van Nirvana bij Manchester United voetbalde, dus was hij vermoedelijk nog niet zover dat hij mensen om zeep wilde helpen die zeiden dat de band een epigoon was.

'Ik ook, trouwens,' zei Rachel. 'Misschien moeten we ze aan elkaar voorstellen. Hoe heet de jouwe?'

Hij is eigenlijk niet de mijne, dacht hij. 'Marcus,' zei hij.

'De mijne heet Ali. Alistair.'

'O.'

'En is Marcus ook weg van skateboards en rap en *The Simpsons* en zo?'

Will sloeg zijn blik ten hemel en grinnikte geamuseerd, waarna de misvatting stond als een huis. Dit gesprek was niet zijn schuld. Hij had de volledige anderhalve minuut niet één keer gelogen. Toegegeven, hij had iets overdrachtelijker gesproken dan de uitdrukking meestal impliceerde toen hij had gezegd dat Marcus haar zou vermoorden. En toegegeven, zijn ten hemel geslagen blik en het geamuseerde gegrinnik wekten de indruk van een zekere mate van ouderlijke toegeeflijkheid. Maar hij had feitelijk niet gezegd dat Marcus zijn zoon was. Dat was voor de volle honderd procent haar interpretatie. In elk geval voor meer dan vijftig procent. Maar het was beslist niet zo als bij CHAOS, toen hij de hele godganse avond had gelogen alsof het gedrukt stond.

'En is Marcus' moeder hier vanavond ook?'

'Eh...' Will keek de hele eettafel langs alsof hij zich moest herinneren hoe het ook alweer zat. 'Nee.' Geen leugen! Geen leugen! Marcus' moeder was er niet!

'Breng je oudejaarsavond niet met haar door?' Rachel kneep haar ogen tot spleetjes en keek quasi-onschuldig om aan te geven dat ze wist dat dit een suggestieve vraag was.

'Nee. We, eh, we wonen niet bij elkaar.' Hij had het gevoel dat hij echt de slag te pakken kreeg van dat waarheidslievende gedoe. Hij had het liegen zelfs helemaal laten varen en was overgestapt op een understatement, want niet alleen woonde hij op het moment niet met Fiona samen, hij had helemaal nooit met haar samengewoond en was dat ook in de toekomst niet van plan.

'Neem me niet kwalijk.'

'Het geeft niet. En hoe zit het met Ali's vader?'

'Zit niet aan deze tafel. Is niet in deze stad, niet in dit land. Als hij verhuist, geeft hij wel zijn telefoonnummer door.'

'O.' Will was er in elk geval in geslaagd het gesprek enig reliëf te geven. Voor hij de Marcustroef uitspeelde, gleed hij steeds weg voordat hij zelfs maar was begonnen. Nu had hij het gevoel dat hij een berg beklom in plaats van een gletsjer. Hij zag zichzelf helemaal onder aan de rotswand, omhoog en om zich heen kijkend naar een voetsteuntje. 'In welk land is hij dan?'

'In de Verenigde Staten. Californië. Australië zou me liever zijn, maar het is niet anders. Maar hij zit in elk geval aan de westkust.'

Will schatte dat hij inmiddels zevenenvijftig varianten van dit gesprek had gehoord, maar daardoor was hij in het voordeel: hij wist hoe het zou lopen, en het liep. Hij mocht dan de afgelopen vijftien jaar niets hebben uitgevoerd, hij kon meelevend met zijn tong klakken wanneer een vrouw hem vertelde hoe haar ex-echtgenoot zich had misdragen. Daar was hij echt goed in geworden. En het hielp, zoals meelevende geluiden wel vaker doen – het kon niemand kwaad doen, concludeerde hij, aandachtig naar de ellende van anderen te luisteren. Rachels verhaal was, naar de normen van CHAOS, niets bijzonders, en het bleek dat ze eerder de pest aan haar ex had om wie hij was, dan om wat hij haar had aangedaan.

'Waarom heb je verdomme dan een kind van hem gekregen?' Hij was dronken. Het was oudejaarsavond. Hij was in een vrijpostige bui.

Ze lachte. 'Goede vraag. Geen antwoord. Je mening over mensen verandert. Hoe heet de moeder van Marcus?'

'Fiona.' En dat was natuurlijk zo.

'Is je mening over haar veranderd?'

'Niet echt.'

'Wat is er dan gebeurd?'

'Ik weet het niet.' Hij haalde zijn schouders op en slaagde erin een tamelijk overtuigende imitatie weg te geven van een man die nog steeds verbouwereerd was, verbijsterd zelfs. De woorden en het gebaar kwamen voort uit wanhoop; het was dus ironisch dat ze op de een of andere manier toch aansloegen. Rachel glimlachte, pakte het mes op dat ze niet had gebruikt en bestudeerde het. 'Als het erop aankomt is "Ik weet het niet" het enige eerlijke antwoord dat je kunt geven, vind je niet? Want ik weet het ook niet, en ik zou mezelf, en jou, voor de gek houden als ik deed alsof het anders was.'

Om middernacht zochten ze elkaar op en kusten elkaar, een kus ergens tussen wang en lip, een gegeneerde onduidelijkheid die hopelijk veelbetekenend was. En een halfuur na middernacht, vlak voordat Rachel wegging, maakten ze een afspraak zodat hun zoons skateboards, honkbalpetjes en de kerstaflevering van *The Simpsons* konden vergelijken.

Vijfentwintig

Ellie was op het feest dat Suzie op oudejaarsavond gaf. Heel even dacht Marcus dat het gewoon iemand was die op Ellie leek en die dezelfde Kurt Cobain-sweater aan had, maar toen zag het evenbeeld van Ellie hem, riep 'Marcus!', kwam naar hem toe, omhelsde hem en kuste hem op zijn hoofd, wat min of meer een eind aan de verwarring maakte.

'Wat doe jij hier?' vroeg hij.

'We komen hier altijd op oudejaarsavond,' zei ze. 'Mijn moeder is heel goed bevriend met Suzie.'

'Ik heb je hier nooit gezien.'

'Je bent hier nog nooit geweest op oudejaarsavond, sukkel.'

Dat was waar. Hij was massa's keren bij Suzie thuis geweest, maar hij was nooit op feestjes geweest. Dit was het eerste jaar dat hij mee mocht. Hoe kwam het toch dat hij zelfs tijdens de simpelste, meest ongecompliceerde gesprekken met Ellie wel iets stoms wist te zeggen?

'Wie is jouw moeder?'

'Vraag maar niet,' zei Ellie. 'Niet nu.'

'Waarom niet?'

'Omdat ze aan het dansen is.'

Marcus keek naar het heel kleine groepje dat danste in de hoek waar de tv anders stond. Er waren vier mensen, drie vrouwen en een man, en maar een van hen scheen zich te amuseren: ze stompte met haar vuisten in de lucht en schudde haar haar. Marcus vermoedde dat zij Ellies moeder was – niet omdat ze op haar leek (niet één volwassene leek op Ellie, omdat geen volwassene haar haar met een keukenschaar zou afknippen en zwarte lippenstift zou gebruiken, en dat was het enige wat je zag), maar omdat Ellie zich overduidelijk geneerde, en dit was de enige danser voor wie iemand zich zou kunnen generen. De andere dansers waren zelf gegeneerd, wat betekende dat ze niet echt gênant waren; ze verplaatsten alleen hun voeten, en het enige waaruit je kon afleiden dat ze überhaupt dansten was dat ze tegenover elkaar stonden, maar elkaar niet aankeken en niet praatten.

'Ik wou dat ik zo kon dansen,' zei Marcus.

Ellie trok een gezicht. 'Iedereen kan zo dansen. Het enige wat je nodig hebt is gebrek aan hersenen en shitmuziek.'

'Ik vind dat ze er fantastisch uitziet. Ze heeft er lol in.'

'Wat doet het ertoe of ze er lol in heeft? Het gaat erom dat ze er volslagen idioot uitziet.'

'Vind je je moeder dan niet aardig?'

'Het gaat wel.'

'En je vader?'

'Het gaat wel. Ze zijn uit elkaar.'

'Vind je dat erg?'

'Nee. Soms. Ik wil er niet over praten. En, Marcus, heb je een goed 1993 gehad?'

Marcus dacht even na over 1993, en even was lang genoeg om tot de conclusie te komen dat 1993 helemaal niet zo'n goed jaar was geweest. Hij had maar tien of elf andere jaren om het mee te vergelijken, en van drie of vier daarvan kon hij zich niet veel herinneren, maar voor zover hij kon beoordelen zou niemand hebben genoten van de twaalf maanden die hij had gehad. Van school veranderd, de ziekenhuistoestand, de andere kinderen op school... Het was volkomen waardeloos geweest.

'Nee.'

'Jij moet iets drinken,' zei Ellie. 'Wat wil je hebben? Ik ga iets te drinken voor je halen en dan kun je me er alles over vertellen. Maar misschien gaat het me vervelen en ga ik ervandoor. Dat gebeurt weleens.'

'Okay.'

'En, wat drink je?'

'Cola.'

'Je moet iets alcoholisch nemen.'

'Dat mag ik niet.'

'Je mag het van mij. En als jij mijn afspraakje wordt voor van-avond, sta ik er zelfs op dat je iets alcoholisch neemt. Ik doe wel iets in je cola, goed?'

'Goed.'

Ellie verdween, en Marcus keek waar zijn moeder uithing: ze stond te praten met een man die hij niet kende, en ze lachte veel. Daar was hij blij om, want hij had zich zorgen gemaakt over van-avond. Will had gezegd dat hij op oudejaarsavond een oogje op zijn moeder moest houden, en hoewel hij niet had uitgelegd waar-om, kon Marcus het wel raden: veel mensen die niet gelukkig wa-ren, maakten zich dan van kant. Dat had hij ergens in gezien, in *Casualty* misschien, en daardoor had de avond als een doem bo-ven zijn hoofd gehangen. Hij had gedacht dat hij haar de hele avond in de gaten zou moeten houden, moest letten op iets in haar ogen, haar stem of haar woorden, waaruit hij kon opmaken dat ze er-over dacht het opnieuw te proberen, maar zo ging het helemaal niet: ze werd dronken en lachte, net als iedereen. Zou het ooit voor-gekomen zijn dat mensen zelfmoord pleegden een paar uur nadat ze veel hadden gelachen? Vast niet, dacht hij. Als je lachte, was je er mijlenver vanaf, want hij zag het hele gedoe nu in termen van afstand. Sinds de Dag van de Dode Eend had hij zich zijn moeders zelfmoord zo ongeveer als de rand van een klif voorgesteld: soms, op dagen dat ze verdrietig of afwezig leek, had hij het gevoel dat ze er iets al te dichtbij kwamen, en op andere dagen, zoals eerste kerstdag of vandaag, leken ze er een heel eind vandaan te zijn, lek-ker voorttuffend op de middelste baan van de snelweg. Op de Dag van de Dode Eend waren ze er veel te dichtbij gekomen, twee wie-len over de rand en veel afschuwelijke slipgeluiden.

Ellie kwam terug met een plastic beker met iets wat eruitzag als cola, maar rook naar *trifle*.

'Wat zit erin?'

'Sherry.'

'Is dat wat mensen drinken? Cola met sherry?' Hij nam voor-zichtig een slok. Het was lekker; zoet, sterk, en je werd er warm van.

'En waarom is het zo'n klotejaar geweest?' vroeg Ellie. 'Vertel het me maar. Tante Ellie begrijpt het wel.'

'Gewoon... Ik weet het niet. Er zijn vreselijke dingen gebeurd.' Hij wilde Ellie eigenlijk niet vertellen wat, omdat hij niet wist of ze vrienden waren of niet. Je wist het maar nooit met haar: op een ochtend zou hij haar klas kunnen binnenlopen terwijl ze het rondbazuinde aan iedereen die het maar horen wilde, maar ze zou ook heel aardig kunnen zijn. Het was het risico niet waard.

'Je moeder heeft toch geprobeerd zelfmoord te plegen?'

Marcus keek haar aan, nam een grote slok cola met trifle en had bijna haar voeten helemaal ondergekotst.

'Nee,' zei hij snel, toen hij uitgehoest was en het braaksel had weggeslikt.

'Weet je het zeker?'

'Nou,' zei hij, 'niet helemaal.' Hij wist hoe stom dat klonk en begon te blozen, maar toen barstte Ellie in schaterlachen uit. Hij was vergeten dat hij Ellie zo aan het lachen kon maken en voelde zich dankbaar.

'Sorry, Marcus, ik weet dat het een ernstige zaak is, maar je bent geestig.'

Toen begon hij ook te lachen, zacht, onbedwingbaar gegiechel, dat naar kots en sherry smaakte.

Marcus had nog nooit een serieus gesprek met iemand van zijn eigen leeftijd gehad. Hij had natuurlijk serieuze gesprekken gehad met zijn moeder, en met zijn vader, en min of meer met Will, maar je verwachtte ook serieuze gesprekken te hebben met zulke mensen, en dan moest je bovendien nog uitkijken met wat je zei. Met Ellie was het anders, veel makkelijker, ook al was ze a) een meisje, b) ouder dan hij, en c) eng.

Het bleek dat ze het al eeuwen wist; kort nadat het gebeurd was, had ze een gesprek opgevangen tussen haar moeder en Suzie, maar het verband had ze pas veel later gelegd.

'En weet je wat ik dacht? Ik vind het nu vreselijk, maar ik had zoiets van: waarom zou ze zich niet van kant maken als ze dat wil?'

'Maar ze heeft mij.'

'Ik kende jou toen nog niet.'

'Nee, maar ik bedoel: hoe zou jij het vinden als je moeder zelfmoord pleegde?'

Ellie lachte. 'Hoe ik het zou vinden? Ik zou het niet leuk vinden, omdat ik mijn moeder aardig vind. Maar ja, weet je: het is haar leven.'

Marcus dacht erover na. Hij wist niet goed of het zijn moeders leven was of niet.

'Maar als je nou kinderen hebt? Dan is het toch eigenlijk jouw leven niet meer?'

'Je vader is er toch nog? Hij zou dan voor je gezorgd hebben.'

'Ja, maar...' Er klopte iets niet aan wat Ellie zei. Ze praatte erover alsof haar moeder griep kon krijgen, zodat zijn vader met hem moest gaan zwemmen.

'Ja, maar weet je, als je vader zelfmoord zou plegen, zou niemand zeggen: o, maar hij heeft toch een kind waar hij voor moet zorgen. Maar als vrouwen het doen, raken mensen helemaal van streek. Dat is niet eerlijk.'

'Dat komt doordat ik bij mijn moeder woon. Als ik bij mijn vader zou wonen, zou ik ook vinden dat het zijn leven niet was.'

'Maar je woont nu eenmaal niet bij je vader. Hoeveel kinderen wel? Bij ons op school barst het van de kinderen van wie de ouders gescheiden zijn. En niet een ervan woont bij zijn vader.'

'Jawel: Stephen Wood.'

'Ja, goed, Stephen Wood. Jij wint.'

Hoewel ze over ellendige dingen praatten, genoot Marcus van het gesprek. Het leek groot, alsof je eromheen kon lopen en verschillende dingen kon zien, en dat gebeurde normaal nooit wanneer je met kinderen praatte. 'Heb je gisteren *Top of the Pops* gezien?' Dat gaf niet veel stof tot nadenken, wel? Dan zei je ja of nee, en dan was je klaar. Hij begreep nu waarom zijn moeder vrienden uitkoos, in plaats van het te stellen met mensen die ze toevallig was tegengekomen, of aan mensen te blijven hangen die supporter van dezelfde voetbalclub waren, of dezelfde kleren droegen, want dat was zo ongeveer wat er op school gebeurde; zijn moeder moest zulke gesprekken met Suzie hebben, gesprekken waardoor je van het een op het ander kwam, gesprekken waarbij alles wat de ander zei je ergens naar toe leidde.

Hij wilde het gesprek gaande houden, maar hij wist niet hoe, want Ellie was degene die dingen zei die het gesprek aanzwengelden. Hij bracht het er niet slecht af als het om antwoorden ging, dacht hij, maar hij betwijfelde of hij ooit slim genoeg zou zijn om Ellie te laten nadenken zoals ze hem liet nadenken, en daardoor raakte hij een beetje in paniek: hij wou dat ze even slim waren, maar dat waren ze niet, en dat zouden ze vermoedelijk ook nooit worden, omdat Ellie altijd ouder zou zijn dan hij. Misschien zou het niet meer zoveel uitmaken als hij tweeëndertig was en zij vijfendertig, maar hij had het gevoel dat hij in de komende paar minuten iets heel intelligents moest zeggen, omdat ze anders niet de hele avond bij hem zou blijven, laat staan de komende twintig jaar. Plotseling schoot hem te binnen wat jongens op een feestje tegen meisjes hoorden te zeggen. Hij wilde het niet vragen, omdat hij wist dat hij er hopeloos slecht in was, maar het alternatief – Ellie weg laten gaan om met iemand anders te praten – was helemaal afschuwelijk.

'Heb je zin om te dansen, Ellie?'

Ellie keek hem aan, haar ogen wijd opengesperd van verbazing.

'Marcus!' Ze begon weer te lachen, heel hard. 'Je bent een rare druif. Natuurlijk heb ik geen zin om te dansen! Ik kan me niets vreselijkers voorstellen!'

Toen wist hij dat hij een andere goede vraag had moeten bedenken, iets over Kurt Cobain of politiek, want Ellie ging weg om ergens te roken, en toen moest hij op zoek gaan naar zijn moeder. Maar om middernacht kwam Ellie naar hem toe en omhelsde hem, en daardoor wist hij dat hij weliswaar stom was geweest, maar niet onvergeeflijk stom.

'Gelukkig nieuwjaar, lieverd,' zei ze. Hij bloosde.

'Dank je. Jij ook een gelukkig nieuwjaar.'

'En ik hoop dat 1994 voor ons allemaal een beter jaar wordt dan 1993 is geweest. Hé, wil je iets heel walgelijks zien?'

Marcus wist helemaal niet of hij dat wilde, maar er werd hem geen keus gelaten. Ellie pakte hem bij de arm en nam hem via de achterdeur mee naar de tuin. Hij probeerde te vragen waar ze naar toe gingen, maar ze beduidde dat hij stil moest zijn.

'Kijk,' fluisterde ze. Marcus tuurde in het donker. Hij kon met moeite twee menselijke gedaanten onderscheiden die elkaar met verwoede energie aan het zoenen waren; de man drukte de vrouw tegen de tuinschuur terwijl zijn handen haar overal betastten.

'Wie is dat?' vroeg Marcus aan Ellie.

'Mijn moeder. Mijn moeder en een man die Tim Porter heet. Ze is dronken. Dit doen ze elk jaar, en ik begrijp niet waarom ze zich de moeite geven. Elke nieuwjaarsdag wordt ze wakker en zegt: "Mijn god, ik geloof dat ik gisteravond met Tim Porter naar buiten ben gegaan." Zielig. ZIELIG!' Het laatste woord schreeuwde ze, zodat ze gehoord zou worden, en Marcus zag dat Ellies moeder de man wegduwde en hun richting uit keek.

'Ellie? Ben jij dat?'

'Je zei dat je het dit jaar niet zou doen.'

'Het gaat je niets aan wat ik doe. Ga naar binen.'

'Nee.'

'Doe wat je gezegd wordt.'

'Nee. Je bent walgelijk. Drieënveertig jaar oud en je staat te vrijen tegen een schuurtje.'

'Eén avond per jaar kan ik me bijna net zo misdragen als jij de driehonderdvierenzestig andere, en daar kom je me over aan mijn hoofd zeuren. Ga weg.'

'Ga je mee, Marcus? Dan kan die ZIELIGE OUDE SLET haar gang gaan.'

Marcus liep achter Ellie aan het huis in. Hij had zijn moeder nooit zoiets zien doen, en hij kon zich niet voorstellen dat ze zoiets ooit zou doen, maar hij begreep dat het de moeders van anderen kon overkomen.

'Vind je dat niet vervelend?' vroeg hij Ellie toen ze binnen waren.

'Ach, nee. Het stelt immers niet zoveel voor. Het is haar manier van een beetje lol hebben. En dat heeft ze eigenlijk niet vaak.'

Ook al scheen het Ellie niet dwars te zitten, het zat Marcus wel dwars. Het was gewoon te gek voor woorden. Dat zou in Cambridge niet gebeurd zijn, dat dacht hij niet, maar hij kwam er niet uit of Cambridge anders was omdat het geen Londen was, of omdat zijn ouders daar bij elkaar hadden gewoond, en het leven er daarom eenvoudiger was geweest – geen gevrij met vreemde mensen in het bijzijn van je kind, en geen scheldwoorden roepen naar je moeder. Er waren hier geen regels, en hij was oud genoeg om te weten dat alles ingewikkelder werd als je naar een plaats ging, of een tijd, waar geen regels waren.

Zesentwintig

'Ik snap het niet,' zei Marcus. Will en hij waren naar een speelhal in de Angel gelopen om met de videoapparaten te spelen, en het Angel Funhouse, met zijn epileptische verlichting, sirenes, explosies en zwervers, bleek een toepasselijk nachtmerrieachtige omgeving te zijn voor het moeilijke gesprek dat ze, naar Will wist, zouden hebben. Het was in zekere zin een groteske versie van een huwelijksaanzoek. Hij had de entourage uitgekozen, een plek die Marcus mild zou stemmen, waardoor de kans groter werd dat hij ja zou zeggen, en het enige wat hij hoefde te doen was ermee voor de draad komen.

'Er valt niets te snappen,' zei Will monter. Wat natuurlijk niet waar was. Vanuit Marcus' standpunt viel er heel wat te snappen, en Will begreep volkomen waarom hij het niet snapte.

'Maar waarom heb je haar verteld dat je mijn vader bent?'

'Dat heb ik haar niet verteld. Ze heeft het alleen min of meer verkeerd opgevat.'

'Maar waarom heb je dan niet gezegd: "Sorry, maar je vat het verkeerd op"? Dat had ze vast niet erg gevonden. Wat kan het haar nu schelen of je mijn vader bent of niet?'

'Heb jij nooit een gesprek gehad waarbij iemand iets verkeerd opvat, en dat het maar doorgaat en doorgaat, en het te laat is om het nog recht te zetten? Stel dat iemand denkt dat je Mark heet, in plaats van Marcus, en dat hij telkens als hij je ziet "Hallo, Mark" zegt, dan denk je bij jezelf: o nee, ik kan het hem nu niet meer vertellen, want dan zou hij zich vreselijk generen dat hij me het afgelopen halfjaar Mark heeft genoemd.'

'Een halfjaar!'

'Of hoe lang dan ook.'

'Ik zou hem gewoon de eerste keer zeggen dat hij zich vergist.'

'Dat kan niet altijd.'

'Hoe kan het nou onmogelijk zijn om tegen iemand te zeggen dat ze je bij de verkeerde naam noemen?'

'Omdat...' Will wist uit eigen ervaring dat zoiets soms onmogelijk was. Een van zijn overburen, een aardige oude man met een kromme rug en een afschuwelijke kleine Yorkshire-terriër, noemde hem Bill – hij had dat van het begin af aan gedaan en zou dat vermoedelijk blijven doen tot de dag waarop hij stierf. Het irriteerde Will echt, omdat hij naar zijn idee met de beste wil van de wereld geen Bill was. Bill zou geen joints roken en naar Nirvana luisteren. Maar waarom had hij het misverstand laten voortbestaan? Waarom had hij vier jaar geleden niet gewoon gezegd: 'Ik heet eigenlijk Will.' Marcus had natuurlijk gelijk, maar voor gelijk hebben kocht je weinig als de rest van de wereld fout zat.

'Hoe dan ook,' vervolgde hij op een montere alle-flauwekul-daargelaten-toon, 'waar het om gaat is dat deze vrouw denkt dat je mijn zoon bent.'

'Vertel haar dan dat het niet zo is.'

'Nee.'

'Waarom niet?'

'We beginnen in een kringetje rond te draaien, Marcus. Waarom kun je de feiten niet gewoon accepteren?'

'Als je wilt, vertel ik het haar wel. Ik vind het niet erg.'

'Dat is heel aardig van je, Marcus, maar dat zou niet helpen.'

'Waarom niet?'

'O, Jezus Christus! Omdat ze een zeldzame ziekte heeft: als ze iets gelooft wat niet waar is en jij vertelt haar de waarheid, raken haar hersens oververhit en gaat ze dood.'

'Hoe oud denk je dat ik ben? Shit. Nou heb ik door jouw schuld een leven verspeeld.'

Will kwam tot de slotsom dat hij geen goede leugenaar was, zoals hij voorheen altijd had gedacht. Hij was een enthousiast leugenaar, zeker, maar enthousiasme was niet hetzelfde als doeltreffendheid, en hij belandde nu telkens in situaties waarin hij genoodzaakt was de vernederende waarheid te formuleren nadat hij minuten, dagen of weken had gelogen alsof het gedrukt stond. Een goede leugenaar zou dat nooit doen. Een goede leugenaar zou Marcus er al tijden geleden van hebben overtuigd dat er honderden goede redenen voor bestonden dat hij zich voor Wills zoon moest uitgeven, maar Will kon er maar één bedenken.

'Marcus, luister. Ik ben echt geïnteresseerd in deze vrouw, en het enige wat ik kon bedenken dat bij haar misschien interesse voor mij zou wekken, was haar te laten geloven dat jij mijn zoon was. Dus dat heb ik gedaan. Het spijt me. En het spijt me dat ik het je niet gewoon heb gezegd.'

Marcus keek naar het videoscherm – hij was net opgeblazen door een kruising tussen Robocop en Godzilla – en nam een grote teug van zijn blikje cola.

'Ik snap het niet,' zei hij, en hij boerde demonstratief.

'Hè, toe nou, Marcus. Die kennen we al.'

'Hoezo ben je echt in haar geïnteresseerd? Waarom is ze zo interessant?'

'Ik bedoel...' Hij kreunde van wanhoop. 'Laat me nou toch een spatje waardigheid behouden, Marcus. Meer vraag ik niet. Gewoon een piepklein, lullig spatje.'

Marcus keek hem aan alsof hij ineens Urdu sprak.

'Wat heeft waardigheid nu te maken met het feit dat je in haar geïnteresseerd bent?'

'Okay. Laat die waardigheid maar zitten. Die verdien ik niet. Ik val op die vrouw, Marcus. Ik wil met haar uit. Ik wil dat ze mijn vriendin wordt.'

Eindelijk wendde Marcus zijn ogen af van het scherm, en Will zag dat ze blonken van fascinatie en genoegen.

'Echt?'

'Ja, echt.' Echt, echt. Sinds oudejaarsavond had hij aan vrijwel niets anders meer gedacht (niet dat hij veel had om over te denken, behalve het woord Rachel, een vage herinnering aan een grote bos lang, donker haar, en een heleboel dwaze fantasieën over picknicks en baby's en betraand toegewijde schoonmoeders en grote hotelbedden), en het was een opluchting om Rachel voor het voetlicht te brengen, ook al was alleen Marcus er om haar te bekijken, en ook al deden de woorden die hij moest gebruiken haar, naar zijn idee, geen recht. Hij wilde dat Rachel zijn vrouw werd, zijn geliefde, het centrum van zijn hele wereld; een vriendin wekte het idee dat hij haar af en toe zou zien, dat ze los van hem een onafhankelijk bestaan zou leiden, en dat wilde hij helemaal niet.

'Hoe weet je dat?'

'Hoe ik dat weet?'

'Ja. Hoe weet je dat je wilt dat ze je vriendin wordt?'

'Ik weet het niet. Ik voel het gewoon in mijn maag.' Dat was precies waar hij het voelde. Hij voelde het niet in zijn hart of in zijn hoofd en zelfs niet in zijn kruis; het was zijn maag, die zich meteen had verkrampt en niet toeliet dat er iets calorierijkers dan sigarettenrook werd opgenomen. Als hij alleen maar rook bleef opnemen, zou hij misschien wel wat afvallen.

'Heb je haar alleen die ene keer ontmoet? Op oudejaarsavond?'

'Ja.'

'En dat was genoeg? Je wist meteen dat je wilde dat ze jouw vriendin zou worden? Heb je nog vijftig pence voor me?'

Verstrooid gaf Will hem een pond. Het was waar dat er meteen iets in hem was gebeurd, maar wat hem het zetje naar het land van permanent dagdromen had gegeven, was een opmerking die Robert een paar dagen later had gemaakt, toen Will belde om hem te bedanken voor het feest. 'Rachel vond je aardig,' had hij gezegd, en hoewel het niet veel was om een hele toekomst op te bouwen, was het alles wat Will nodig had. Wederkerigheid was een behoorlijk krachtige stimulans voor de fantasie.

'Wat is dit nu? Hoe lang had ik haar volgens jou dan moeten kennen?'

'Nou, ik zou mezelf niet bepaald een expert willen noemen.' Will moest lachen om Marcus' formulering en het gerimpelde voorhoofd dat de uitspraak zowel vergezelde als leek tegen te spreken: iemand die zo professioneel kon kijken terwijl hij de bijzonderheden van de omgang met vrouwen besprak, was duidelijk een twaalfjarige Doctor Love. 'Maar toen ik Ellie de eerste keer ontmoette, wist ik niet dat ik haar als vriendin wilde. Dat had wat tijd nodig.'

'Nou, dat is, denk ik, een teken van volwassenheid.' Dit gedoe met Ellie was nieuw voor Will, en ineens begreep hij dat ze hier al die tijd op af waren gekoerst. 'Wil je dat Ellie je vriendinnetje wordt?'

'Ja, natuurlijk.'

'Niet gewoon een vriendin?'

'Tja.' Hij gooide zijn pond in de gleuf en drukte op de één-spelerknop. 'Dat wilde ik je vragen. Wat zijn volgens jou de voornaamste verschillen?'

'Je bent een rare, Marcus.'

'Dat weet ik. Dat hoor ik voortdurend. Het kan me niet schelen. Geef nou gewoon antwoord op de vraag.'

'Okay. Wil je haar graag aanraken? Dat moet toch wel het eerste zijn.'

Marcus bleef schieten op het monster op het scherm, ogenschijnlijk doof voor Wills diepzinnigheden.

'Nou?'

'Ik weet het niet. Ik denk erover na. Ga door.'

'Dat is het.'

'Is dat het? Is er maar één verschil?'

'Ja, Marcus. Je hebt toch wel van seks gehoord? Dat is niet niks.'

'Dat weet ik. Ik ben niet achterlijk. Maar ik kan me niet voorstellen dat dat alles is. Hè, verdomme.' Marcus had weer een leven verspeeld. 'Want ik weet niet zeker of ik Ellie wil aanraken of niet. Maar toch weet ik dat ik wil dat ze mijn vriendin wordt.'

'Okay, wat zou je willen dat er veranderde?'

'Ik wil vaker bij haar zijn. Ik wil de hele tijd bij haar zijn, in plaats van alleen als ik haar toevallig tegenkom. En ik wil van Zoe af, want ik vind Zoe wel aardig, maar ik wil Ellie voor mezelf hebben. En ik wil haar de dingen als eerste vertellen, voordat ik ze aan iemand anders vertel, ook aan jou of aan mijn moeder. En ik wil niet dat ze een ander vriendje heeft. Als dat allemaal zou kunnen, zou het me niet uitmaken of ik haar kon aanraken of niet.'

Will schudde zijn hoofd, een gebaar dat Marcus ontging, omdat zijn blik nog steeds strak op het videoscherm gericht was. 'Ik verzeker je, Marcus, dat je daar nog wel achter komt. Dat gevoel zul je niet altijd houden.'

Maar later op de avond, toen hij alleen thuis was en naar het soort muziek luisterde dat hij moest horen als hij zich zo voelde, muziek die zijn gevoelige plek wist te vinden en er hard tegenaan drukte, herinnerde hij zich het vergelijk dat Marcus bereid was te treffen. En ja, hij wilde Rachel aanraken (de fantasieën waar de enorme hotelbedden in voorkwamen behelsden zeker ook aanraken), maar als hij op dit moment de keus had, dacht hij, zou hij genoegen nemen met het mindere en het meerdere dat Marcus wilde.

Het gesprek in de speelhal had in elk geval als positief gevolg dat ze nu iets gemeen hadden: ze hadden allebei iets opgebiecht wat ze graag wilden, en het ene iets verschilde welbeschouwd niet zo heel veel van het andere iets, ook al waren het natuurlijk andere iemanden die met hun iets verbonden waren. Will kon zich uit Marcus' beschrijvingen niet zo'n duidelijke voorstelling van Ellie maken – hij kwam uiteindelijk nooit verder dan een boze kluwen beweging met zwart gestifte lippen, een onvoorstelbare kruising tussen Siouxsie van de Banshees en de Roadrunner – maar hij kon zich haar goed genoeg voorstellen om te begrijpen dat Ellie en Rachel niet voor tweelingzusjes konden doorgaan. Maar wat ze gemeen hadden bleek meer dan genoeg te zijn om Marcus ervan te overtuigen dat het niet loyaal van hem zou zijn, en een soort vloek over zijn eigen verlangen zou afroepen, als hij niet een middagje voor Wills zoon wilde doorgaan. Daarom nam Will met bonkend hart de telefoon ter hand en wist voor elkaar te krijgen dat ze zaterdag samen voor de lunch werden uitgenodigd. Marcus kwam kort na twaalven naar zijn huis, gekleed in de pluizige trui die Fiona hem met Kerstmis had gegeven en een rampzalige kanariegele corduroy broek die schattig zou zijn geweest voor een vierjarige. Will had zijn favoriete Paul Smith-overhemd aan en een zwartleren jack dat hem, naar hij hoopte, een beetje deed lijken op Matt Dillon in *Drugstore Cowboy*. Wat hier speelde, vermoedde Will, was dat Marcus een verfrissend opstandige minachting voor zijn vaders dandyisme aan den dag legde, en dus probeerde hij zich een gevoel van trots in te prenten en negeerde de neiging hem mee uit winkelen te nemen.

'Wat heb je tegen je moeder gezegd?' vroeg Will, toen ze in de auto op weg waren naar Rachels huis.

'Ik heb gezegd dat je wilde dat ik je nieuwe vriendin zou ontmoeten.'

'En daar deed ze niet moeilijk over?'

'Jawel. Ze vindt dat je niet goed bij je hoofd bent.'

'Dat verbaast me niet. Waarom zou ik jou aan mijn nieuwe vriendin gaan voorstellen?'

'Waarom zou ik je nieuwe vriendin vertellen dat ik je zoon ben? Je mag de volgende keer zelf een verklaring verzinnen als de mijne niet deugt. Hoor eens, ik heb een paar vragen. Hoeveel woog ik bij mijn geboorte?'

'Weet ik veel. Het was jouw geboorte.'

'Ja, maar dat hoor je toch te weten? Als mijn vader, bedoel ik.'

'In deze fase van onze relatie zijn we toch zeker niet meer bezig met je geboortegewicht? Als je nu twaalf wéken oud was, zou het ter sprake kunnen komen, maar als je twaalf jaar bent...'

'Okay, wanneer ben ik jarig?'

'Marcus, ze heeft geen idee dat wij niet vader en zoon zijn. Ze gaat heus niet proberen ons erin te luizen.'

'Maar stel dat het ter sprake komt. Stel dat ik bijvoorbeeld zeg dat mijn vader me een nieuwe Nintendo heeft beloofd voor mijn verjaardag, en ze vraagt aan jou wanneer ik jarig ben?'

'Waarom zou ze dat aan mij vragen? Waarom niet aan jou?'

'Stél nou.'

'Goed dan. Wanneer ben je jarig?'

'19 augustus.'

'Ik beloof je dat ik het zal onthouden. 19 augustus.'

'En wat is mijn lievelingseten?'

'Zeg het maar,' zei Will vermoeid.

'De pasta met de champignon-tomatensaus van mijn moeder.'

'Okay.'

'En waar ben ik naar toe gegaan toen ik voor het eerst naar het buitenland ging?'

'Geen idee. Grenoble.'

'Pfff,' blies Marcus smalend. 'Wat zou ik daar nu moeten? Barcelona.'

'Okay. Genoteerd: Barcelona.'

'En wie is mijn moeder?'

'Pardon?'

'Wie is mijn moeder?'

De vraag was zo simpel en toch zo ter zake dat Will even met zijn mond vol tanden zat.

'Je moeder is je moeder.'

'Je bent dus getrouwd geweest met mijn moeder en toen zijn jullie gescheiden.'

'Ja. Wat je wilt.'

'En vind jij dat erg? Of ik?'

Ineens drong bij hen allebei de absurditeit van de vragen door. Marcus begon te giechelen, een merkwaardig, hoog gemiauw, dat helemaal niet als hemzelf of enig ander mens klonk, maar dat ongelooflijk aanstekelijk bleek te zijn. Will barstte los in zijn eigen versie van een giechelbui.

'Ik vind het niet erg. Jij wel?' zei hij na een poosje.

Maar Marcus kon niets terugzeggen. Hij was nog aan het miauwen.

Eén zin, de eerste zin die ze zei, was voldoende om alles, heel het zorgvuldig opgebouwde verleden, het heden en de toekomst die hij voor hen had gecreëerd, als een kaartenhuis in elkaar te laten storten.

'Hallo. Will en... Mark, is het niet?'

'Marcus,' zei Marcus, Will veelbetekenend aanstotend.

'Kom binnen, dan zal ik jullie aan Ali voorstellen.'

Will had alles wat Rachel hem die eerste avond had verteld tot in de miniemste details onthouden. Hij wist de titels van de boeken die ze had geïllustreerd, hoewel hij niet honderd procent zeker wist of het eerste *The Way* to *the Woods* of *The Way* Through *the Woods* heette – dat zou hij moeten uitzoeken – en de naam van haar ex, en waar hij woonde en wat hij deed, en... Het was uitgesloten dat hij Ali's naam zou hebben vergeten. Dat was een van zijn belangrijkste weetjes. Het was als vergeten wanneer Engeland de Wereldcup had gewonnen, of de naam van de echte vader van Luke

Skywalker, dat kon gewoon niet, hoe je ook je best deed. Maar zij was Marcus' naam vergeten – Mark, Marcus, het was haar allemaal om het even – en het was dus zonneklaar dat zij de afgelopen tien dagen niet in een slapeloze koortsachtige staat van voorstellen, herinneren en nieuwsgierig zijn had doorgebracht. Hij was er kapot van. Hij kon het net zo goed meteen opgeven. Dit waren precies de gevoelens waar hij zo bang voor was geweest, en daarom was hij er zo van overtuigd geweest dat verliefd worden flauwekul was, en ja hoor, drie keer raden, het was flauwekul, en... en het was te laat.

Rachel woonde vlak bij Camden Lock, in een hoog, smal huis vol met boeken en oude meubels en sepiakleurige foto's van dramatische, romantische Oost-Europese familieleden, en heel even was Will blij dat zijn flat en haar huis nooit de kans zouden krijgen elkaar te ontmoeten, als de huidige seismologische omstandigheden in Londen tenminste hetzelfde bleven. Haar huis zou hartelijk en verwelkomend zijn, en het zijne arrogant en afstandelijk, zodat hij zich ervoor zou schamen.

Bij de trap riep ze naar boven: 'Ali!' Niets. 'ALI!' Nog steeds niets. Ze keek Will aan en haalde haar schouders op. 'Hij heeft zijn koptelefoon op. Zullen we naar boven gaan?'

'Vindt hij dat niet vervelend?' Will zou het vervelend hebben gevonden toen hij twaalf jaar was, om redenen die hij zich niet per se wilde herinneren.

Ali's slaapkamerdeur onderscheidde zich niet van alle andere slaapkamerdeuren: geen doodshoofd, geen bord met 'Verboden Toegang', en geen hiphopgraffiti; eenmaal binnen was er echter geen twijfel mogelijk dat de kamer toebehoorde aan een jongen die begin 1994 zat ingeklemd tussen de even afschuwelijke fases van kindertijd en puberteit. Alles was er: de Ryan Giggs-poster en de Michael Jordan-poster en de Pamela Anderson-poster en de Super Mario-stickers... In de toekomst zou een sociaal historicus de kamer waarschijnlijk tot op een dag nauwkeurig kunnen dateren. Will wierp een blik op Marcus, die verbijsterd keek. Marcus voor posters van Ryan Giggs en Michael Jordan zetten was zoiets als een gemiddelde twaalfjarige meenemen naar de National Portrait Gallery om de Tudors te bekijken. Ali zelf zat onderuit gezakt voor zijn computer, koptelefoon nog steeds op, zich niet bewust van zijn bezoek. Zijn moeder liep naar hem toe en tikte hem op de schouder. Hij schrok.

'O, hallo. Sorry.' Ali stond op, en Will zag meteen dat het niets zou worden. Ali was cool – hoge sportschoenen, slobberige skatepunkbroek, ruig grungehaar, zelfs een oorringetje – en zijn gezicht leek te betrekken toen hij Marcus' gele ribbroek en pluizige trui zag.

'Marcus, dit is Ali; Ali, Marcus,' zei Rachel. Marcus stak hem zijn hand toe, die Ali bijna spottend accepteerde. 'Ali, dit is Will; Will, Ali.' Will trok zijn wenkbrauwen op toen hij Ali aankeek. Hij dacht dat Ali het onderkoelde gebaar misschien zou waarderen.

'Hebben jullie zin om een poosje boven te blijven?' vroeg Rachel hun.

Marcus keek naar Will, en Will knikte een keer, terwijl Rachel hem de rug had toegekeerd.

'Mij best,' zei Marcus schouderophalend, en heel even hield Will van hem, hield hij echt van hem.

'Okay,' zei Ali, met nog minder enthousiasme.

Rachel en Will gingen naar beneden. Tien minuten later – lang genoeg voor Will om een heel scenario bij elkaar te hebben gefantaseerd waarbij ze met zijn vieren voor de zomer een huis in Spanje huurden – hoorden ze een deur dichtslaan. Rachel ging op onderzoek uit en kwam een paar tellen later de huiskamer binnenrennen.

'Ik vrees dat Marcus naar huis is gegaan,' zei ze.

Zevenentwintig

Marcus had het echt willen proberen. Hij wist dat de lunch met Rachel belangrijk was voor Will, en hij wist ook dat Will misschien zou vinden dat hij hem op de een of andere manier moest helpen met Ellie, als hij het er vandaag goed afbracht en zijn rol speelde. Maar die Ali gaf hem helemaal geen kans. Toen Will en Rachel naar beneden gingen, keek Ali hem een paar seconden aan, en toen begon hij.

'Over mijn lijk,' was het eerste dat hij zei.

'O ja?' zei Marcus, in een poging wat tijd te winnen. Hij had kennelijk al iets gemist, maar hij wist niet precies wat.

'Ik zweer je, als jouw vader uitgaat met mijn moeder, ben je morsdood. Echt, morsdood.'

'Och, hij valt wel mee,' zei Marcus.

'Het kan me geen reet schelen of hij wel meevalt. Ik wil niet dat hij met mijn moeder uitgaat. Dus ik wil hem of jou hier nooit meer zien, begrepen?'

'Nou,' zei Marcus, 'ik weet eigenlijk niet of ik daar iets over te zeggen heb.'

'Daar zorg je dan maar voor. Anders ben je er geweest.'

'Mag ik een spelletje doen op je computer? Welke spelletjes heb je?' Marcus wist dat op een ander onderwerp overstappen niet per definitie zou helpen. Het hielp soms, maar misschien niet wanneer iemand dreigde je te vermoorden.

'Hoor je me wel?'

'Ja, maar... ik geloof dat ik er op het moment niet veel aan kan doen. We zijn hier om te lunchen, en Will... dat is mijn vader, maar ik noem hem Will, omdat, nou ja... Hij is beneden met Rachel aan het praten, dat is jouw moeder...'

'Ik weet verdomme wel dat het mijn moeder is.'

'... en eerlijk gezegd is hij behoorlijk gek op haar, en wie weet? Misschien is zij ook wel gek op hem, dus...'

'ZE IS NIET GEK OP HEM!' schreeuwde Ali ineens. 'ZE IS ALLEEN MAAR GEK OP MIJ!'

Marcus begon te beseffen dat Ali niet goed bij zijn hoofd was, en hij wist niet goed wat hij ermee aan moest. Hij vroeg zich af of dit nooit eerder was gebeurd en, als dat zo was, of het kind dat in zijn positie had verkeerd hier nog ergens was – in stukken onder het kleed, of vastgebonden in een kast, waar hem een keer per dag de restjes van Ali's avondeten werden gevoerd. Dit kind woog waarschijnlijk nog maar twintig kilo en sprak alleen in zijn eigen taaltje dat verder niemand kon verstaan, zelfs zijn vader en moeder niet, die hij nooit meer zou zien.

Marcus overwoog zorgvuldig wat de mogelijkheden waren. Naar zijn idee was de minst aanlokkelijke, en ook de minst waarschijnlijke, om hier te blijven en wat tijd met Ali zoet te brengen, een beetje over van alles en nog wat te kletsen, lol te hebben en een paar spelletjes te spelen op zijn computer; dat zat er domweg niet in. Hij kon naar beneden gaan en bij Will en Rachel gaan zitten, maar Will had hem min of meer opgedragen boven te blijven, en als hij naar beneden ging, zou hij moeten uitleggen dat Ali een psychopaat was die op het punt stond zijn armen en benen af te zagen, en dat zou heel gênant zijn. Nee, Marcus' keus was domweg naar beneden te rennen zonder dat iemand er erg in had, de voordeur uit te glippen en een bus naar huis te nemen; en na enig vluchtig nadenken wat dat precies wat hij deed.

Hij stond bij de bushalte vlak bij de Lock toen Will hem vond. Zijn richtinggevoel was niet briljant, en hij stond nota bene aan de verkeerde kant van de weg te wachten op een bus die hem naar het West End zou hebben gebracht, dus het was vermoedelijk maar goed ook dat Will naast hem stopte en zei dat hij in de auto moest stappen.

'Wat heeft dit nou te betekenen?' vroeg Will kwaad.

'Heb ik het verpest?' En toen, hoewel hij het voor zich had moeten houden, ook al was het het eerste dat in zijn hoofd opkwam,

en misschien juist wel daardoor: 'Wil je me nog wel helpen met Ellie?'

'Wat is er boven voorgevallen?'

'Hij is niet goed bij zijn hoofd. Hij zei dat hij me zou vermoorden als je met haar uitging. En ik geloofde hem echt. Iedereen zou
hem geloofd hebben. Hij is echt eng. Waar gaan we naar toe?' Het
was gaan regenen, en Camden puilde uit van het verkeer en de
marktgangers. Waar Marcus ook keek, overal zag hij mannen en
vrouwen met lang, nat, piekerig haar, die eruitzagen alsof de kans
groot was dat ze leden van Nirvana waren of een van de andere
groepen waar Ellie van hield.

'Terug naar Rachels huis.'

'Daar wil ik niet meer naar toe.'

'Pech gehad.'

'Ze zal me een sukkel vinden.'

'Nee, dat vindt ze niet.'

'Waarom niet?'

'Omdat ze al vermoedde dat zoiets zou kunnen gebeuren. Ze zei
dat Ali soms moeilijk doet.'

Toen moest Marcus lachen. 'Ha!' zo'n lachje dat je liet horen als
er niet veel te lachen viel. 'Moeilijk? Hij was van plan me vast te
binden, op te sluiten in een kast en maar één keer per dag eten te
geven.'

'Zei hij dat?'

'Niet met zoveel woorden.'

'Hoe dan ook, nu huilt hij tranen met tuiten.'

'Echt waar?'

'Echt waar. Hij zit te janken als een driejarige.'

Daar vrolijkte Marcus enorm van op; hij kwam tot de conclusie
dat hij het prima vond om weer naar Rachel te gaan.

Zoals nu bleek, was het huis uit rennen het beste dat Marcus
mogelijkerwijs kon hebben gedaan. Als hij had geweten dat het allemaal zo goed zou aflopen, zou hij zich niet zo paniekerig hebben
gevoeld toen Will hem bij de bushalte had gevonden. Dan zou hij
gewoon als een wijze, oude uil naar Will hebben geknipoogd en
hebben gezegd: 'Wacht maar af.' Toen ze terugkwamen, was alles

anders: het was alsof iedereen wist waarom ze er waren in plaats van te doen alsof het hele lunchgedoe een manier was om Ali en Marcus samen computerspelletjes te laten doen.

'Ali wil iets tegen je zeggen, Marcus,' zei Rachel, toen ze binnenkwamen.

'Het spijt me, Marcus,' snikte Ali. 'Ik bedoelde het allemaal niet zo.'

Marcus begreep niet hoe je per ongeluk kon dreigen iemand te vermoorden, maar hij wilde er geen punt van maken; de aanblik van een snotterende Ali stemde hem grootmoedig.

'Het zit wel goed, Ali,' zei hij.

'Okay, geef elkaar een hand, jongens,' zei Rachel, en dat deden ze, hoewel het een nogal rare en gênante handdruk werd. Hun handen schudden drie keer veel te hard op en neer; Will en Rachel moesten erom lachen, en dat ergerde Marcus. Hij wist heus wel hoe je een hand moest geven. Het was de andere idioot die zo hard schudde.

'Ali vindt dit heel moeilijk.'

'Marcus ook. Voor Marcus is dat precies zo, toch?'

'Wat?' Zijn gedachten waren even afgedwaald. Hij zat zich af te vragen of er enig verband bestond tussen Ali's tranen en zijn vermogen om pijn te doen: kon je eruit concluderen dat hij niet stoer was omdat hij zo makkelijk huilde? Of kon het zijn dat hij een psychopaat was en met zijn blote handen je kop kon afrukken terwijl hij aan een stuk door snotterde? Misschien was het huilen een beetje misleidend, en verkeerde Marcus in groter gevaar dan hij had gevreesd?

'Over... Je weet wel... Dit soort dingen.'

'Ja,' zei Marcus. 'Dat vind ik ook. Precies hetzelfde.' Hij was ervan overtuigd dat hij er snel genoeg achter zou komen waar hij zich precies hetzelfde over voelde.

'Omdat je een bepaald patroon kent, en dan lijkt iedereen die daar als nieuweling bijkomt een bedreiging te vormen.'

'Precies. En de laatste man met wie ik...' Rachel zweeg. 'Sorry, ik wil jou niet met hem vergelijken. En ik zeg niet dat wij, je weet wel...' Ze liep hopeloos vast.

Will glimlachte. 'Het geeft niet,' zei hij zacht. Rachel keek hem aan en glimlachte terug. Marcus begreep waarom mensen als Rachel en Suzie – aardige, aantrekkelijke vrouwen van wie je zou verwachten dat ze iemand als hij niet zouden zien staan – Will aardig zouden kunnen vinden. Hij keek nu op een manier waarop hij nooit naar Marcus keek: er lag iets in zijn ogen, een soort zachtheid, waarvan Marcus kon zien dat het echt effect had. Terwijl hij naar het gesprek luisterde, oefende hij met zijn eigen ogen – je moest ze een beetje samenknijpen en ze dan precies op het gezicht van de ander richten. Zou Ellie dat leuk vinden? Waarschijnlijk zou ze hem een stomp geven.

'Hoe dan ook,' vervolgde Rachel, 'de laatste man met wie ik omging... deugde niet voor de volle honderd procent, en hij begreep al helemaal niet welke plaats Ali innam, dus uiteindelijk... boterde het niet zo tussen hen.'

'Het was een griezel,' zei Ali.

'Hoor eens, het spijt me dat het nu allemaal zo... weinig subtiel is geworden,' zei Rachel. 'Ik heb geen idee of... Ik bedoel, ik weet het niet, ik kreeg op oudejaarsavond alleen de indruk...' Ze trok een gezicht. 'O, God, dit is zo gênant. En het is allemaal jouw schuld, Ali. Daar zouden we nu helemaal niet over hoeven praten.'

'Geeft niets,' zei Marcus opgewekt. 'Hij is echt gek op je. Dat heeft hij me verteld.'

'Begin je te loensen?' vroeg Ellie maandag na school.

'Misschien wel,' zei Marcus, want dat was makkelijker dan te zeggen dat hij een trucje oefende dat hij van Will had geleerd.

'Misschien heb je een nieuwe bril nodig.'

'Ja.'

'Kun je dan glazen krijgen die nog sterker zijn?' vroeg Zoe. Ze wilde niet lullig doen, dacht hij, ze was alleen nieuwsgierig.

De moeilijkheid was dat ze naar de kiosk liepen die tussen school en thuis lag, en over niets speciaals praatten. Will en Rachel hadden erbij gezeten, tegenover elkaar, en hadden voornamelijk gepraat over hoe leuk ze elkaar vonden. Dat ze over straat liepen, bracht met zich mee dat Marcus steeds zijn nek moest verdraaien om de ogentruc te kunnen doen, en hij begreep wel dat hij er daardoor een beetje vreemd uitzag, maar het probleem was dat Ellie en hij nooit eens tegenover elkaar zaten. Ze hingen rond bij de automaat, en soms, zoals vandaag, zagen ze elkaar na school en lummelden een poos. Wat moest hij anders? Hoe kon je iemand in de ogen kijken als je altijd alleen maar hun oren zag?

In de kiosk was het druk met kinderen van school, en de man van wie de kiosk was schreeuwde tegen een stelletje dat ze naar buiten moesten. Hij was niet zoals Mr. Patel, die nooit schreeuwde en nooit tegen kinderen zei dat ze moesten ophoepelen.

'Ik ga niet,' zei Ellie. 'Ik ben een klant, geen kind.' Ze bleef rondneuzen op de snoepafdeling, haar hand klaar om toe te slaan als ze iets zag wat haar aanstond.

'Jij dan,' zei de eigenaar tegen Marcus. 'Naar buiten, alsjeblieft.'

'Niet naar luisteren, Marcus,' zei Ellie. 'Dit is schending van mensenrechten. Hij noemt je een dief, alleen omdat je jong bent. Misschien daag ik hem wel voor het gerecht.'

'Het geeft niet,' zei Marcus. 'Ik wil toch niets.'

Hij ging de deur uit en las de kaartjes in de etalage. 'JONGE MEESTERES – UNIFORMEN AANWEZIG' … PUMA VOETBALSCHOENEN, MAAT 5, NOG IN VERPAKKING'.

'Je bent een viezerik, Marcus.'

Het was Lee Hartley en een stel van zijn vrienden; Marcus had tot dusver niet veel last van hem gehad dit trimester, vermoedelijk omdat hij met Ellie en Zoe omging.

'Wat?'

'Ik durf te wedden dat je niet eens weet waar die kaartjes op slaan, of wel soms?'

Marcus begreep niet hoe die eerste en die tweede zin met elkaar te rijmen vielen: als hij een viezerik was, zou hij natuurlijk wel begrijpen waar die advertenties op sloegen, maar hij liet het maar zo, zoals hij altijd alles maar zo liet in dit soort situaties. Een van Lee Hartleys vrienden stak zijn hand uit, pakte Marcus' bril af en zette hem op.

'Kolere, hé,' zei hij. 'Geen wonder dat hij niet weet wat er omgaat.' Hij draaide even in het rond, met zijn armen voor zich uitgestrekt en stootte keelklanken uit om aan te geven dat Marcus op de een of andere manier geestelijk gestoord was.

'Mag ik hem nu weer terug, alsjeblieft? Zonder bril zie ik niet veel.'

'Sodemieter op,' zei de vriend van Lee Hartley.

Plotseling doken Ellie en Zoe uit de winkel op.

'Ellendig stelletje klootzakken,' zei Ellie. 'Geef hem zijn bril terug, of je krijgt me toch een lel...'

De vriend van Lee Hartley gaf Marcus zijn bril terug, maar ze sloeg hem toch, en hard, ergens tussen zijn neus en zijn oog.

'Geintje,' zei ze. Zoe lachte erom. 'En nu allemaal oprotten, voor ik echt kwaad word.'

'Slettenbakken,' zei Lee Hartley, maar hij zei het heel zacht terwijl hij wegliep.

'Waarom vindt iemand me nou een slettenbak omdat ik iemand sla, dat vraag ik me toch af,' zei Ellie. 'Jongens zijn vreemde wezens. Maar jij niet, hoor Marcus. Nou ja, je bent wel vreemd, maar op een andere manier.'

Maar Marcus luisterde niet echt. Hij was zo onder de indruk van Ellie – van haar stijl en haar schoonheid, en van haar vermogen mensen een pak slaag te geven – dat hij niet lette op wat ze zei.

Achtentwintig

Een dag later was Marcus er nog helemaal vol van, en Will vond het moeilijk om de juiste toon te treffen. In zijn ogen zou het een vergissing zijn als de jongen Ellies aanval op het vriendje van Lee Weet-ik-veel als een bewijs van onbeheersbare hartstocht zou beschouwen: het bewees toch eerder min of meer het tegendeel, namelijk dat hij vermoedelijk voor niemand een geweldige vangst zou zijn zolang hij erop vertrouwde dat tienermeisjes hem op straat verdedigden. Maar ja, misschien dacht Will wel veel te traditioneel. Misschien ging het tegenwoordig zo, en keurde je een meisje geen blik waardig voordat ze iemand voor jou een blauw oog had geslagen. Hoe dan ook, Marcus was nog verliefder dan eerst, en Will maakte zich zorgen om hem.

'Je had haar moeten zien,' zwijmelde Marcus.

'Ik heb het gevoel dat ik erbij geweest ben.'

'Wham!' zei Marcus.

'Ja. Wham. Dat zei je al.'

'Ze is fantastisch.'

'Ja, maar...' Will wist dat hij in grote lijnen zijn theorie moest uiteenzetten dat Marcus' huidige status van slachtoffer seksueel of romantisch gesproken niet in zijn voordeel werkte, ook al zou het gesprek langs een moeizame weg voeren. 'Wat denk je dat zij ervan vindt dat ze voor je moet opkomen?'

'Hoe bedoel je?'

'Het is gewoon... Zo gaat het gewoonlijk niet.'

'Nee. Daarom is het zo fantastisch.'

'Daar ben ik niet zo zeker van. Weet je, ik denk dat het voor Ellie moeilijk is je als haar vriendje te beschouwen als ze telkens wanneer ze een Mars koopt voor Jean-Claud Van Damme moet spelen omdat jouw bril wordt afgepakt.'

'Wie is Jean-Claud Van Damme?'

'Laat maar. Begrijp je wat ik bedoel?'

'Wat moet ik daar dan aan doen? Karatelessen nemen of zoiets?'

'Ik zeg alleen maar dat het misschien niet het soort relatie zal worden dat jij wilt. Naar mijn ervaring ontwikkelen verhoudingen zich zo niet. Dit lijkt meer op huisdier en baasje dan op vriendje en vriendinnetje.'

'Dat vind ik niet erg,' zei Marcus monter.

'Vind je het niet vervelend om als een... als een woestijnrat te worden behandeld?'

'Nee, natuurlijk niet. Dat vind ik goed genoeg. Ik wil alleen maar bij haar zijn.' En hij zei het met zo'n oprechtheid en zo volkomen gespeend van enig zelfmedelijden dat Will voor het allereerst de neiging voelde hem te knuffelen.

Will was niet van plan het Ellie/Marcus/woestijnrat-model op Rachel toe te passen, en hoewel hij de eenvoud en het eerzame van Marcus' verlangen kon begrijpen, was het zijne niet eenvoudig en eerlijk gezegd ook niet eerzaam, en met deze kennis was hij van plan verder te gaan. Ellie wist in elk geval echter wie en wat Marcus was – niet dat Marcus enige keus werd gelaten in de zaak: dat merkwaardige jochie met de bril dat voor de kiosk werd gepest, dat was Marcus, en niemand deed alsof het anders was. Maar de man die met zijn twaalfjarige zoon was komen lunchen, dat was Will eigenlijk niet, en iemand – namelijk Will zelf – probeerde wel degelijk te doen alsof het anders was. Op een dag, dacht hij, zou misschien tot hem doordringen dat liegen over je eigen identiteit alleen een strategie voor de korte termijn was, alleen bruikbaar in relaties met een beperkte levensduur. Je kon een busconducteur of een taxichauffeur allerlei onzin vertellen, mits de rit kort was, maar als je van plan was de rest van je leven met iemand door te brengen, was het min of meer onvermijdelijk dat ze vroeg of laat het een en ander aan de weet zou komen.

Will besloot dat hij geduldig en geleidelijk alle onjuiste indrukken die hij kon hebben gewekt, zou rechtzetten, maar halverwege het eerste avondje uit dat ze samen hadden, moest hij denken aan de oude 1 aprilgrap over het feit dat het verkeer in Engeland rechts zou gaan rijden, maar dat de omschakeling geleidelijk zou worden ingevoerd. Kennelijk loog je of vertelde je de waarheid, maar dat tussenstadium was vrij moeilijk te realiseren.

'O,' was het enige wat Rachel aanvankelijk zei, toen hij haar had verteld dat hij niet Marcus' biologische vader was. Ze probeerde vergeefs met haar eetstokjes een pluk zeewier op te pakken.

'Weet je dat het eigenlijk geen zeewier is,' zei Will in een misplaatste poging te doen alsof wat hij haar vertelde niet zo ontzettend belangrijk was, althans niet in zijn ogen. 'Het is sla of iets dergelijks. Dat snijden ze fijn, fruiten het, doen er suiker over en...'

'Wie is zijn biologische vader dan wel?'

'Eh, tja,' zei Will. Waarom was het niet bij hem opgekomen dat iemand anders Marcus' vader moest zijn als hij het niet was? Waarom dacht hij nooit na over dit soort dingen? 'De man heet Clive en woont in Cambridge.'

'Okay. En kun je goed met hem opschieten?'

'Ja hoor. We hebben zelfs gezamenlijk kerst gevierd.'

'Het spijt me dat ik een beetje traag van begrip ben, maar als jij Marcus' biologische vader niet bent en je niet bij hem woont, hoe kan hij dan toch je zoon zijn?'

'Ja. Ha ha. Ik begrijp wat je bedoelt. Als je er van buitenaf naar kijkt, moet het heel verwarrend lijken.'

'Vertel me dan hoe het er van binnenuit uitziet.'

'Het is gewoon zo'n soort relatie. Ik ben oud genoeg om zijn vader te kunnen zijn. Hij is jong genoeg om mijn zoon te zijn. Dus...'

'Je bent oud genoeg om de vader te zijn van vrijwel iedereen onder de twintig. Waarom dan uitgerekend van deze jongen?'

'Ik weet het niet. Zo loopt dat soms nu eenmaal. Wil je nu overstappen op wijn, of houd je het op Chinees bier? En trouwens, vertel eens over je relatie met Ali. Is die net zo gecompliceerd als die tussen Marcus en mij?'

'Nee. Ik ben met zijn vader naar bed geweest, en negen maanden later heb ik een kind gebaard, dat is het wel zo'n beetje. Vrij ongecompliceerd, zoals dat meestal het geval is.'

'Ja. Ik benijd je.'

'Sorry dat ik er zo over doorzaag, maar ik begrijp het nog steeds niet helemaal. Jij bent de stiefvader van Marcus, maar je woont niet bij hem en zijn moeder.'

'Ja, zo zou je het kunnen zien.'

'Hoe zou je het anders kunnen zien?'

'Ha. Ik begrijp wat je bedoelt,' zei hij peinzend, alsof hij pas op dat moment had doorgekregen dat je het maar op één manier kon zien.

'Heb je ooit met de moeder van Marcus samengewoond?'

'Definieer "samenwonen" eens?'

'Heb je ooit een reservepaar sokken bij haar thuis gehad? Of een tandenborstel?'

Stel dat Fiona hem met kerst een paar sokken zou hebben gegeven. En stel dat hij die bij haar thuis had laten liggen en er nog niet aan toe was gekomen ze op te halen. Dan kon hij met een zuiver geweten naar voren brengen dat hij niet alleen weleens een paar sokken bij Fiona thuis had gehad, *maar dat ze er nog steeds waren!* Jammer genoeg had ze hem echter geen sokken gegeven, ze had hem dat stomme boek gegeven. En bovendien had hij zelfs dat boek er niet laten liggen. En daarom bleef het droomscenario met de sokken wat het was – een droom.

'Nee.'

'Ronduit... nee?'

'Ja.'

Hij pakte het laatste kleine loempiaatje, doopte het in de chilisaus, stak het in zijn mond en deed alsof het veel te groot was, zodat hij een paar minuten niet in staat zou zijn een woord uit te brengen. Het praten moest hij aan Rachel overlaten, en waarschijnlijk zou ze het na een poosje weleens over iets anders willen hebben. Hij wilde dat ze zou vertellen over het boek dat ze op het moment illustreerde, over haar ambitie haar werk te exposeren, of hoe ze zich erop had verheugd hem te zien. Dat soort gesprekken had hij zich voorgesteld; hij had er geen zin meer in over denkbeeldige kinderen te praten en nog minder zin erover te praten waarom hij ze überhaupt had verzonnen.

Maar Rachel bleef gewoon wachten tot hij zijn mond leeg had, en hoe hij ook kauwde, grimassen trok, slikte en zich verslikte, hij kon het verorberen van een miniloempia niet eindeloos rekken. Daarom vertelde hij haar de waarheid – hij had vooraf eigenlijk al geweten dat hij dat zou doen – en ze reageerde verontwaardigd, waar ze alle recht toe had.

'Ik heb nooit expliciet gezegd dat hij mijn zoon was. De woorden "Ik heb een zoon en hij heet Marcus" zijn niet over mijn lippen gekomen. Dat was wat jij eruit wilde opmaken.'

'Ja, natuurlijk. Ik ben de fantast. Ik wilde denken dat jij een zoon had, en daarom heb ik mijn fantasie op hol laten slaan.'

'Weet je dat dat een heel interessante theorie is? Ik heb een keer iets in de krant gelezen over een man die een heleboel vrouwen van middelbare leeftijd had opgelicht en ze al hun spaargeld afhandig had gemaakt, omdat ze ervan overtuigd waren dat hij rijk was. En het rare was dat hij eigenlijk niets hoefde te doen om dat aan te tonen. Ze geloofden hem gewoon.'

'Maar hij had ze verteld dat hij rijk was. Hij had gelogen. Dat is iets anders.'

'O, ja. Ik begrijp wat je bedoelt. Daar gaat de vergelijking een beetje mank.'

'Ja, want jij hebt niet gelogen. Ik heb het gewoon verzonnen. Ik dacht: wat een leuke vent, had hij maar een kind, een excentrieke zoon, liefst een die net begint te puberen, en toen kwam je bij mij thuis met Marcus aanzetten, en bingo! Toen heb ik die idiote link gelegd vanwege een of andere diep-psychologische behoefte in mezelf.'

Het pakte niet zo slecht uit als Will had gevreesd. Ze kon er in elk geval de grappige kant van inzien, ook al vond ze overduidelijk dat hij een raar type was.

'Daar moet je niet zo zwaar aan tillen. Het had iedereen kunnen gebeuren.'

'Zeg, je moet het niet overdrijven. Als ik er geamuseerd en tolerant over wil doen, is dat mijn zaak. Ik ben nog niet zo ver dat jij er ook grapjes over mag maken.'

'Sorry.'

'Maar wat voor rol speelt Marcus in het geheel? Ik bedoel dat het duidelijk was dat je hem niet voor een middagje had ingehuurd. Jullie hebben wel een soort relatie.'

Ze had natuurlijk gelijk, en hij redde een tot mislukken gedoemde avond door haar alles te vertellen wat er te vertellen viel. Nou ja, bijna alles: hij vertelde haar niet dat hij Marcus alleen maar had leren kennen doordat hij naar CHAOS was gegaan. Dat vertelde hij haar niet omdat hij vreesde dat het na een soortgelijke onthulling misschien niet goed zou vallen. Hij wilde niet dat ze zou gaan denken dat hij een probleem had.

Na het eten nodigde Rachel hem uit om bij haar thuis koffie te komen drinken, maar Will wist dat er geen seks in de lucht zat. Nou, eerlijk gezegd wel een beetje, een vleugje, maar dat was van hem afkomstig, dus dat telde niet. Hij vond Rachel zo aantrekkelijk dat er altijd seks in de lucht zou zitten als hij in haar nabijheid was. Het enige wat van haar leek uit te gaan was een kalme geamuseerdheid en een soort verbijsterde tolerantie, en hoewel hij dankbaar was voor deze kleine meevallers, waren ze heel zelden de voorboden van een ander soort lichamelijke intimiteit dan een snelle aai over je bol, vermoedde hij.

Rachel zette koffie en pakte grote blauwe designmokken; toen gingen ze tegenover elkaar zitten: Rachel breeduit op de bank, Will kaarsrecht in een oude leunstoel die was bedekt met een Indiase grand-foulard.

'Waarom dacht je dat Marcus je interessanter zou maken?' vroeg ze, nadat ze hadden ingeschonken, geroerd, geblazen en al het denkbare hadden gedaan wat ze konden verzinnen met een kop koffie.

'Werd ik er interessanter door?'

'Ja, ik geloof het wel.'

'Waarom?'

'Omdat... Wil je het eerlijk weten?'

'Ja.'

'Omdat ik vond dat je nietszeggend was... Je deed niets, je was nergens enthousiast over, en het leek alsof je niet zoveel te vertellen had, maar toen je zei dat je een kind had...'

'Ik heb feitelijk niet gezegd dat...'

'Ja, het is goed... Toen dacht ik: ik heb die man helemaal verkeerd ingeschat.'

'Zie je nou wel. Daarmee heb je je eigen vraag beantwoord.'

'Maar ik hád je verkeerd ingeschat.'

'Hoezo dan?'

'Omdat er wel degelijk iets is. Je hebt niet alles over Marcus verzonnen. Je bekommert je om hem, en hij gaat je ter harte; je begrijpt hem en je maakt je zorgen over hem... Dus je bent niet de man die ik dacht dat je was voordat je hem ter sprake bracht.'

Will wist dat hij zich hierdoor minder ellendig moest voelen over alles, maar dat lukte niet. Om te beginnen kende hij Marcus pas een paar maanden, zodat Rachel wat interessante vragen had opgeworpen over de zesendertig jaar die hij door zijn vingers had laten glippen. En hij wilde niet door Marcus gedefinieerd worden. Hij wilde zijn eigen leven en zijn eigen identiteit; hij wilde op eigen merites interessant gevonden worden. Waar had hij die klacht eerder gehoord? Natuurlijk, bij CHAOS. Hij was er op de een of andere manier in geslaagd een alleenstaande ouder te worden zonder dat hij ooit de moeite had genomen een kind op de wereld te zetten.

Het had nauwelijks zin zich daarover nu nog te beklagen. Daar was het te laat voor; hij had de keus gemaakt zijn eigen advies in de wind te slaan, advies dat heel zijn volwassen leven zijn nut had bewezen. In de ogen van Will zaten sommige mensen bij CHAOS niet in de problemen doordat ze kinderen hadden; hun problemen waren veel eerder begonnen, toen ze voor iemand bezweken waren en zich kwetsbaar hadden gemaakt. Nu had Will hetzelfde gedaan en, wat hem betrof, was alles wat eruit voortvloeide zijn verdiende loon. Binnenkort zou hij met zijn ogen dicht zingen, en daar viel niets aan te doen.

Negenentwintig

Een week of drie, vier – het kon niet veel langer zijn geweest dan dat, maar als Marcus later aan die tijd terugdacht, leken het maanden, of jaren – gebeurde er niets. Hij zag Will, hij zag Ellie (en Zoe) op school, Will kocht een nieuwe bril voor hem en nam hem mee naar de kapper, via Will ontdekte hij een paar zangers die hij leuk vond, die niet Joni Mitchell of Bob Marley waren, zangers die Ellie ook kende en waar ze niet de pest aan had. Het voelde alsof hij aan het veranderen was, in zijn eigen lichaam en in zijn hoofd, maar toen begon zijn moeder weer met dat huilerige gedoe.

Net als eerst leek er geen enkele aanleiding voor te zijn, en net als eerst begon het geleidelijk, met wat gesnotter na het avondeten, dat op een avond overging in een lange, angstaanjagende huilbui, een uitbarsting waar Marcus niets tegen kon doen, hoeveel vragen hij ook stelde en hoe vaak hij haar ook knuffelde. Toen uiteindelijk het huilen bij het ontbijt weer begon, wist hij zeker dat het ernstig was en dat ze een probleem hadden.

Maar er was één ding veranderd. In die eerste periode van huilen bij het ontbijt, eeuwen geleden, was hij op zichzelf aangewezen; nu waren er een heleboel andere mensen. Hij had Will, hij had Ellie, hij had... In elk geval had hij twee mensen, twee vrienden, en dat was een hele verbetering met daarvoor. Hij kon gewoon naar een van beiden toestappen en zeggen: 'Mijn moeder is weer bezig,' en dan zouden ze weten wat hij bedoelde en konden ze er iets zinnigs over zeggen.

'Mijn moeder is weer bezig,' zei hij tegen Will toen ze voor de tweede keer bij het ontbijt had gehuild. (De eerste dag had hij er niets over gezegd, voor het geval het alleen maar een tijdelijke inzinking bleek te zijn, maar toen ze de volgende ochtend weer begon, begreep hij dat hij dat tegen beter weten in had gehoopt.)

'Waarmee?'

Marcus voelde zich even teleurgesteld, maar hij had Will ook niet veel aanknopingspunten gegeven. Ze had met van alles bezig kunnen zijn, en als je erover nadacht was dat raar: niemand kon zeggen dat zijn moeder voorspelbaar was. Ze had weer kunnen zeuren over het feit dat Marcus bij Will op bezoek ging, of ze had erover kunnen zeuren dat hij weer piano moest gaan spelen, of ze had een vriendje kunnen opduiken dat Marcus niet zo aanstond (Marcus had Will verteld over de rare mannen met wie ze was uitgegaan sinds zijn ouders uit elkaar waren)... Het was in zekere zin leuk te bedenken wat hij allemaal had kunnen bedoelen toen hij zei dat ze weer bezig was. Hij vond dat het zijn moeder iets interessants en gecompliceerds gaf, wat ze natuurlijk ook was.

'Met dat gehuil.'

'O.' Ze waren in Wills keuken onder de grill *crumpets* aan het roosteren; dat was op donderdagmiddag een traditie geworden. 'Maak je je zorgen om haar?'

'Natuurlijk. Ze is er precies hetzelfde aan toe als eerst. Erger.' Dat was niet waar. Niets kon erger zijn dan eerst, omdat het toen heel lang had geduurd en op de Dag van de Dode Eend een kritiek punt had bereikt, maar hij wilde er zeker van zijn dat Will wist dat het ernstig was.

'En wat ga je eraan doen?'

Het was niet bij Marcus opgekomen dat hij er iets aan zou moeten doen, deels omdat hij indertijd ook niets had ondernomen (maar ja, indertijd had dat niet zo geweldig goed uitgepakt, dus misschien moest hij indertijd niet als voorbeeld nemen), en deels omdat hij had gedacht dat Will het heft in handen zou nemen. Dat was wat hij wilde. Dat was nou net het hele punt van vrienden hebben, dacht hij. 'Wat ík eraan ga doen? Wat ga jíj eraan doen?'

'Wat ík eraan ga doen?' zei Will lachend, maar toen schoot hem te binnen dat waar ze over praatten niet geacht werd grappig te zijn. 'Marcus, ik kan niets doen.'

'Je zou met haar kunnen praten.'

'Waarom zou ze naar me luisteren? Wie ben ik? Niemand.'

'Je bent niet niemand. Je bent…'

'Dat jij hier na school thee komt drinken wil nog niet zeggen dat ik kan verhinderen dat je moeder… wil nog niet zeggen dat ik je moeder kan opvrolijken. Dat weet ik zelfs zeker.'

'Ik dacht dat we vrienden waren.'

'Au. Godver. Sorry.' Toen Will probeerde een crumpet te pakken, had hij zijn vingers verbrand. 'Vind je dat? Vind je dat we vrienden zijn?' Dat scheen hij ook al grappig te vinden, hij moest er in elk geval om glimlachen.

'Ja. Wat vind jij dan dat we zijn?'

'Tja… Vrienden is prima.'

'Waarom lach je?'

'Het is een beetje vreemd, vind je niet? Jij en ik?'

'Het zal wel.' Marcus dacht er nog even over na. 'Waarom?'

'Omdat we zo verschillend van lengte zijn.'

'O, op die manier.'

'Grapje.'

'Ha ha.'

Will liet Marcus de crumpets smeren, omdat hij daar dol op was. Het was veel leuker dan toast smeren, want als de boter te koud en te hard was, had je met toast de ellende dat je er alleen het bruin afschraapte dat toast maakte tot wat het was, en daar had hij een hekel aan. Bij crumpets ging het moeiteloos: je legde er gewoon een klontje boter bovenop, wachtte een paar tellen en smeerde het uit tot het in de gaatjes begon te verdwijnen. Het was een van de zeldzame gelegenheden in het leven waarbij altijd alles goed leek te gaan.

'Wil je er iets op?'

'Ja.' Marcus pakte de honing, stak zijn mes in de pot en begon het rond te draaien.

'Hoor eens,' zei Will, 'je hebt gelijk. We zijn vrienden. Daarom kan ik niets voor je moeder doen.'

'Hoe verklaar je dat?'

'Ik zei dat het een grapje was dat we zo verschillend van lengte zijn, maar dat is het misschien niet. Misschien moet je het zo zien: ik ben je vriend en ik ben ongeveer een kop groter dan jij, en dat is alles.'

'Het spijt me,' zei Marcus, 'maar ik kan je niet volgen.'

'Ik had een vriend op school die ongeveer een kop groter was dan ik. Hij was reusachtig. Hij was een meter tweeëntachtig toen we in de tweede klas zaten.'

'Wij hebben geen tweede klas.'

'Welke klas het dan ook is. In de achtste.'

'Nou en?'

'Ik zou hem nooit gevraagd hebben me te helpen als mijn moeder depressief was geweest. We praatten over voetbal en *Mission Impossible*, en verder niet. Stel dat we een gesprek hadden over... ik weet het niet... over Peter Osgood, of hij voor Engeland moest spelen of niet, en dat ik dan zou hebben gezegd: "Hé, Phil, wil jij eens met mijn moeder praten, want ze is voortdurend in tranen," zou hij me hebben aangekeken of ik gek was. Hij was twaalf. Wat had hij tegen mijn moeder moeten zeggen? "Hallo, Mrs. Freeman, hebt u weleens aan kalmerende middelen gedacht?"'

'Ik weet niet wie Peter Osgood is. Ik weet niets van voetbal.'

'O, Marcus, doe niet zo godvergeten stompzinnig. Wat ik probeer te zeggen is dit: okay, ik ben je vriend. Ik ben je oom niet, ik ben je vader niet, ik ben je grote broer niet. Ik kan je vertellen wie Kurt Cobain is en welke sportschoenen je moet kopen, maar meer niet. Begrepen?'

'Ja.'

'Mooi.'

Maar onderweg naar huis moest Marcus terugdenken aan het eind van het gesprek, hoe Will "Begrepen?" had gezegd op een manier die hem duidelijk moest maken dat het gesprek afgelopen was, en hij vroeg zich af of vrienden dat deden. Hij dacht het niet. Hij kende leraren die dat zeiden, en ouders die dat zeiden, maar hij kende geen vrienden die dat zeiden, hoe lang ze ook waren.

Marcus verbaasde zich niet over Will, niet echt. Als iemand had gevraagd wie zijn beste maatje was, zou hij Ellie hebben gezegd – niet alleen omdat hij van haar hield en verkering met haar wilde, maar omdat ze aardig tegen hem deed en altijd had gedaan, afgezien van de eerste keer dat hij haar had ontmoet toen ze hem een lullig, klein, kloterig kutjochie had genoemd. Toen was ze niet zo heel erg aardig geweest. Het zou niet eerlijk zijn te zeggen dat Will nooit aardig tegen hem was geweest, denk maar aan de sportschoenen en de crumpets en de twee videospelletjes enzo, maar het zou wel eerlijk zijn te zeggen dat Will soms niet zo blij keek als hij hem zag, zeker niet als hij vier, vijf dagen achter elkaar langskwam. Ellie daarentegen sloeg altijd haar armen om hem heen en maakte een boel ophef over hem en dat, dacht Marcus, moest toch iets betekenen.

Maar dit keer leek ze niet zo heel blij hem te zien. Ze had haar blik neergeslagen en keek afwezig, en ze zei niets, en deed al helemaal niets, toen hij haar in de middagpauze kwam opzoeken in haar lokaal. Zoe zat naast haar, keek naar haar en hield haar hand vast.

'Wat is er gebeurd?'

'Heb je het dan niet gehoord?' vroeg Zoe.

Marcus had er de pest aan als mensen dat zeiden, want hij wist nooit van iets.

'Ik geloof het niet.'

'Over Kurt Cobain.'

'Wat is er met hem?'

'Hij heeft een zelfmoordpoging gedaan. Een overdosis genomen.'

'Leeft hij nog?'

'We denken het wel. Ze hebben zijn maag leeggepompt.'

'Mooi.'

'Daar is niets moois aan,' zei Ellie.

'Nee,' zei Marcus. 'Maar...'

'Uiteindelijk doet hij het toch, weet je,' zei Ellie. 'Uiteindelijk. Het lukt ze altijd. Hij wil dood. Het was geen noodkreet. Hij haat deze wereld.'

Marcus voelde zich ineens beroerd. Meteen toen hij de vorige avond uit Wills flat was weggegaan, had hij zich dit gesprek met Ellie voorgesteld, en dat ze hem zou opmonteren zoals Will nooit zou kunnen, maar zo ging het helemaal niet; integendeel, het lokaal begon langzaam in het rond te draaien, en alle kleur trok er uit weg.

'Hoe weet je dat? Hoe weet je nou dat het geen flauwekul van hem was? Ik durf te wedden dat hij zoiets nooit meer zal uithalen.'

'Jij kent hem niet,' zei Ellie.

'Jij net zomin,' schreeuwde Marcus haar toe. 'Het is niet eens een echt mens. Het is alleen een zanger. Het is alleen maar iemand die op een sweater staat. Het is niet alsof hij iemands moeder is.'

'Nee, hij is iemands vader, stomme eikel,' zei Ellie. 'Hij is de vader van Frances Bean. Hij heeft een prachtig dochtertje en toch wil hij nog dood. Vandaar, weet je.'

Marcus dacht dat hij het wel wist. Hij draaide zich om en rende de deur uit.

Hij besloot de volgende paar lesuren over te slaan. Als hij naar wiskunde ging, zou hij er maar zitten dromen en gepest en uitgelachen worden wanneer hij een vraag probeerde te beantwoorden die een uur of een maand geleden was gesteld, of die helemaal niet was gesteld; het enige wat hij wilde was alleen zijn om goed te kunnen nadenken, zonder hinderlijke onderbrekingen, en daarom ging hij naar het jongenstoilet bij het gymlokaal en sloot zich op in de rechter-wc, omdat daar troostrijke warme buizen langs de muur liepen waar je neergehurkt op kon zitten. Na een paar minuten kwam er iemand binnen die tegen de deur begon te schoppen.

'Zit jij daar, Marcus? Het spijt me. Ik had helemaal niet aan je moeder gedacht. Het komt wel goed. Ze is niet zoals Kurt.'

Hij wachtte even, deed het schuifje van de deur en keek om de hoek.

'Hoe weet je dat?'

'Omdat je gelijk hebt. Hij is geen echt mens.'

'Dat zeg je alleen maar zodat ik me minder rot voel.'

'Okay, hij is een echt mens, maar een ander soort echt mens.'

'In welk opzicht?'

'Dat weet ik niet. Het is gewoon zo. Hij is net als James Dean en Marilyn Monroe en Jimi Hendrix, en al dat soort mensen. Je weet dat hij doodgaat, maar dat het niet zo erg is.'

'Voor wie niet zo erg is? Wel voor... hoe heet ze?'

'Frances Bean?'

'Ja. Hoezo is het voor haar niet zo erg? Voor haar is het wel erg.

Alleen voor jou is het niet zo erg.'

Er kwam een jongen uit Ellies klas binnen die naar de wc wilde. 'Rot toch op,' zei Ellie, op een toon alsof ze het al honderd keer had gezegd, en de jongen sowieso het recht niet had om te willen plassen. 'We zijn in gesprek.' Hij deed zijn mond open om ertegenin te gaan, maar toen hij besefte met wie hij het aan de stok zou krijgen, ging hij weg. 'Mag ik erbij komen?' vroeg Ellie toen hij weg was.

'Als er plaats genoeg is.'

Ze persten zich naast elkaar op de warme buizen, en Ellie trok de deur naar zich toe en deed hem op slot.

'Jij denkt dat ik dingen weet,' zei Ellie, 'maar dat is niet zo. Ik weet niet waarom hij zich voelt zoals hij zich voelt, of waarom jouw moeder zich zo voelt. En ik weet niet hoe het voelt om jou te zijn. Best eng, denk ik.'

'Ja.' Toen begon hij te huilen. Het was geen luidruchtig huilen – zijn ogen vulden zich gewoon met tranen en die begonnen langs zijn wangen te stromen – maar toch was het gênant. Hij had nooit gedacht dat hij zou huilen waar Ellie bij was.

Ze sloeg haar arm om hem heen. 'Wat ik bedoel, is dat je niet naar me moet luisteren. Jij weet meer dan ik. Jij zou mij er wat over kunnen vertellen.'

'Ik weet niet wat ik erover moet zeggen.'

'Laten we dan ergens anders over praten.'

Maar een tijdlang praatten ze nergens meer over. Ze zaten gewoon samen op de buizen, verschoven hun achterste als het te heet werd, en wachtten tot ze weer zin hadden om de buitenwereld in te gaan.

Dertig

Will had hoogtevrees en daarom keek hij niet graag naar beneden. Maar soms kon je er niets aan doen. Soms als iemand iets zei, keek hij wel naar beneden, en kreeg hij de onweerstaanbare neiging om te springen. Hij kon zich de laatste keer herinneren dat dat gebeurde: het was toen hij het had uitgemaakt met Jessica. Ze had hem 's avonds laat opgebeld en gezegd dat hij nergens voor deugde en waardeloos was, dat hij nooit iets zou worden en dat hij nooit iets zou doen, dat hij met haar de kans had gehad – daarvoor had ze een merkwaardige, onbegrijpelijke uitdrukking gebruikt – *zout op het ijs te strooien*, dat was het, een relatie te hebben die iets voorstelde en misschien een gezin te stichten. En terwijl ze dat zei, begon hij zich paniekerig te voelen, zweterig en duizelig, omdat hij wist dat sommige mensen zouden kunnen denken dat ze gelijk had, maar hij wist ook dat hij er met de beste wil van de wereld niets aan zou kunnen doen.

Hij kreeg precies hetzelfde gevoel toen Marcus vroeg of hij Fiona kon helpen. Natuurlijk moest hij iets doen om Fiona te helpen; al dat gedoe over 'hetzelfde zijn, alleen langer' was natuurlijk gelul. Hij was ouder dan Marcus, hij wist meer... Hoe je het ook bekeek, er was altijd wel een argument dat aangaf: doe er iets aan, help dat kind, zorg voor hem.

Hij wilde hem wel helpen, en dat had hij in sommige opzichten ook gedaan. Maar die depressie, daar wilde hij absoluut niets mee te maken hebben. In gedachten kon hij het hele gesprek zo uitschrijven, hij kon ernaar luisteren als naar een hoorspel op de radio, en wat hij hoorde, stond hem niet aan. Twee woorden in het bijzonder maakten dat hij zijn handen tegen zijn oren wilde drukken; dat effect hadden ze altijd gehad en zouden ze altijd blijven hebben, zo lang zijn leven om *Countdown, Home and Away* en de nieuwe sandwichcombinaties van Marks and Spencer draaide, en hij zag geen enkele manier waarop hij die kon vermijden als hij met Fiona over haar depressie moest praten. Die twee woorden waren 'de zin'. Zoals in: 'Wat is de zin ervan?'; 'Ik zie de zin er niet van in'; 'Het heeft gewoon geen zin' (een zin waarin het 'de' niet voorkwam, maar die toch telde, omdat het 'de' eigenlijk niet zingevend was voor 'de zin')... Je kon geen gesprek voeren over het leven, en zeker niet over de mogelijkheid er een eind aan te maken, zonder die klotezin ter sprake te brengen, en Will zag hem domweg niet. Soms was dat niet erg; soms was je om twee uur 's nachts knetterstoned van de paddo's en wilde een of andere lul die bijna met zijn kop in de luidspreker zat met je praten over de zin, en dan kon je gewoon zeggen: 'Het heeft geen zin, dus hou je mond.' Maar dat kon je niet zeggen tegen iemand die zich zo ongelukkig en verloren voelde dat ze een heel potje pillen achterover wilden kiepen om te gaan slapen zolang als nodig was. Als je tegen iemand als Fiona zei dat het geen zin had, stond dat min of meer gelijk aan haar om zeep helpen, en hoewel Will weleens van mening met haar verschilde, kon hij met zijn hand op zijn hart verklaren dat hij haar niet wilde vermoorden.

Hij werd woest om mensen als Fiona. Zij verpestten het voor iedereen. Het viel niet mee om aan de oppervlakte van alles te blijven drijven: er was vaardigheid en lef voor nodig, en wanneer mensen je vertelden dat ze erover dachten zich van het leven te beroven, voelde je dat ze je mee omlaag sleurden. Volgens Will ging het er alleen maar om dat je je hoofd boven water wist te houden. Daar draaide het voor iedereen om, maar degenen die redenen hadden om te bestaan, banen en relaties en huisdieren, hadden hun hoofd toch al een flink eind boven het oppervlak. Die waadden rond in het ondiepe, en alleen een bizar ongeluk, een krankzinnige golf in het golfslagbad, kon hen doen verdrinken. Maar Will hield zich met moeite drijvend. Hij had zich in veel te diep water gewaagd, en hij had kramp, vermoedelijk omdat hij er te kort na het middageten in was gegaan, en hij kon zich allerlei manieren voorstellen waarop zo'n gladjakker van een badmeester met blond haar en een middenrif als een wasbord hem naar de oppervlakte zou brengen, als zijn longen zich allang met chloorwater hadden gevuld. Hij had een veerkrachtig iemand nodig om zich aan op te trekken, en zeker niet zo'n dood gewicht als Fiona. Hij vond het heel spijtig, maar zo stonden de zaken. En dat was het met Rachel: ze was veerkrachtig. Ze kon hem drijvend houden. Hij ging bij Rachel op bezoek.

Hij had een merkwaardige relatie met Rachel, althans wat Will merkwaardig vond, wat iets heel anders was, vermoedde hij, dan wat David Cronenberg of die man die *The Wasp Factory* had geschreven merkwaardig vonden. Het merkwaardige was dat ze nog steeds niet met elkaar naar bed waren geweest, hoewel ze al een paar weken met elkaar omgingen. Het onderwerp kwam gewoon nooit aan bod. Hij was er bijna zeker van dat ze hem aardig vond, getuige het feit dat ze het leuk scheen te vinden hem te zien, en dat ze nooit om gespreksstof verlegen zaten; hij was er meer dan zeker van dat hij haar aardig vond, getuige het feit dat hij het leuk vond haar te zien, dat hij de rest van zijn leven altijd bij haar zou willen zijn, en dat hij haar niet kon aankijken zonder zich ervan bewust te zijn dat zijn pupillen zich verwijdden tot reusachtige en mogelijk lachwekkende afmetingen. Je kon rustig zeggen dat ze elkaar op verschillende manieren aardig vonden.

(Bovendien had hij een vrijwel onbedwingbare neiging ontwikkeld om haar te willen kussen als ze iets interessants zei, wat hij als een gezond teken beschouwde – hij had nog nooit iemand willen kussen alleen omdat ze inspirerend was – maar wat zij met enig wantrouwen begon te bekijken, ook al besefte ze, voor zover hij wist, niet wat er aan de hand was. Wat er gebeurde was dat zij vol humor, bevlogenheid en spitsvondige, levendige intelligentie over Ali, of muziek, of haar schilderkunst praatte, en dat hij weggleed in een mogelijk seksueel getinte, maar in elk geval romantische dagdroom, en als ze hem vroeg of hij wel luisterde, voelde hij zich gegeneerd en protesteerde te veel op een manier die deed vermoeden dat hij niet had geluisterd omdat hij haar dodelijk saai vond. Het was eigenlijk een dubbele paradox: je genoot zoveel van iemands conversatie dat a) je ogen glazig leken te worden, en b) je een eind aan haar gepraat wilde maken door haar mond te bedekken met de jouwe. Er klopte niets van en hij moest er iets aan doen, maar hij had geen idee wat: hij had nog nooit in zo'n situatie verkeerd.

Hij vond het niet erg om een vriendin te hebben; het zat hem nog steeds dwars dat hij tijdens zijn borrel met Fiona ineens had beseft dat hij nog nooit wat voor relatie dan ook had gehad met iemand met wie hij niet naar bed wilde. De moeilijkheid was dat hij wel met Rachel naar bed wilde, heel graag, en dat hij niet wist of hij ertegen kon de komende tien of twintig jaar, of hoe lang vriend- schappen met vrouwen duren (hoe moest hij dat weten) op haar bank te zitten terwijl zijn ogen zich als een gek verwijdden en hij luisterde naar hoe zij ongewild sexy vertelde over het tekenen van muizen. Hij wist niet of zijn pupillen het zouden uithouden, om preciezer te zijn. Zouden ze na een poosje geen pijn gaan doen? Hij wist vrijwel zeker dat het ze geen goed zou doen, al dat verwijden en vernauwen, maar hij zou alleen als laatste redmiddel met Ra- chel over zijn pupilpijn beginnen; er bestond een heel kleine kans dat ze met hem naar bed zou willen gaan om zijn gezichtsvermo- gen te redden, maar hij zou liever een andere, gebruikelijker ro- mantische weg naar haar bed vinden. Of naar zijn bed. Het kon hem niet schelen in welk bed ze het deden. Het punt was dat het gewoon niet gebeurde.

En toen gebeurde het, die avond, om redenen die hij op dat mo- ment niet kon doorgronden, maar toen hij er later over nadacht, schoten hem een of twee ideeën te binnen waar iets inzat, maar waarvan hij de implicaties nogal verontrustend vond. Het ene mo- ment waren ze aan het praten, het volgende moment waren ze aan het zoenen, en kort daarna nam ze hem aan haar ene hand mee naar boven terwijl ze met haar andere hand haar spijkerblouse los- knoopte. En het merkwaardige was dat er geen seks in de lucht had gezeten; hij was gewoon bij een vriendin op bezoek gegaan omdat hij zich klote voelde. Dat was dus de eerste verontrustende impli- catie: als hij met iemand in bed belandde terwijl hij geen seks in de lucht had kunnen bespeuren, was hij kennelijk een erg slechte seks- detective. Als een aantrekkelijke vrouw je meteen na afloop van een ogenschijnlijk seksloos gesprek meenam naar de slaapkamer terwijl ze haar blouse losknoopte, had je duidelijk ergens iets gemist.

Het begon met een gelukkig toeval dat hem op dat moment was ontgaan: Ali was er die avond niet en bleef logeren bij een schoolvriendje. Als Rachel hem op enig ander tijdstip in hun relatie zou hebben verteld dat ze bevrijd was van haar ziekelijk oedipale zoon, zou hij het hebben opgevat als een teken van de Almachtige God dat hij straks een beurt zou krijgen, maar vandaag drong het niet eens tot hem door. Ze gingen naar de keuken, waar zij koffie ging zetten en hij nog voordat het koffiewater kookte, losbarstte met het hele verhaal over Fiona en Marcus en de zin.

'Wat het voor zín heeft?' herhaalde Rachel. 'Jezus.'

'En je hoeft niet met Ali aan te komen. Ik heb geen Ali.'

'Jij hebt een Marcus.'

'Het valt niet mee om Marcus als de zin van alles te zien. Ik weet dat het vreselijk is om te zeggen, maar het is waar. Je hebt hem ontmoet.'

'Hij is gewoon een beetje geschift. Maar hij is dol op je.'

Het was nooit bij Will opgekomen dat Marcus werkelijk echte gevoelens voor hem zou koesteren, en zeker geen gevoelens die zichtbaar waren voor een buitenstaander. Hij wist dat Marcus graag bij hem thuis kwam, en hij wist dat Marcus hem een vriend noemde, maar dat had hij allemaal alleen als bewijs van de excentriciteit en eenzaamheid van de jongen opgevat. Rachels observatie dat er echte gevoelens in het spel waren, stelde de dingen enigszins in een ander licht, zoals soms ook gebeurde als je erachter kwam dat een vrouw die je niet was opgevallen zich tot je aangetrokken voelde, zodat je de situatie opnieuw ging bezien en haar veel interessanter vond dan voorheen het geval was geweest.

'Denk je?'

'Natuurlijk is hij dol op je.'

'Maar toch is hij niet de zin. Als ik op het punt stond mijn hoofd in de gasoven te steken, en je zou me dan vertellen dat Marcus dol op me was, zou ik mijn hoofd er niet per se weer uithalen.'

Rachel lachte.

'Wat is er zo grappig?'

'Ik weet het niet. Gewoon het idee dat ik er in die situatie bij zou zijn. Als jij aan het eind van een avond je hoofd in de gasoven zou steken, zouden we toch moeten concluderen dat de avond niet zo'n doorslaand succes was geweest.'

'Ik...' Will zweeg, maar ploeterde toen toch maar door, met alle eerlijkheid die hij bij elkaar kon schrapen, en met veel meer eerlijkheid dan de zin kon velen. 'Na een avond met jou zou ik nooit mijn hoofd in een gasoven steken.'

Zodra hij het had gezegd, wist hij dat het een grote blunder was. Hij had het gemeend, maar dat was precies wat de hilariteit losmaakte: Rachel kwam niet meer bij en de tranen stonden haar in de ogen. 'Dat,' zei ze naar adem snakkend, 'is... het... meest... romantische... dat iemand ooit tegen me heeft gezegd.'

Will zat er hulpeloos bij en voelde zich de stomste man ter wereld, maar toen ze was bijgekomen, leek het of ze ergens anders waren, op een plek waar ze hartelijker tegen elkaar konden zijn en minder nerveus waren. Rachel zette koffie, dook een paar oudbakken fourrés op en kwam bij hem aan de keukentafel zitten.

'Jij hebt geen zin nodig.'

'O nee? Zo voelt het anders niet.'

'Nee, maar ik heb erover nagedacht. Je moet geestelijk namelijk behoorlijk sterk zijn om te doen wat jij doet.'

'Wat?' Will was even volkomen verbijsterd. 'Geestelijk sterk zijn', 'Doen wat jij doet'... Dat waren zinsneden die mensen niet al te vaak bezigden als het over hem ging. Wat had hij Rachel in godsnaam verteld dat hij deed? Dat hij in een kolenmijn werkte? Lesgaf aan jonge criminelen? Maar toen herinnerde hij zich dat hij Rachel eigenlijk nooit iets had voorgelogen en nam zijn verbijstering een andere vorm aan. 'Wat doe ik dan?'

'Niets.'

Dat was precies wat Will dacht dat hij deed. 'Waarom moet ik daar geestelijk sterk voor zijn?'

'Omdat... de meesten van ons denken dat de zin van het leven iets te maken heeft met werk, of kinderen, of familie of iets dergelijks. Maar dat heb jij allemaal niet. Er is niets wat jou scheidt van de wanhoop, maar je bent geen uitgesproken wanhopig mens.'

'Daar ben ik te stom voor.'

'Je bent niet stom. Dus waarom steek je je hoofd nooit in de oven?'

'Ik weet het niet. Er is altijd wel een nieuwe cd van Nirvana om naar uit te kijken, of er gebeurt iets in *New York Police* waardoor je de volgende aflevering niet wilt missen.'

'Precies.'

'Is dat de zin van het leven? *New York Police*? Jezus.' Het was nog erger dan hij dacht.

'Nee, nee. Het punt is dat je doorgaat. Omdat je dat wilt. En daarom bestaat de zin uit alle dingen die maken dat je dat wilt. Ik geloof dat je je niet eens realiseert dat je het leven stilletjes niet eens zo erg vindt. Er zijn dingen waar je van houdt. Televisie. Muziek. Eten.' Ze keek hem aan. 'Vrouwen, vermoedelijk. En dat betekent, naar ik aanneem, ook dat je van vrijen houdt.'

'Ja.' Hij zei het een beetje knorrig, alsof ze hem in de val had laten lopen. Ze lachte.

'Mij stoort het niet. Mensen die van vrijen houden zijn er meestal tamelijk goed in. Maar goed. Voor mij geldt hetzelfde. Ik bedoel dat er dingen zijn waar ik van houd, en dat zijn heel andere dingen dan de jouwe. Gedichten. Schilderijen. Mijn werk. Mannen, en seks. Mijn vriendinnen. Ali. Ik wil zien wat Ali morgen uitspookt.' Ze begon aan het koekje te peuteren en brak er de randjes af in een poging bij de vulling te komen, maar de koek was te zacht en verkruimelde.

'Weet je, een paar jaar geleden was ik echt heel erg depressief en toen heb ik overwogen te doen... je weet wel, wat jij denkt dat Fiona van plan is. En ik voelde me er echt schuldig over, vanwege Ali, en ik wist dat ik me niet zo zou moeten voelen, maar het was nu eenmaal zo, en... Nou ja, het was altijd niet vandaag. Misschien morgen, maar niet vandaag. En na een paar weken wist ik dat ik het nooit zou doen, en de reden waarom ik het nooit zou doen was dat ik niets wilde missen. Ik bedoel niet dat het leven fantastisch was en ik er beslist deel van wilde uitmaken. Ik bedoel alleen dat er altijd wel een of twee dingen zijn die nog niet af zijn, dingen die ik nog wil meebeleven. Zoals jij de volgende aflevering van *New York Police* wilt zien. Als ik net werk voor een boek af had, wilde ik de publicatie ervan meemaken. Als ik een vriend had, wilde ik nog één afspraakje. Als Ali binnen afzienbare tijd een ouderavond had, wilde ik zijn klassenleraar spreken. Dat soort kleine dingen, maar er was altijd wel iets. En uiteindelijk besefte ik dat er altijd wel iets zou zijn, en dat dat iets genoeg zou zijn.' Ze keek op van de restanten van haar koekje en lachte verlegen. 'Zo denk ik er in elk geval over.'

'Fiona moet toch ook zulke dingen hebben?'

'Ja, nou, dat weet ik niet. Het klinkt niet alsof Fiona veel mazzel heeft. En dat heb je ook nodig.'

Was het werkelijk zo eenvoudig? Alles bij elkaar genomen, waarschijnlijk niet, dacht Will. Er ontbraken vermoedelijk nog allerlei dingen – zoals dat een depressie maakte dat je alles spuugzat werd, alles spuugzat werd ongeacht hoeveel je van bepaalde dingen hield; en dingen als eenzaamheid en paniek en pure verbijstering. Maar Rachels eenvoudige positiviteit was iets om over door te denken, en het gesprek creëerde hoe dan ook op dat moment zijn eigen zin, want er viel een stilte waarin Rachel hem aankeek, en toen begonnen ze te zoenen.

'Waarom zou ik niet met haar gaan praten?' vroeg Rachel. Het waren de eerste woorden die na afloop werden gesproken, hoewel er tijdens ook wel wat werd gezegd, en even had Will geen idee wat ze bedoelde: hij probeerde het te herleiden tot iets wat tijdens dat halfuur had plaatsgevonden, een halfuur waarna hij zich een beetje trillerig en op de rand van tranen voelde en waardoor hij zijn vroegere overtuiging in twijfel was gaan trekken dat seks een fantastisch lichamelijk alternatief was voor drank, drugs en een geweldige avond uit, maar niet veel meer dan dat.

'Jij? Ze kent je niet.'

'Ik zie niet in wat dat uitmaakt. Misschien helpt dat wel. En misschien dat jij het onder de knie krijgt als ik je laat zien hoe je dat doet. Zo moeilijk is het niet.'

'Okay.' Er was iets in Rachels stem wat Will niet helemaal kon thuisbrengen, maar hij wilde op dat moment niet over Fiona nadenken, en daarom spande hij zich er niet zo voor in. Hij kon zich niet herinneren dat hij ooit zo gelukkig was geweest.

Eenendertig

Marcus kon moeilijk aan het idee wennen dat de winter voorbij was. Vrijwel alles wat Marcus in Londen had meegemaakt, had in het donker en de regen plaatsgevonden (helemaal in het begin van het schooljaar moesten er een paar avonden zijn geweest dat het licht was, maar sindsdien was er zoveel gebeurd dat hij zich die niet meer kon herinneren), en nu kon hij in de namiddagzon van Wills flat naar huis lopen. De eerste week nadat de klok vooruit was gezet was het moeilijk niet het gevoel te krijgen dat alles in orde was; het was belachelijk eenvoudig te geloven dat zijn moeder beter zou worden, dat hij ineens drie jaar ouder zou worden en ineens zo cool zou zijn dat Ellie op hem zou vallen, dat hij het winnende doelpunt zou scoren voor het schoolelftal en dat hij de populairste leerling van de school zou worden.

Maar dat was stom, net zo stom als sterrenbeelden in zijn ogen waren. De klok was voor iedereen vooruitgezet, niet alleen voor hem, en het was uitgesloten dat alle depressieve moeders zouden opvrolijken, het was uitgesloten dat alle kinderen in Engeland het winnende doelpunt voor het schoolelftal zouden scoren – en zeker voor alle kinderen in Engeland die de pest hadden aan voetbal en niet wisten tegen welke kant van de bal je moest schoppen – en het was zeker uitgesloten dat alle twaalfjarigen van de ene dag op de andere vijftien zouden worden. Zelfs de kans dat het slechts een van hen zou overkomen was vrij klein, en als het al gebeurde, zou het Marcus, de pechvogel, niet zijn. Het zou een andere twaalfjarige op een andere school zijn, die niet verliefd was op iemand die drie jaar ouder was dan hij, en die het daarom niet eens zoveel zou uitmaken. De onrechtvaardigheid van het tafereel dat Marcus zich net had voorgesteld maakte hem kwaad, en hij benadrukte zijn thuiskomst door driftig de deur dicht te gooien.

'Ben je bij Will geweest?' vroeg zijn moeder. Ze zag er normaal uit. Misschien was een van de zomertijdwensen toch uitgekomen.

'Ja, ik wilde...' Hij had nog steeds het gevoel dat hij redenen moest verzinnen als hij bij hem op bezoek was geweest, maar hij kon nog steeds niets bedenken.

'Het maakt mij niet uit. Je vader is gewond geraakt. Je moet bij hem op bezoek gaan. Hij is van een vensterbank gevallen.'

'Ik ga niet zolang jij zo bent.'

'Hoe bent?'

'Dat je de hele tijd huilt.'

'Met mij gaat het goed. Nou ja, het gaat niet goed, maar ik zal niets uithalen. Dat beloof ik je.'

'Is hij er slecht aan toe?'

'Hij heeft zijn sleutelbeen gebroken. En hij heeft een lichte hersenschudding.'

Hij was van een vensterbank gevallen. Geen wonder dat zijn moeder was opgevrolijkt.

'Wat deed hij op die vensterbank?'

'Hij was aan het doe-het-zelven. Iets met verf of mortel, of een van die andere scrabblewoorden. Voor het eerst in zijn leven. Dat zal hem een lesje leren.'

'En waarom moet ik ernaar toe?'

'Hij heeft naar je gevraagd. Ik geloof dat hij op het moment een beetje in de wappes is.'

'Dank je.'

'O, Marcus, het spijt me, daarom vraagt hij niet naar je. Ik bedoelde alleen... Ik geloof dat hij zich een beetje zielig voelt. Lindsey zei dat hij echt geluk heeft gehad dat het niet erger was, dus misschien denkt hij eens goed over zijn leven na.'

'Hij kan het lazarus krijgen!'

'Marcus!'

Maar Marcus had geen zin in een gesprek over waar en wanneer hij had leren vloeken; hij wilde in zijn kamer zitten mokken, en dat was precies wat hij ging doen.

Hij denkt eens goed over zijn leven na... Marcus was razend geworden toen zijn moeder dat had gezegd, en nu probeerde hij er-achter te komen waarom. Als hij wilde, was hij er vrij goed in om achter dingen te komen: hij had een oude zitzak in zijn kamer waar hij op ging zitten en toen staarde hij naar de muur waar hij interessante krantenartikelen had opgehangen. 'MAN OVERLEEFT VAL VAN 1500 meter'; 'DINOSAURIËRS WELLICHT UITGESTORVEN DOOR METEORIET'. Door dat soort dingen ging je eens goed over je leven nadenken, maar niet omdat je van een vensterbank was gevallen terwijl je deed alsof je een echte vader was. Waarom had hij nooit eens goed nagedacht toen hij niet van een vensterbank was gevallen? Het leek wel of iedereen het afgelopen jaar eens goed had nagedacht, behalve zijn vader. Zijn moeder, bijvoorbeeld, deed nooit anders dan goed nadenken, en dat was waarschijnlijk de reden dat iedereen voortdurend zo bezorgd over haar was. En waarom wilde hij zijn zoon alleen maar zien wanneer hij zijn sleutelbeen had gebroken? Marcus kon zich niet herinneren dat hij ooit eerder was thuisgekomen en dat zijn moeder had gezegd dat hij met de trein naar Cambridge moest gaan omdat zijn vader in zak en as zat. Al die honderden en honderden dagen dat zijn sleutelbeen niets had gemankeerd, had Marcus niets van hem gehoord.

Hij liep de trap af en ging naar zijn moeder.

'Ik ga niet,' zei hij tegen haar. 'Ik word kotsmisselijk van hem.'

Pas de volgende dag, toen hij het met Ellie over de vensterbank had, begon hij van gedachten te veranderen over het bezoek aan zijn vader. Ze zaten in de kleine pauze in een leeg lokaal, hoewel het aanvankelijk niet leeg was geweest; toen Marcus had gezegd dat hij met haar wilde praten, had ze hem bij de hand gepakt, mee naar binnen genomen en had het handjevol kinderen weggejaagd dat er aan het donderjagen was, kinderen die ze niet kende, maar die meteen bereid waren te geloven dat Ellie de vreselijke dreigementen die ze uitkraamde zou uitvoeren. (Hoe werkte dat toch? vroeg hij zich af. Ze was niet zoveel groter dan hij, dus hoe kreeg ze het voor elkaar? Als hij zijn ogen zo zou opmaken en zijn eigen haar zou knippen, zou hij misschien voor elkaar kunnen krijgen dat mensen ook bang voor hem werden, maar er zou altijd iets ontbreken.)

'Je moet wel naar hem toegaan. Ga hem vertellen wat je van hem vindt. Dat zou ik tenminste wel doen. De zak. Ik ga wel met je mee, als je wilt. Gaan we hem op zijn sodemieter geven.' Ze lachte, en Marcus hoorde haar wel, maar hij was eigenlijk al weggedroomd. Hij bedacht hoe leuk het zou zijn een heel uur met Ellie in de trein te zitten, alleen zij tweeën; en toen dacht hij hoe fantastisch het zou zijn Ellie op zijn vader los te laten. Op school was Ellie als een geleid projectiel, en soms was het net of ze zijn persoonlijke geleide projectiel was. Altijd als hij in haar gezelschap was, kon hij haar een doel aanwijzen en dan vernietigde ze dat, en daarom was hij zo gek op haar. Ze had de vriend van Lee Hartley afgetuigd, en ze had ervoor gezorgd dat mensen niet meer zo vaak om hem lachten... En als het op school zo goed uitpakte, waarom dan niet buiten school? Hij kon geen enkele reden verzinnen. Hij zou Ellie op zijn vader richten en zien wat er gebeuren zou.

'Wil je echt met me meegaan, Ellie?'

'Ja, natuurlijk. Als je dat graag wilt. Kunnen we lol hebben.' Marcus wist dat ze ja zou zeggen als hij het haar vroeg. Ellie zou vrijwel overal ja op zeggen, behalve op dansen tijdens een feest. 'Bovendien, je hebt vast geen zin er in je eentje naar toe te gaan, of wel?'

Hij deed altijd dingen in zijn eentje, dus hij had er zelfs nooit bij stilgestaan of er een andere mogelijkheid bestond. Dat was het probleem met Ellie: als hij haar niet meer zou zien, was hij bang dat hij zich er nog steeds van bewust zou zijn dat er andere mogelijkheden bestonden, maar daar zou hij niets aan hebben omdat hij ze niet zou kunnen verwezenlijken, en dan zou zijn hele leven naar de knoppen zijn.

'Niet echt. Gaat Zoe dan ook mee?'

'Nee. Ze zou niet weten wat ze tegen hem moest zeggen, en ik wel. Alleen wij tweeën.'

'Goed dan. Fantastisch.' Marcus wilde er nog niet aan denken wat Ellie te zeggen kon hebben. Daar zou hij zich later wel zorgen over maken.

'Heb jij geld, want ik kan het treinkaartje niet betalen.'

'Daar kan ik wel aankomen.' Hij gaf niet zoveel uit; hij schatte dat hij minstens twintig pond had opgespaard, en zijn moeder zou hem meegeven wat hij voor de reis nodig had.

'Zullen we volgende week dan gaan?' Het was bijna Pasen, en de volgende week hadden ze vakantie, zodat ze een nachtje konden blijven logeren als ze zin hadden. En Marcus zou Ellie thuis moeten bellen om dingen te regelen – het zou net een echt afspraakje zijn.

'Ja. Te gek. Dat wordt hartstikke leuk.'

Marcus vroeg zich even af of zijn idee van hartstikke leuk hetzelfde zou zijn als Ellies idee van hartstikke leuk, maar toen nam hij zich voor zich daar later pas zorgen over te maken.

Fiona wilde met Marcus meegaan tot aan King's Cross, maar hij slaagde erin haar dat uit het hoofd te praten.

'Veel te triest,' zei hij tegen haar.

'Je gaat maar voor één nachtje.'

'Maar ik zal je missen.'

'Je zult me ook missen als we afscheid nemen bij de metro. Dan zul je me zelfs langer moeten missen.'

'Maar het lijkt normaler om bij de metro gedag te zeggen.'

Hij wist dat hij overdreef, en hij wist dat wat hij zei eigenlijk nergens op sloeg, maar hij wilde geen ontmoeting op het station riskeren tussen Ellie en zijn moeder. Ze zou hem niet laten gaan als ze wist dat hij Ellie meenam naar Cambridge om zijn vader in de lucht te laten vliegen.

Ze liepen met zijn tweeën van de flat naar het station van Holloway Road en namen afscheid bij de ingang van de metro.

'Je slaat je er wel doorheen,' zei ze tegen hem.

'Ja.'

'En het is om voor je het weet.'

'Het is maar voor één nachtje,' zei hij. Toen ze bij de metro waren, was hij al vergeten dat hij had gezegd dat hij haar zo zou missen. 'Het is maar voor één nachtje, maar het lijkt een eeuwigheid.' Hij hoopte dat zijn moeder zich dit niet zou herinneren wanneer hij terugkwam. Want zo ja, dan zou ze hem waarschijnlijk zelfs niet meer alleen naar de winkels laten gaan.

'Ik had je niet moeten vragen te gaan. Je hebt de afgelopen tijd een rotperiode gehad.'

'Ik red me wel, echt.'

Omdat hij haar zo vreselijk zou missen, gaf ze hem een enorme knuffel die een eeuwigheid duurde, terwijl iedereen die langsliep keek.

Het was niet druk in de metro. Het was halverwege de middag – zijn vader had de treintijden zo uitgezocht dat Lindsey hem in Cambridge kon afhalen als ze uit haar werk kwam – en er zat maar één andere passagier in zijn coupé, een oude man die de avondkrant zat te lezen. Hij las de achterpagina, zodat Marcus iets van het nieuws op de voorpagina kon zien; het eerste wat hem opviel was de foto. Die kwam hem zo bekend voor dat hij even dacht dat het een foto was van iemand die hij kende, een familielid, en dat ze hem wellicht thuis hadden, in een lijstje op de piano of op het prikbord in de keuken. Maar ze hadden geen huisvriend of familielid met geblondeerd haar en een stoppelbaard die op een soort moderne Jezus leek...

Ineens wist hij wie het was. Hij zag dezelfde foto elke dag van de week op Ellies borst. Hij kreeg het er helemaal warm van; hij hoefde de krant van de oude man niet eens meer te lezen, maar hij deed het toch. 'ROCKSTER COBAIN DOOD,' luidde de kop, en daaronder in kleinere letters 'Nirvana-zanger, 27, schiet zich door het hoofd.' Marcus dacht en voelde een heleboel tegelijk: hij vroeg zich af of Ellie de krant al had gezien, en als ze hem niet had gezien, hoe ze zou reageren als ze het hoorde, en hij vroeg zich af of het wel goed zou gaan met zijn moeder, ook al wist hij dat er geen verband bestond tussen zijn moeder en Kurt Cobain, omdat zijn moeder een echt mens was en Kurt Cobain niet; toen raakte hij in verwarring omdat de krantenkop Kurt Cobain op de een of andere manier tot een echt mens had gemaakt, en toen voelde hij alleen maar verdriet – verdriet om Ellie, verdriet om Kurt Cobains vrouw en dochtertje, verdriet om zijn moeder en verdriet om zichzelf. En toen was hij in King's Cross en moest hij uitstappen.

Hij trof Ellie onder het bord met de vertrektijden, waar ze hadden afgesproken. Ze leek niet anders dan anders. 'Perron 10b,' zei ze. 'Dat is, geloof ik, in een ander deel van het station.'

Iedereen had een avondkrant bij zich, zodat Kurt Cobain overal was. En omdat de foto in de krant dezelfde was als die Ellie op haar sweater had, duurde het een poosje voordat Marcus aan het idee gewend was dat al die mensen iets in hun hand hadden dat hij altijd als een onderdeel van haar had beschouwd. Telkens wanneer hij hem zag, wilde hij haar aanstoten en erop wijzen, maar hij zei niets. Hij wist niet wat hij moest doen.

'Goed. Volg mij,' riep Ellie op een gemaakt bazige toon waar Marcus anders om zou hebben moeten grinniken. Maar vandaag wist hij maar een klein lachje op zijn gezicht te toveren; hij maakte zich te veel zorgen om op zijn normale manier op haar te kunnen reageren, en hij kon alleen maar luisteren naar wat ze zei, niet naar de manier waarop ze het zei. Hij wilde haar niet volgen, want als ze voor hem uit zou lopen, zou ze ongetwijfeld het leger Kurt Cobains zien dat op haar af kwam marcheren.

'Waarom moet ik jou volgen? Waarom volg je mij niet eens voor de verandering?'

'O, Marcus. Wat ben je autoritair,' zei Ellie. 'Daar hou ik van in een man.'

'Waar moeten we zijn?'

Ellie lachte. 'Op 10b. Daar.'

'Okay.' Hij ging pal voor haar staan en begon heel langzaam in de richting van het perron te lopen.

'Wat doe je nou?'

'Ik leid je.'

Ze gaf hem een zetje in zijn rug. 'Doe niet zo achterlijk. Schiet eens op.'

Ineens herinnerde hij zich iets wat hij een keer had gezien in een van de programma's van de Open Universiteit waar zijn moeder voor haar cursus naar moest kijken. Hij had met haar meegekeken omdat het grappig was: je zag een kamer met allemaal mensen, en de helft ervan had een blinddoek voor; de andere helft moest de geblinddoekte helft rondleiden en ervoor zorgen dat ze niet tegen elkaar opbotsten. Het had iets met vertrouwen te maken, had zijn moeder verteld. Als iemand je veilig kon leiden wanneer je je kwetsbaar voelde, leerde je om ze te vertrouwen, en dat was belangrijk. Het leukste deel van het programma was toen een vrouw een oude man regelrecht tegen een deur liet oplopen, zodat hij zijn hoofd stootte, en ze ruzie begonnen te maken.

'Vertrouw je mij, Ellie?'

'Waar heb je het nu weer over?'

'Vertrouw je me, ja of nee?'

'Ja, maar niet verder dan ik je zie.'

'Ha, ha.'

'Natuurlijk vertrouw ik je.'

'Goed, dan. Doe je ogen dicht en houd mijn jack vast.'

'Wat?'

'Doe je ogen dicht en houd mijn jack vast. Je mag niet stiekem kijken.'

Een jonge knul met lang, piekerig geblondeerd haar keek naar Ellie, naar haar sweatshirt en toen naar haar gezicht. Heel even leek het erop dat hij iets tegen haar wilde zeggen. Marcus raakte in paniek; hij ging tussen haar en die knul in staan en pakte haar vast.

'Kom nou mee.'

'Marcus, ben je niet goed bij je hoofd of zo?'

'Ik ga je door al die mensen heen loodsen en ik zorg ervoor dat je in de trein komt, dan zul je me voorgoed vertrouwen.'

'Als ik je voorgoed vertrouw, komt dat niet doordat ik vijf minuten met mijn ogen dicht door King's Cross heb gelopen.'

'Nee, okay, maar het helpt.'

'O, godsamme. Vooruit dan maar.'

'Klaar?'

'Klaar.'

'Ogen dicht en niet stiekem kijken.'

'Marcus!'

Ze gingen op weg. Voor de trein naar Cambridge moest je het hoofdgedeelte van het station verlaten en een ander, kleiner gedeelte binnengaan dat ernaast een beetje weggestopt lag; de meeste mensen liepen hun kant uit om na hun werk de trein naar huis te nemen, maar er kwamen hen genoeg mensen tegemoet met een krant in de hand om het spelletje lonend te maken.

'Gaat het goed?' vroeg hij over zijn schouder.

'Ja. Zeg je het als we naar boven moeten of zoiets?'

'Tuurlijk.'

Marcus kreeg bijna lol in het hele gedoe. Ze liepen door een smalle passage, waar je je moest concentreren omdat je niet zomaar patsboem kon blijven stilstaan of opzij kon stappen, en je moest blijven beseffen dat je omvang zowat twee keer zo groot was, en daarom moest je goed inschatten in welke ruimtes je paste. Zo moest het zijn wanneer je een bus ging besturen als je aan een Fiat Uno gewend was of iets dergelijks. Het leukste ervan vond hij dat hij echt voor Ellie moest zorgen, en hij hield van het gevoel dat het opriep. Hij had nog nooit van zijn leven voor iets of iemand gezorgd – hij had nooit een huisdier gehad, want hij had niet zoveel met dieren, ook al hadden zijn moeder en hij afgesproken ze niet op te eten (waarom had hij niet gewoon gezegd dat hij niet zoveel met dieren had, in plaats van een discussie over de bioindustrie en zo te beginnen?) – en omdat hij meer van Ellie hield dan hij ooit van een goudvis of een hamster had kunnen houden, voelde het echt.

'Zijn we er bijna?'

'Ja.'

'Het licht is anders.'

'We zijn het grote station uit en nu gaan we het kleine in. De trein staat al voor ons klaar.'

'Ik weet waarom je dit doet, Marcus,' zei ze ineens met een zacht stemmetje dat helemaal niet als die van haar klonk. Hij bleef staan, maar ze liet hem niet los. 'Je denkt dat ik de krant niet heb gezien, maar dat heb ik wel.'

Hij draaide zich om en wilde haar aankijken, maar ze hield haar ogen dicht.

'Gaat het wel met je?'

'Ja hoor. Nou ja, niet echt.' Ze rommelde wat in haar tas en haalde er een fles wodka uit. 'Ik ga me bezatten.'

Ineens zag Marcus dat er een probleem kleefde aan zijn plan met het geleide projectiel: het probleem was dat Ellie eigenlijk geen geleid projectiel was. Je kon haar niet leiden. Dat maakte op school niet zoveel uit, omdat er op school allemaal muren en regels waren en ze daar tegen kon terugkaatsen, maar in de buitenwereld, waar je geen muren en regels had, was ze eng. Ze kon zo voor zijn neus ontploffen.

Tweeëndertig

Er was helemaal niets mis met het idee; het was niet eens bijzonder riskant. Integendeel, het was een alledaagse gelegenheidsafspraak, zoals mensen die aan een stuk door overal maken. Als mensen zich ooit zouden realiseren wat de mogelijke consequenties konden zijn, overdacht Will later, al die tranen en complicaties en de paniek die je kon krijgen wanneer zo'n afspraak ook maar een beetje verkeerd liep, zouden ze nooit meer samen met iemand iets gaan drinken.

Het plan was dat Rachel, Will en Fiona elkaar zouden ontmoeten in een café in Islington terwijl Marcus bij zijn vader in Cambridge was. Ze zouden iets drinken en kletsen, dan zou Will verdwijnen, en zouden Rachel en Fiona iets drinken en kletsen, en daardoor zou Fiona opvrolijken, zich beter gaan voelen en zijn genezen van het idee zich van kant te maken. Wat kon er in vredesnaam misgaan?

Will arriveerde als eerste in het café, haalde iets te drinken, ging zitten en stak een sigaret op. Fiona kwam kort daarna; ze was onrustig en een beetje manisch. Ze vroeg een grote gin met ijs, puur, en dronk er nerveus en snel van. Will begon zich een beetje onbehaaglijk te voelen.

'Heb je al iets van je jongen gehoord?'

'Welke jongen?'

'Van Marcus.'

'O, die!' Ze lachte. 'Ik was hem al helemaal vergeten. Nee. Als ik er niet ben, laat hij wel een boodschap achter, denk ik zo. En wie is je vriendin?'

Will keek rond, al was het maar om zich ervan te overtuigen dat de stoel naast hem nog net zo leeg was als hij zich herinnerde, en keek toen weer naar Fiona. Misschien verbeeldde ze zich mensen, misschien werd ze daarom zo depressief en huilde ze zoveel. Misschien waren de mensen die ze zich verbeeldde afschuwelijk, of even depressief als zij was.

'Welke vriendin?'

'Rachel?'

'Wie mijn vriendin Rachel is?' Nu begreep hij de vraag niet. Als ze wist dat zijn vriendin Rachel Rachel was, wat was dan precies de informatie die ze wilde hebben?

'Wat is het voor iemand? Waar komt ze vandaan? Wat is haar rol in het geheel? Waarom wil je dat ik haar ontmoet?'

'O, nou begrijp ik het. Ach, zomaar, je weet wel.'

'Nee.'

'Ik dacht alleen maar dat je haar interessant zou vinden.'

'Gaat dit voortaan elke keer gebeuren als je iemand leert kennen? Moet ik dan iets met ze gaan drinken, ook al ken ik jou eigenlijk niet, laat staan hen?'

'O, nee. In elk geval niet telkens. Ik maak wel een voorselectie.'

'Dank je.'

En nog steeds geen Rachel. Ze was nu een kwartier te laat. Na een zonderling en zinloos gesprek over de overhemden van John Major (Fiona's keuze van gespreksonderwerp, niet het zijne), en een aantal langdurige stiltes, was Rachel een halfuur te laat.

'Bestaat ze wel?'

'O ja, ze bestaat echt.'

'Mooi.'

'Ik ga haar even bellen.' Hij ging naar de telefoon, kreeg haar antwoordapparaat, wachtte op menselijke tussenkomst, die uitbleef, en ging naar zijn tafeltje terug zonder dat hij een boodschap had achtergelaten. Het enige excuus dat hij zou accepteren, besloot hij, moest te maken hebben met Ali en een grote truck met oplegger... Tenzij ze nooit van plan was geweest om te komen. Ineens drong met vreselijke helderheid tot hem door dat ze hem in de zeik had genomen, dat dit was wat Rachel bedoelde toen ze zei dat hij het wel zou leren als ze hem liet zien hoe het moest. Hij wilde de pest aan haar hebben, maar dat lukte niet; in plaats daarvan voelde hij stijgende paniek.

Weer een stilte, en toen begon Fiona te huilen. Haar ogen vulden zich met tranen die langs haar gezicht en op haar trui drupten, maar ze bleef gewoon rustig zitten, als een kind dat niet in de gaten heeft dat het een druipneus heeft. Even dacht Will dat hij het misschien gewoon kon negeren en dat het wel zou overgaan, maar diep in zijn hart wist hij dat haar negeren domweg geen optie was, niet als hij ook maar een knip voor de neus waard was.

'Wat is er?' Hij probeerde het te zeggen alsof hij wist dat het een belangrijke vraag was, maar het kwam er helemaal verkeerd uit; de ernst klonk hem in elk geval als irritatie in de oren, alsof het woordje 'toch' ontbrak aan het eind.

'Niets.'

'Dat meen je toch niet?' Het zou nog altijd niet te laat zijn. Als Rachel nu meteen ademloos en zich verontschuldigend binnenkwam, kon hij opstaan, ze aan elkaar voorstellen, tegen Rachel zeggen dat Fiona net wilde uitleggen wat de kern van haar ellende was, en er vervolgens tussenuit knijpen. Hij wierp een hoopvolle blik op de deur die, als bij toverslag, opening: er kwamen twee mannen in het uitshirt van Manchester United binnen.

'Jawel. Er is niets aan de hand. Helemaal niets. Ik ben gewoon zo.'

'Existentiële wanhoop, zeker?'

'Ja, precies.'

Weer had hij de toon niet te pakken. Hij had de uitdrukking gebruikt om te laten zien dat hij hem kende (hij was benieuwd of Fiona dacht dat hij dom was), maar realiseerde zich al snel dat als je hem kende, dit precies de omstandigheden waren waarin je er met een enorme boog omheen moest gaan; het klonk ongepast, gemaakt en oppervlakkig. Hij was niet in de wieg gelegd voor gesprekken over existentiële wanhoop. Dat was gewoon niets voor hem. En was dat nou zo erg? Daar hoefde je je toch niet voor te schamen? Een leren broek was ook niets voor hem. (Hij had er eens een keer eentje aangepast, gewoon voor de lol, in een winkel die Leather Time heette, in Covent Garden, en hij had eruitgezien als een... Laat maar.) De kleur groen was ook niets voor hem. Antieke meubels waren ook niets voor hem. En depressieve, linkse, hippieachtige vrouwen waren ook niets voor hem. Nou en? Daarom was hij nog geen slecht mens.

'Ik weet niet of het veel zin heeft hier met jou over te praten,' zei ze.

'Nee,' zei hij, opgewekter dan passend was. 'Ik begrijp wat je bedoelt. Zullen we het er dan maar bij laten en opstappen? Ik geloof niet dat Rachel nog komt.'

Fiona lachte mismoedig en schudde haar hoofd. 'Je zou kunnen proberen me van mijn ongelijk te overtuigen.'

'Denk je?'

'Ik denk dat ik met iemand moet praten, en er is niemand anders dan jij.'

'Er is niemand anders hier die je kent. Maar je zou niets aan me hebben. Als je die schijf citroen door het café gooit, tref je nog iemand die beter is dan ik. Zolang je maar niet mikt op die vent die daar in zijn eentje staat te zingen.'

Ze lachte. Misschien had zijn grapje over de citroen het gewenste resultaat gehad. Misschien zou ze later op die paar seconden terugkijken als het keerpunt in haar leven. Maar toen schudde ze haar hoofd en zei: 'Hè, verdomme.' Ze begon weer te huilen, en hij begreep wel dat hij de uitwerking van zijn quasi-nonchalante grapje had overschat.

'Heb je zin om ergens iets te gaan eten?' vroeg hij weinig enthousiast. In dat geval had hij nog wel een poosje voor de boeg.

Ze gingen naar de Pizza Express in Upper Street. Hij was er niet meer geweest sinds de laatste keer dat hij had geluncht met Jessica, de ex-vriendin die per se wilde dat hij door ouderschap even ongelukkig, ondermijnd door slaapgebrek, wereldvreemd en overbelast zou worden als zij. Dat was een hele tijd geleden, voor CHAOS en Marcus en Suzie en Fiona en Rachel en dat allemaal. Toen was hij een idioot geweest, maar hij was in elk geval een idioot met een opvatting geweest, met een soort geloofssysteem; inmiddels was hij honderden jaren ouder, een of twee IQ-punten wijzer, en volkomen uit het lood. Hij zou liever weer een idioot zijn. Hij had zijn hele leven zo ingericht dat niemands probleem zijn probleem was, en nu was ieders probleem zijn probleem en voor niet één ervan had hij een oplossing. En in welke zin was hij, of iemand met wie hij omging, er nu precies beter van geworden?

Zwijgend bekeken ze de menukaart.

'Ik heb eigenlijk geen trek,' zei Fiona.

'Eet alsjeblieft wat,' zei Will, te snel en te wanhopig; Fiona glimlachte.

'Denk je dat een pizza zal helpen?' vroeg ze.

'Ja. Als je een veneziana neemt. Wat dan help je voorkomen dat Venetië wegzinkt in de zee, en dan voel je je beter.'

'Goed dan. Als ik er extra champignons op mag.'

'Zo mag ik het horen.'

De serveerster kwam hun bestelling opnemen; Will bestelde een bier, een fles rode huiswijn, en een quattro stagioni met alle extra's erop die hij kon bedenken, inclusief pijnboompitten. Met een beetje geluk kon hij een hartaanval opwekken, of ontdekken dat hij plotseling een fatale allergie voor iets had ontwikkeld.

'Het spijt me,' zei Fiona.

'Wat spijt je?'

'Dat ik in deze toestand ben. En in deze toestand ben met jou.'

'Ik ben het gewend dat vrouwen zo tegen me doen. Zo breng ik mijn meeste avonden door.' Fiona glimlachte beleefd, maar Will werd ineens kotsmisselijk van zichzelf. Hij wilde een opening vinden voor het gesprek dat ze zouden moeten hebben, maar die scheen er niet te zijn, en er zou er ook nooit een komen zolang hij zat opgezadeld met zijn hersens, zijn woordenschat en zijn persoonlijkheid. Hij had steeds weer het gevoel dat hij op het punt stond iets fatsoenlijks en serieus en nuttigs te zeggen, maar uiteindelijk dacht hij dan: ach, krijg de kolere, zeg maar iets stoms.

'Ik ben degene die zich hoort te verontschuldigen,' zei hij. 'Ik wil je best helpen, maar ik weet dat ik dat niet kan. Ik heb niet op alles een antwoord.'

'Is dat wat mannen denken?'

'Wat?'

'Dat het allemaal de moeite niet waard is, tenzij je antwoorden hebt, tenzij je kunt zeggen: "O, ik ken een man in Essex Road die dat voor je kan oplossen."'

Will ging verzitten en zei niets. Dat was precies wat hij dacht; hij had bij wijze van spreken de halve avond geprobeerd op de naam te komen van die man in Essex Road.

'Dat is niet wat ik wil. Ik weet dat je niets kunt doen. Ik ben depressief. Dat is een ziekte. En die is zomaar begonnen. Nou, dat is niet waar, er zijn wel dingen gebeurd die ertoe hebben bijgedragen, maar...'

En daar gingen ze. Het was makkelijker dan hij zich ooit had kunnen voorstellen: hij hoefde alleen maar te luisteren, te knikken en relevante vragen te stellen. Dat had hij wel vaker gedaan, tientallen keren, met Angie en Suzie en Rachel, maar dat had een reden gehad. Nu had hij geen bijbedoelingen. Hij wilde niet met Fiona naar bed, maar hij wilde wel dat ze zich beter zou voelen, en hij had niet beseft dat als hij wilde dat ze zich beter ging voelen, hij zich precies hetzelfde moest gedragen als wanneer hij wel met haar naar bed wilde. Hij wilde er niet over nadenken wat dat betekende.

Hij hoorde heel wat over Fiona. Hij hoorde dat ze eigenlijk geen moeder had willen worden, en dat ze Marcus soms haatte met een bezetenheid die haar zorgen baarde; hij hoorde dat ze zich zorgen maakte over haar onvermogen een relatie in stand te houden (Will moest zich inhouden om haar niet in de rede te vallen en te zeggen dat het onvermogen een relatie in stand te houden op een ondergewaardeerd soort morele moed wees, dat alleen mensen die cool waren er een potje van maakten); hij hoorde dat ze zich te pletter was geschrokken op haar laatste verjaardag, omdat ze nergens was geweest, niets had gedaan, al de gebruikelijke nonsens. Geen van die dingen op zich was iets vreselijks, maar de som van haar depressie was veel groter dan de delen ervan, en nu zat ze opgezadeld met iets wat haar uitputte en alles door een groenbruine floers liet zien. En hij hoorde dat wanneer iemand zou vragen waar dat iets huisde (Will kon zich moeilijk een onwaarschijnlijker vraag voorstellen, maar dat was nu net een van de vele verschillen tussen hen), ze zou zeggen dat het in haar keel zat, omdat het verhinderde dat ze at en haar – als ze al niet aan het huilen was – het gevoel gaf dat ze voortdurend op het punt stond in tranen uit te barsten.

En dat was het ongeveer wel. Wat Will het meest had gevreesd – afgezien van het feit dat Fiona hem naar de zin zou vragen (een onderwerp dat in de verste verte niet aan de orde was gekomen, vermoedelijk omdat van zijn gezicht, en ook van zijn leven af-straalde dat hij geen flauw benul had) – was dat er een oorzaak ten grondslag zou liggen aan al deze ellende, een duister geheim, of een afschuwelijk gebrek aan iets, en dat hij de enige ter wereld was die daar iets aan kon doen, wat hij niet wilde, maar toch zou moeten. Maar zo was het helemaal niet; er was niets – als het leven, met zijn bijbehorende teleurstellingen, compromissen en bittere kleine nederlagen, voor niets telde. En dat was waarschijnlijk niet het ge-val.

Ze namen een taxi naar het huis van Fiona. De taxichauffeur luisterde naar GLR, en de diskjockey had het over Kurt Cobain; het duurde een poosje voordat Will iets begreep van de merkwaardig ingetogen manier van spreken van de dj.

'Wat is er met hem gebeurd?' vroeg Will aan de taxichauffeur.

'Met wie?'

'Met Kurt Cobain?'

'Is dat die gozer van Nirvana? Heeft zich door zijn kop gescho-ten. Pang.'

'Dood?'

'Nee, alleen hoofdpijn. Ja, natuurlijk is hij dood.'

Will keek er niet vreselijk van op, en hij was te oud om geschokt te zijn. Hij had zich niet meer geschokt gevoeld over de dood van een popster sinds Marvin Gaye. Toen was hij... hoe oud geweest? Hij dacht terug. De eerste april 1984... Jezus, tien jaar geleden, bij-na op de dag af. Dan was hij dus zesentwintig geweest, nog op een leeftijd dat zulke dingen iets betekenden: toen hij zesentwintig was had hij ongetwijfeld met gesloten ogen songs van Marvin Gaye ge-zongen. Nu wist hij dat de zelfmoord van een popster koren op ie-ders molen was, en dat wat hem betrof de enige consequentie van Kurt Cobains dood was dat *Nevermind* een stuk cooler zou klin-ken. Maar Ellie en Marcus waren niet oud genoeg om dat te be-grijpen. Zij zouden denken dat het allemaal iets betekende, en dat baarde hem zorgen.

'Is dat niet de zanger die Marcus leuk vond?' vroeg Fiona.

'Ja.'

'O, jee.'

Ineens sloeg Will de schrik om het hart. Hij had nooit in zijn leven enige intuïtie, empathie of verbondenheid gevoeld, maar nu wel. Het was typerend, dacht hij, dat het Marcus was die het bij hem opriep in plaats van Rachel of iemand die op Uma Thurman leek. 'Zonder flauwekul: mag ik met je meelopen om Marcus' boodschap op je antwoordapparaat te horen? Ik wil alleen maar weten of het goed met hem gaat.'

Maar het ging niet goed met hem. Hij belde van een politiebureau in een plaatsje dat Royston heette, en hij klonk bedeesd en bang en eenzaam.

Drieëndertig

Aanvankelijk praatten ze niet in de trein; af en toe snikte Ellie zachtjes, of dreigde ze aan de noodrem te trekken, of dreigde mensen iets aan te doen die naar haar keken als ze vloekte of een slok uit haar fles wodka nam. Marcus was bekaf. Het was hem inmiddels volkomen duidelijk dat hij Ellie niet als vriendinnetje wilde, ook al vond hij haar geweldig, ook al was hij op school altijd blij haar te zien, en ook al was ze geestig, aantrekkelijk en intelligent. Ze was gewoon niet het juiste type voor hem. Hij had iemand nodig die rustiger was, iemand die van lezen en computerspelletjes hield, en Ellie had iemand nodig die graag wodka dronk, vloekte waar andere mensen bij waren en dreigde de trein te laten stoppen.

Zijn moeder had hem eens uitgelegd (misschien wel toen ze met Roger omging, die helemaal niet op haar leek) dat mensen soms een tegenpool nodig hadden, en Marcus begreep nu hoe dat werkte: als je erover nadacht, had Ellie op dit moment eerder iemand nodig die haar ervan zou weerhouden aan de noodrem te trekken dan iemand die het leuk vond aan de noodrem te trekken, want als ze met iemand was geweest die het leuk vond aan de noodrem te trekken, zouden ze het inmiddels al gedaan hebben en op weg naar de gevangenis zijn. Het vervelende van zijn theorie was echter dat het eigenlijk helemaal niet zo leuk was om Ellies tegenpool te zijn. Soms was het wel leuk geweest – op school, waar het Ellie-achtige van Ellie binnen de perken kon worden gehouden. Maar in de buitenwereld was het helemaal niet leuk. Het was eng en gênant.

'Waarom is het zo belangrijk?' vroeg hij zacht. 'Ik weet dat je van zijn platen hield en zo, en ik weet dat het triest is voor Frances Bean, maar...'

'Ik hield van hem.'

'Je kende hem niet eens.'

'Natuurlijk kende ik hem wel. Ik luisterde elke dag naar zijn muziek. Ik had hem elke dag aan. Hij ís de dingen waarover hij zingt. Ik ken hem beter dan ik jou ken. Hij begreep me.'

'Begréép hij je? Hoe dan? Hoe kan iemand die je nooit hebt ontmoet je begrijpen?'

'Hij wist wat ik voelde, en daar zong hij over.'

Marcus probeerde zich wat woorden te herinneren van de songs op de plaat van Nirvana die hij van Will voor Kerstmis had gekregen. Hij had er altijd alleen maar kleine stukjes van kunnen verstaan: 'Ik voel me stom en besmettelijk.' 'Een mug.' 'Ik heb geen pistool.' Dat zei hem allemaal niets.

'Maar hoe voelde je je dan?'

'Kwaad.'

'Waarover?'

'Niets. Gewoon... het leven.'

'Wat is er dan met het leven?'

'Het is klote.'

Marcus dacht erover na. Hij dacht erover na of het leven klote was, en met name of Ellies leven klote was, en toen besefte hij dat Ellie voortdurend wílde dat het leven klote was, en het leven dan klote maakte door zich in de nesten te werken. School was klote omdat ze elke dag haar sweater aantrok, wat niet mocht, en omdat ze tekeerging tegen leraren en conflicten uitlokte, wat mensen tegen de haren instreek. Maar hoe zou het zijn als ze haar sweater niet meer aantrok en niet meer zo tekeerging tegen mensen? Hoe klote zou het leven dan zijn? Het zou wel meevallen, dacht hij. Voor hem was het leven echt klote, met dat gedoe met zijn moeder en de andere kinderen op school en zo, en hij zou er alles voor overhebben om Ellie te zijn, maar Ellie leek vastbesloten zoals hij te worden, en waarom zou iemand dat nou willen?

Om de een of andere reden deed het hem denken aan Will en zijn foto's van dode drugsgebruikers; misschien was Ellie net als Will. Als een van die twee echte problemen in hun leven zouden hebben, zouden ze die niet willen of hoeven verzinnen, of er foto's van aan de wand hangen.

'Meen je dat echt, Ellie? Vind je echt dat het leven klote is?'

'Natuurlijk.'

'Waarom?'

'Omdat... omdat de wereld seksistisch en racistisch is en een en al onrechtvaardigheid.'

Marcus wist dat het waar was – dat hadden zijn vader en moeder hem vaak genoeg verteld – maar hij was er niet van overtuigd dat Ellie daarom zo kwaad was.

'En vond Kurt Cobain dat ook?'

'Ik weet het niet. Ik denk het wel.'

'Je weet dus niet zeker dat hij er net zo over dacht als jij.'

'Hij klonk alsof het wel zo was.'

'Wil jij je een kogel door je hoofd schieten?'

'Tuurlijk. Soms tenminste wel.'

Marcus keek haar aan. 'Dat is niet waar, Ellie.'

'Hoe kun jij dat nou weten?'

'Omdat ik weet hoe mijn moeder zich voelt. En zo voel jij je niet. Je denkt graag van wel, maar het is niet zo. Je hebt het veel te leuk.'

'Ik heb het klote.'

'Nee, ík heb het klote. Behalve de tijd die ik met jou doorbreng. En mijn moeder heeft het klote. Maar jij... Ik geloof er niets van.'

'Daar weet jij toch helemaal niets van.'

'Sommige dingen weet ik wel. Dat weet ik. Ik weet zeker, Ellie, dat jij je helemaal niet voelt zoals mijn moeder of Kurt Cobain. Je moet niet zeggen dat je zin hebt je van kant te maken als dat niet zo is. Dat klopt niet.'

Ellie schudde haar hoofd en liet haar lage, niemand-begrijpt-me-lachje horen, een geluid dat Marcus niet meer had gehoord sinds ze elkaar hadden ontmoet voor de kamer van Mrs. Morrison. Ze had gelijk: toen had hij haar niet begrepen; nu begreep hij haar veel beter.

Zonder iets te zeggen passeerden ze een paar stations. Marcus keek uit het raam en probeerde te bedenken hoe hij Ellie aan zijn vader moest uitleggen. Hij had nauwelijks in de gaten dat de trein op het station van Royston stopte, en hij was er nog niet helemaal met zijn hoofd bij toen Ellie ineens opstond en uit de trein sprong.

Hij aarzelde even en sprong haar toen met een vreselijk wee gevoel in zijn maag achterna.

'Wat ga jij nou doen?'

'Ik heb geen zin om naar Cambridge te gaan. Ik ken je vader niet eens.'

'Daarnet kende je hem ook niet, en toen wilde je wel.'

'Dat was daarnet. Nu is alles anders.'

Hij liep achter haar aan; hij was niet van plan haar uit het oog te verliezen. Ze liepen het station uit, sloegen een zijstraat in en kwamen op de High Street uit. Ze liepen langs een drogist en een groenteman en een Tesco, en toen kwamen ze bij een platenzaak waar ze een grote kartonnen Kurt Cobain in de etalage hadden staan.

'Moet je zien,' zei Ellie. 'Klootzakken. Ze proberen er nu al een slaatje uit te slaan.'

Ze trok een laars uit en smeet hem zo hard ze kon tegen de ruit. Die barstte meteen de eerste keer al, en Marcus betrapte zich erop dat hij dacht dat de etalageruiten in Royston heel wat zwakker waren dan etalageruiten in Londen voor hij zich goed en wel realiseerde wat er gebeurd was.

'Jezus, Ellie!'

Ze pakte de laars op en gebruikte hem als een hamer; ze hakte zorgvuldig een gat in de ruit dat groot genoeg was om zich er doorheen te kunnen buigen zonder zich te bezeren en bevrijdde Kurt Cobain uit zijn platenzaakgevangenis.

'Zo. Hij is eruit.' Ze ging op de stoeprand voor de winkel zitten en hield Kurt tegen zich aan als de pop van een buikspreker, en zat raar voor zich uit te lachen, terwijl Marcus in paniek raakte. Hij schoot over straat en was van plan helemaal naar Londen terug of naar Cambridge te rennen, afhankelijk van welke kant hij toevallig uit ging. Maar na een paar meter begonnen zijn benen helemaal te trillen, en daarom bleef hij staan, haalde een paar keer diep adem, liep terug en ging naast haar zitten.

'Waarom deed je dat nou?'

'Ik weet het niet. Ik vond het gewoon niet kloppen dat hij daar in zijn eentje was.'

'O, Ellie.' Weer bleef Marcus met het gevoel zitten dat Ellie niet had hoeven doen wat ze zojuist had gedaan, en dat ze zelf het probleem had gecreëerd waar ze nu mee zat. Hij had er genoeg van. Het was niet echt, en er was al genoeg echte ellende in de wereld zonder dat je zelf dingen verzon.

De straat had er stil bij gelegen toen Ellie de ruit had stuk gegooid, maar het geluid van brekend glas had Royston opgeschrokken, en een paar mensen die hun winkel aan het sluiten waren, kwamen aanrennen om te zien wat er aan de hand was.

'Ja, jullie tweeën. Blijf waar je bent,' zei een knaap met lang haar en een zongebruinde huid. Marcus vermoedde dat het een kapper was, of iemand die in een boetiek werkte. Zoiets had hij een tijdje terug niet kunnen bedenken, maar als je lang genoeg met Will omging, stak je het een en ander op.

'Wij gaan nergens naar toe, hè, Marcus?' zei Ellie zoetsappig.

Toen ze in de politieauto zaten, dacht Marcus aan de dag dat hij de school was uitgelopen, en aan de toekomst die hij zich die middag had voorspeld. In zekere zin had hij gelijk gehad. Zijn hele leven was veranderd, net als hij had gedacht, en hij was er nu vrij zeker van dat hij een zwerver of een drugsverslaafde zou worden. Een misdadiger was hij al! En het was allemaal zijn moeders schuld! Als zijn moeder bij Mrs. Morrison niet haar beklag had gedaan over de schoenen, zou hij nooit kwaad zijn geworden op Mrs. Morrison omdat ze had geopperd dat hij de kinderen die hem pestten moest ontlopen. En dan zou hij de deur niet zijn uitgelopen, en... En dan zou hij Ellie die ochtend niet hebben ontmoet. Ellie had ook het een en ander op haar geweten. Ellie was immers degene die net een laars naar een etalageruit had gegooid. De kwestie was dat je begon om te gaan met mensen zoals Ellie als je eenmaal een spijbelaar was geworden, en in moeilijkheden kwam, gearresteerd werd en naar het politiebureau van Royston werd gebracht. Daar kon hij nu niets meer aan doen.

De politieagenten waren eigenlijk best aardig. Ellie had uitgelegd dat ze geen vandaal was en geen drugs gebruikte; ze protesteerde alleen tegen de commerciële uitbuiting van de dood van Kurt Cobain, wat haar recht was als burger. De politieagenten hadden dat geestig gevonden, wat Marcus als een goed teken opvatte, hoewel Ellie er verschrikkelijk kwaad om werd; toen ze zei dat ze paternalistisch waren, keken ze elkaar aan en werd er nog meer gelachen.

Op het politiebureau gekomen werden ze naar een klein kamertje gebracht, en toen kwam er een politieagente binnen die met hen begon te praten. Ze vroeg hoe oud ze waren, waar ze woonden en wat ze in Royston deden. Marcus probeerde uitleg te geven over zijn vader en de vensterbank en het goed nadenken en Kurt Cobain en de wodka, maar hij begreep wel dat het allemaal nogal verward was en dat de agente niet begreep wat zijn vaders ongeval te maken had met Ellie en de etalageruit, en daarom gaf hij het op.

'Hij heeft niets gedaan,' zei Ellie ineens. Ze zei het trouwens niet vriendelijk; ze zei het alsof hij iets had moeten doen maar had nagelaten. 'Ik ben uit de trein gestapt, en hij is me achternagelopen. Ik heb de ruit kapotgegooid. Laat hem maar gaan.'

'Waarnaar toe?' vroeg de agente haar. Dat was een uitstekende vraag, dacht Marcus, en hij was blij dat ze hem had gesteld. Hij wilde niet bepaald graag in Royston worden vrijgelaten. 'We zullen een van zijn ouders moeten bellen. We zullen de jouwe ook moeten bellen.'

Ellie keek haar uitdagend aan, en de agente keek uitdagend terug. Verder viel er niet veel te zeggen. De misdaad en de identiteit van de misdadiger waren bekend; de voorgenoemde misdadiger was gearresteerd en bevond zich op het politiebureau, en daarom bleven ze zwijgend zitten wachten.

Zijn vader en Lindsey waren de eersten die kwamen opdagen. Lindsey had moeten rijden, vanwege het gebroken sleutelbeen, en ze had een hekel aan autorijden, zodat ze allebei nogal van streek waren: Lindsey was moe en gespannen, en zijn vader had pijn en was chagrijnig. Hij zag er niet uit als een man die eens goed had nagedacht en hij zag er zeker niet uit als een man die tot voor zeer kort dolgraag zijn enige zoon had willen zien.

De politieagente liet hen alleen. Clive zat onderuitgezakt op een bank die langs een hele wand van de kamer liep, en Lindsey ging naast hem zitten en keek bezorgd naar hem.

'Hier zat ik nou net op te wachten. Je wordt bedankt, Marcus.'

Marcus keek zijn vader ongelukkig aan.

'Hij heeft niets gedaan,' zei Ellie ongeduldig. 'Hij probeerde me te helpen.'

'En wie ben jij dan wel precies?'

'Wie precies?' Ellie nam zijn vader in de zeik, wat Marcus niet zo'n ontzettend goed idee vond, maar hij was het zat om met Ellie in de clinch te gaan. 'Wie precíes? Ik ben Eleanor Toyah Gray, vijftien jaar en zeven maanden oud, ik woon in…'

'En waarom haal jij rottigheid uit met Marcus?'

'Ik haal geen rottigheid met hem uit. Hij is mijn vriend.' Daar keek Marcus van op. Sinds ze de trein hadden genomen had hij niet het gevoel gehad dat Ellie zijn vriendin was. 'Hij heeft me gevraagd of ik met hem wilde meegaan naar Cambridge omdat hij niet zat te wachten op een openhartig gesprek met een vader die hem naar zijn gevoel niet begrijpt en die hem in de steek heeft gelaten toen hij hem het hardst nodig had. Lekker stelletje hoor, mannen. Je hebt een moeder die zich van kant wil maken, maar dat interesseert ze niet. Maar als ze verdomme van een vensterbank vallen, moet je plotseling komen opdraven voor een gesprek over de zin van het leven.'

Marcus zonk voorover op de tafel en steunde met zijn hoofd in zijn handen. Hij voelde zich ineens heel, heel erg moe; hij was al deze mensen beu. Het leven was al moeilijk genoeg zonder dat Ellie haar mond voorbijpraatte.

'Wie zijn moeder wil zich van kant maken?' vroeg Clive.

'Die van Ellie,' zei Marcus vastberaden.

Clive nam Ellie belangstellend op.

'Dat spijt me voor je,' zei hij, zonder dat hij spijtig of zelfs maar geïnteresseerd klonk.

'Het geeft niet,' zei Ellie. Ze nam de hint ter harte en zei een poos niets meer.

'Ik neem aan dat je mij hiervan de schuld geeft,' zei zijn vader. 'Je denkt waarschijnlijk dat je niet zou zijn ontspoord als ik bij je moeder was gebleven. En je hebt vermoedelijk gelijk.' Hij slaakte een zucht; Lindsey pakte zijn hand en streelde die vol medeleven.

Marcus schoot overeind. 'Waar heb je het over?'

'Het is mijn schuld dat je in moeilijkheden zit.'

'Ik ben alleen maar uit de trein gestapt,' zei Marcus. Zijn vermoeidheid was verdwenen. In plaats daarvan rees er een soort woede in hem op zoals hij niet vaak voelde, een woede die hem de kracht gaf met iedereen in discussie te gaan, ongeacht hun leeftijd. Hij wou dat je het spul in flessen kon kopen, zodat hij het op school in zijn kastje kon bewaren en er in de loop van de dag af en toe een slok van kon nemen. 'Wat heeft uit de trein stappen nu met ontsporen te maken? Ellie is ontspoord. Zij is niet goed bij haar hoofd. Ze heeft net met haar laars een ruit kapotgegooid omdat er een foto van een popster in stond. Maar ik heb niets gedaan. En het kan me niet schelen dat je bij ons bent weggegaan. Daar zit ik niet mee. Ik zou ook uit de trein zijn gestapt als mamma en jij nog bij elkaar waren, omdat ik een oogje op mijn vriendin probeerde te houden.' Dat klopte natuurlijk niet helemaal, want als zijn vader en moeder nog bij elkaar waren geweest, zou hij sowieso niet in de trein naar Cambridge hebben gezeten, tenzij hij om een andere reden, die hij nu niet kon bedenken, met Ellie naar Cambridge zou zijn gegaan. 'Ik vind dat je een waardeloze vader bent, en daar heeft een kind niet veel aan, maar je zou een waardeloze vader zijn geweest waar je ook woonde, en daarom zie ik niet in wat het voor verschil maakt.'

Ellie lachte. 'Goed zo, Marcus! Wat een betoog!'

'Dank je. Ik had er ook echt lol in.'

'Arm kind,' zei Lindsey.

'En jij moet je mond houden,' zei Marcus. Ellie moest nog harder lachen. Het was pure woede die eruit kwam – die arme Lindsey had nooit iets verkeerds gedaan, niet specifiek – maar toch gaf het hem een lekker gevoel.

'Kunnen we nu gaan?' vroeg Ellie.

'We moeten op je moeder wachten,' zei Clive. 'Ze is onderweg met Fiona. Will rijdt ze hiernaar toe.'

'O, nee,' zei Marcus.

'Godverdomme,' zei Ellie, en Marcus kreunde. Ze zaten elkaar alle vier aan te staren en wachtten op het volgende bedrijf van wat op een toneelstuk zonder einde begon te lijken.

Vierendertig

Het leven was toch als lucht. Voor Will was er geen twijfel meer mogelijk. Je scheen het absoluut niet buiten te kunnen sluiten of op een afstand te kunnen houden, en op het moment kon hij niet anders dan leven en ademhalen. Hoe mensen het in hun longen konden zuigen zonder erin te stikken was hem een raadsel: het zat vol kleine vaste deeltjes. Dit was lucht die je bijna kon kauwen.

Vanuit Fiona's huis belde hij Rachel, terwijl Fiona naar het toilet was, en dit keer nam ze de telefoon op.

'Je bent zeker nooit van plan geweest om te komen?'

'Nou...'

'Of wel?'

'Nee. Ik dacht... Ik dacht dat het je goed zou kunnen doen. Heb ik iets vreselijks gedaan?'

'Ik geloof het niet. Ik geloof dat het me wel goed gedaan heeft.'

'Kijk eens aan.'

'Maar gewoonlijk...'

'Gewoonlijk kom ik opdagen als ik dat heb beloofd.'

'Fijn.'

Hij vertelde Rachel over Marcus en Ellie en beloofde haar op de hoogte te houden. Hij had de hoorn amper neergelegd of Ellies moeder Katrina belde en sprak met Fiona, en toen overlegde Fiona met Clive, en vervolgens belde ze Katrina terug om aan te bieden dat ze met hen kon meerijden naar Royston; daarna ging Will naar huis om zijn auto te halen en gingen ze op zoek naar Ellies huis.

Terwijl Fiona Ellies moeder haalde, zat Will in de auto naar Nirvana te luisteren en dacht terug aan de Dag van de Dode Eend. Er was iets in het nu dat hem aan toen deed denken; er hing dezelfde onvoorspelbaarheid en concentratie en chaos in de lucht. Het voornaamste verschil was dat vandaag niet zo... nou ja, niet zo amusant was. Niet dat Fiona's zelfmoordpoging een grote dijenkletser was geweest, maar toen kende hij gewoon nog niemand van hen en gaf hij niet om ze, en daardoor had hij met een griezelige maar neutrale fascinatie kunnen observeren wat een puinhoop mensen ervan kunnen maken als ze dwarslagen of pech hadden, of allebei. Maar die neutraliteit was nu verdwenen, en hij maakte zich meer zorgen om de arme Marcus die met een gestoorde puber op het politiebureau van een klein plaatsje zat – een ervaring die Marcus in het weekend waarschijnlijk alweer helemaal zou zijn vergeten – dan over de moeder van diezelfde jongen die geprobeerd had zich van het leven te beroven, een herinnering die hij vrijwel zeker tot aan zijn graf met zich mee zou dragen. Het scheen niet uit te maken of je iets voelde of niets voelde: je reacties waren hoe dan ook inadequaat.

Ellies moeder was een aantrekkelijke vrouw van begin veertig, die er jong genoeg uitzag om de aftandse, gebleekte spijkerbroek en het leren motorjack te kunnen dragen die ze aanhad. Ze had een grote bos met henna geverfde krullen en leuke rimpeltjes om haar ogen en mond; wat haar dochter betreft leek ze lang geleden al de moed te hebben opgegeven.

'Ze is gek,' zei Katrina schouderophalend zodra ze in de auto stapte. 'Ik weet niet hoe of waarom, maar het is zo. Niet écht gek, maar je weet wel. Niet in de hand te houden. Vinden jullie het goed dat ik rook als ik het raampje opendoe?' Ze rommelde in haar tas, vond geen aansteker en vergat het roken toen helemaal. 'Het is raar, want toen Ellie geboren werd, hoopte ik echt dat ze zo zou worden, uitbundig, opstandig, luidruchtig en intelligent. Daarom heb ik haar Eleanor Toyah genoemd.'

'Is dat iets klassieks?' vroeg Fiona.

'Nee, pop,' zei Will. Fiona lachte, hoewel Will niet begreep waarom.

'Toyah Wilcox.'

'En nu is het uitgekomen, en ís ze uitbundig, opstandig en wat al niet meer, maar ik zou er alles voor overhebben als ze verlegen was en elke avond thuisbleef. Zo sterf ik duizend doden.'

Will keek pijnlijk getroffen vanwege de uitdrukking die Katrina gebruikte en wierp een blik op Fiona die naast hem zat, maar ze liet nergens uit blijken dat je de uitdrukking ook letterlijk kon nemen.

'Maar dit is wel de druppel die de emmer doet overlopen,' zei Katrina.

'Ik ben het helemaal met je eens,' zei Fiona.

'In elk geval tot de volgende druppel.'

Ze moesten allebei lachen, maar het was waar, dacht Will. Er zou altijd weer een andere druppel volgen. Ellie liet haar moeder duizend doden sterven, en Marcus Fiona, maar daar zouden ze nog jarenlang mee doorgaan. Zij waren de Levende Doden. Ze konden niet echt leven en ze konden niet sterven; het enige wat ze konden was bij een vreemde in de auto zitten en erom lachen. En dan hadden mensen als Jessica het lef te zeggen dat hij van alles miste? Hij dacht niet dat hij ooit zou begrijpen wat ze bedoelde.

Ze stopten voor benzine, blikjes fris, chips en repen chocola, en toen ze weer in de auto stapten, was de onderlinge sfeer veranderd: de sissend opengetrokken blikjes en de krakende chipszakken leken hen tot een trio te smeden. Het was bijna alsof ze vergeten waren waarom ze überhaupt onderweg waren; de rit was het doel van het uitstapje geworden. Will herinnerde zich van schoolreisjes met de bus dat het iets te maken had met het uitstappen en weer instappen, hoewel hij niet precies wist wat het was. Misschien merkte je niet dat je een gevoel had laten ontstaan tot je het achterliet en ernaar terugkeerde, maar nu was er een gevoel ontstaan – een naar het hoofd stijgende mengeling van wanhoop, gedeelde bezorgdheid, onderdrukte hysterie en regelrechte teamgeest – en Will voelde dat hij er deel van uitmaakte in plaats van er als door een raam naar te kijken. Dit kon onmogelijk zijn wat hij misliep, want hij liep het niet mis, maar het had wel met kinderen te maken. Dat moest je Marcus nageven, dacht hij: het joch was onbeholpen, vreemd en wat al niet meer, maar hij had de gave om overal waar hij kwam bruggen te slaan, en er waren maar weinig volwassenen die dat konden. Will had zich nooit kunnen voorstellen dat hij Fiona een helpende hand had kunnen toesteken, maar dat kon hij nu; zijn relatie met Rachel was helemaal op Marcus gebaseerd. En er was nu nog een derde, iemand die hij voor deze avond nooit had ontmoet, en ze wisselden stukjes Kit-Kat en slokken Diet Lilt uit alsof ze elkaar intiem kenden. Het was behoorlijk ironisch dat dit vreemde, eenzame kind op de een of andere manier al deze verbanden tot stand kon brengen terwijl hij zelf zo afgescheiden bleef.

'Waarom heeft die jongen zich door het hoofd geschoten?' vroeg Fiona ineens.

'Kurt Cobain?' zeiden Will en Katrina tegelijk.

'Heette hij zo?'

'Ik neem aan dat hij niet gelukkig was,' zei Katrina.

'Ja, dat vermoeden had ik ook al. Maar waarom niet?'

'O, dat weet ik niet meer. Ellie heeft het me wel verteld, maar na een poosje geloofde ik het wel. Drugs? Een slechte jeugd? Stress? Zoiets, in elk geval.'

'Voor Kerstmis had ik nog nooit van hem gehoord,' zei Fiona, 'maar hij was een behoorlijk invloedrijke figuur, of niet?'

'Heb je vanavond het journaal gezien? Je zag allemaal inverdrietige jonge mensen die huilden en elkaar omhelsden. Het was heel triest om te zien. Maar niet een van hen probeerde winkelruiten stuk te gooien. Kennelijk wil alleen mijn dochter zo uiting geven aan haar verdriet.'

Will was benieuwd of Marcus ooit op zijn kamertje net zo naar *Nevermind* had zitten luisteren als Will op zijn kamertje naar de eerste plaat van The Clash. Dat kon hij zich niet voorstellen. Marcus kon dat soort woede en verdriet onmogelijk hebben begrepen, ook al kolkte er ergens in hem waarschijnlijk een eigen versie van zulke gevoelens rond. En toch zat hij nu in de gevangenis – nou ja, zat hij in de wachtkamer van een politiebureau – omdat hij medeplichtig was geweest aan een vergrijp dat op de een of andere manier de dood van Kurt Cobain had moeten wreken. Je kon je moeilijk twee zielen voorstellen die minder aan elkaar verwant waren dan Marcus en Kurt Cobain, en toch hadden ze allebei hetzelfde weten klaar te spelen: Marcus bracht onwaarschijnlijke connecties tot stand in auto's en een politiebureau, en Kurt Cobain deed hetzelfde wereldwijd op de televisie. Het bewees dat alles niet zo slecht was als ze dachten. Will wou dat hij Marcus dit bewijs kon laten zien, en alle anderen die er wellicht behoefte aan hadden.

Ze waren er inmiddels bijna. Katrina kletste er nog vrolijk op los, kennelijk helemaal verzoend met het idee dat haar dochter weer in de problemen zat (er zat niets anders op, vermoedde Will, als je de pech had Ellie als dochter te hebben), maar Fiona was heel stil geworden.

'Het komt heus wel goed met hem,' zei hij tegen haar.

'Dat weet ik wel,' zei ze, maar er was iets in haar stem dat hem niet aanstond.

Het verbaasde Will niet dat er een nare sfeer op het politiebureau hing – net als de meeste vaste softdrugsgebruikers was hij geen fan van de politie – maar hij was verbaasd te constateren dat die sfeer niet achter de balie vandaan kwam, waar ze slechts met een licht geforceerde beleefdheid werden begroet, maar uit de verhoorkamer, waar een ijzige stilte hing en veel boze blikken werden uitgewisseld. Lindsey en Clive keken boos naar Marcus, die boos naar de muur staarde. Een woedend tienermeisje (die er, zoals Will tevreden constateerde, enigszins uitzag als een kruising tussen Siouxsie en Roadrunner, behalve dat ze het kapsel had van iemand die pas weer haar intrede in de samenleving had gedaan) keek boos naar iedereen die het lef had haar aan te kijken.

'Jij hebt er lang over gedaan,' zei Ellie, toen haar moeder binnenkwam.

'Ik heb er zo lang over gedaan als nodig is om een telefoontje te plegen en hiernaar toe te rijden,' zei Katrina, 'dus zeur niet.'

'Uw dochter,' zei Clive, op een pompeuze toon die niet goed paste bij een man die een University-of-Life-sweater aan had en in het gips zat, 'is beledigend en agressief geweest. En jouw zoon,' vervolgde hij met een knikje naar Fiona, 'gaat duidelijk met de verkeerde mensen om.'

'Jóuw zoon,' jouwde Ellie, maar Fiona bleef gedeprimeerd zwijgen.

'Hij zei dat ik me erbuiten moest houden,' zei Lindsey.

'Ik ook,' zei Ellie.

De politieagente die hen had binnengelaten kon haar gezicht niet meer in de plooi houden en gaf blijk van geamuseerdheid over hun geruzie. 'Kunnen we gaan?' vroeg Will haar.

'Nog niet. We wachten tot de winkelier er is.'

'Mooi,' zei Ellie. 'Dan zal ik hem eens zeggen waar het op staat.'

'Het is een vrouw,' zei de politieagente.

Ellie bloosde. 'Hem of haar, wat doet het ertoe. Ze deugt niet.'

'Waarom deugt ze niet, Ellie?' vroeg Katrina, die er meesterlijk in slaagde sarcasme en levensmoeheid in haar toon te verenigen, een kunst die ze duidelijk met heel veel tijd en heel veel oefening had geperfectioneerd.

'Omdat ze een tragische gebeurtenis uitbuit om er zelf beter van te worden,' zei Ellie. 'Ze heeft geen idee wat een dag als vandaag betekent. Ze denkt alleen dat ze er een slaatje uit kan slaan.'

'Waarom komt ze trouwens?' vroeg Will aan de agente.

'Het is een experiment van ons. U weet wel: de misdadigers confronteren met het slachtoffer van hun misdaad, zodat ze kunnen zien wat hun daden voor gevolgen hebben.'

'Wie is de misdadiger en wie het slachtoffer?' vroeg Ellie gewichtig.

'Ach, Ellie, hou toch je mond,' zei haar moeder.

Een nerveus uitziende jonge vrouw van achter in de twintig werd de kamer binnengelaten. Ze had een Kurt Cobain-sweater aan en veel zwarte oogmake-up op, en als ze Ellies oudere zus niet was, zouden genetici zich toch afvragen waarom niet.

'Dit is Ruth, de eigenaresse van de winkel. Dit is de jongedame die je ruit heeft ingegooid,' zei de agente. Ellie keek de eigenaresse verbijsterd aan.

'Hebben zij gezegd dat je dat moest doen?'

'Wat?'

'Dat je op mij moest lijken.'

'Lijk ik op je?'

Iedereen in het vertrek schoot in de lach, ook de agenten.

'Je hebt die foto in de etalage gezet om mensen uit te buiten,' zei

Ellie met heel wat minder zelfvertrouwen dan ze eerder aan den dag had gelegd.

'Welke foto? Die foto van Kurt Cobain? Die staat er altijd. Ik ben zijn grootste fan. Zijn grootste fan in Hertfordshire, tenminste.'

'Je hebt hem er niet neergezet om er wat aan te verdienen?'

'Wat te verdienen aan al die rouwende Nirvana-fans in Royston, bedoel je? Dat zou alleen lukken als het een foto van Julio Iglesias was.'

Ellie keek beschaamd.

'Heb je daarom die ruit stukgegooid?' vroeg Ruth. 'Omdat je dacht dat ik mensen uitbuitte?'

'Ja.'

'Dit is de rotste dag van mijn leven. En dan komt er een stomme idioot die mijn ruit ingooit omdat ze denkt dat ik mensen een poot wil uitdraaien. Word eens... volwassen.'

Will betwijfelde zeer of Ellie vaak met haar mond vol tanden stond, maar als je haar wilde reduceren tot een blozend hoopje dat je met open mond aanstaarde, hoefde je kennelijk alleen een dubbelganger van in de twintig te vinden die Kurt Cobain nog meer verafgoodde dan zij.

'Het spijt me,' fluisterde ze.

'Nou ja,' zei Ruth. 'Kom maar hier.' En terwijl de voltallige en grotendeels onwelwillende aanwezigen in de verhoorkamer toekeken, strekte Ruth haar armen uit; Ellie stond op, liep naar haar toe en omhelsde haar.

Het scheen Fiona te ontgaan dat deze omhelzing het eind had moeten markeren van heel die trieste etalage-affaire, maar Will was zich er al een poosje van bewust dat alles een beetje langs haar heen ging sinds ze hadden getankt. Maar het was duidelijk dat ze zich op actie had voorbereid in plaats van te zitten dagdromen, en om redenen die ze zelf het beste kende, had ze besloten dat het nu tijd voor actie was. Ze stond op, liep om de tafel heen, sloeg haar armen vanachteren om Marcus heen en richtte zich met tenenkrommende emotionele intensiteit tot de politieagente die zich met hen had beziggehouden.

'Ik ben geen goede moeder voor hem geweest,' verklaarde ze. 'Ik heb dingen laten versloffen, en ik heb niet goed opgelet, en... het verbaast me niet dat het zover is gekomen.'

'Het is helemaal niet zover gekomen, mam,' zei Marcus. 'Hoe vaak moet ik het nog zeggen? Ik heb niets misdaan.' Fiona negeerde hem, ze leek het niet eens gehoord te hebben.

'Ik weet dat ik geen kans meer verdien, maar toch vraag ik er nog één, en... Ik weet niet of u kinderen hebt of niet?'

'Ik?' vroeg de agente. 'Ja, ik heb een zoontje. Jack.'

'Ik doe een beroep op u als moeder... Als u ons nog een kans geeft, zult u er geen spijt van krijgen.'

'We hebben geen kans nodig, mam. Ik heb niets misdaan. Ik ben alleen uit de trein gestapt.'

Nog geen reactie. Will moest het haar nageven: nu ze eenmaal had besloten voor haar kind op te komen, was ze niet meer te stuiten, hoe onjuist de beslissing ook was en hoe ongeschikt haar wapens waren. Wat ze zei was stapelgek – misschien was ze zich er zelfs van bewust dat het stapelgek was – maar het kwam in elk geval voort uit een deel van haar dat wist dat ze iets voor haar zoon moest doen. Het was een soort keerpunt. Je kon je voorstellen dat deze vrouw op de raarste momenten allerlei ontoepasselijke dingen zei, maar het werd steeds moeilijker om je voor te stellen dat ze onder de kots languit op de bank lag, en Will begon te beseffen dat goed nieuws zich soms in weinig veelbelovende vormen en maten aandiende.

'We zijn bereid tot een schikking,' zei Fiona. Functioneerde de wet in Royston net als in *LA Law*? vroeg Will zich af. Het leek hem onwaarschijnlijk, maar je wist het maar nooit. 'Marcus zal tegen Ellie getuigen, als u hem vrijlaat. Het spijt me, Katrina, maar voor haar is het te laat. Laat Marcus met een schone lei beginnen.' Ze begroef haar gezicht in Marcus' nek, maar Marcus weerde haar af en liep van haar naar Will. Katrina, die tijdens het grootste deel van Fiona's betoog had geprobeerd haar lachen in te houden, ging naar haar toe om haar te troosten.

'Hou je mond, mam. Je bent gek. Godallemachtig, ik kan er niet bij dat mijn ouders zulke idioten zijn,' zei Marcus oprecht gemeend.

Will nam het vreemde groepje mensen op, zijn ploegje voor die dag, en probeerde het te doorgronden. Al die rimpelingen en verbanden! Hij kon er niet omheen. Hij was een man die niet erg openstond voor mystieke ervaringen, zelfs niet onder invloed van verdovende middelen, maar hij zat er erg over in dat hij er nu een scheen te hebben: misschien had het iets te maken met het feit dat Marcus van zijn moeder naar hem toe was gelopen? Wat de reden ook mocht zijn, hij kreeg er een heel raar gevoel van. Een aantal van deze mensen had hij tot vandaag niet gekend; sommige kende hij nog maar heel kort, en hij kon niet eens zeggen dat hij ze goed kende. Maar ze waren er toch maar; een van hen drukte een kartonnen Kurt Cobain-pop tegen zich aan, een van hen zat in het gips, een van hen huilde, en ze waren allemaal met elkaar verbonden op een manier die je vrijwel onmogelijk zou kunnen uitleggen aan iemand die net binnen was gekomen. Will kon zich niet herinneren dat hij ooit eerder in zo'n soort rommelig, veelomvattend, chaotisch web verstrikt was geraakt; het was bijna alsof hij een vluchtige blik had mogen werpen op hoe het was om menselijk te zijn. Het viel eigenlijk wel mee; hij zou het niet eens erg vinden om op voltijdbasis menselijk te zijn.

Ze gingen met zijn allen naar de dichtstbijzijnde hamburgerzaak om wat te eten. Ruth en Ellie gingen apart zitten en aten patat, rookten en fluisterden; Marcus en zijn familieleden gingen door met het bekvechten waarmee ze op het politiebureau met zoveel enthousiasme waren begonnen. Clive wilde dat Marcus zou meegaan naar Cambridge, maar Fiona vond dat hij terug moest naar Londen, terwijl Marcus zo in de war leek gebracht door zijn middag dat hij überhaupt niet veel vond.

'Waarom was Ellie eigenlijk met je meegegaan?' vroeg Will.

'Dat weet ik niet meer precies,' zei Marcus. 'Daar had ze gewoon zin in.'

'Was het de bedoeling dat ze bij ons zou logeren?' vroeg Clive.

'Ik weet het niet. Ik geloof het wel.'

'Fijn dat je het eerst even hebt gevraagd.'

'Ellie is voor mij niet de ware,' zei Marcus vol overtuiging.

'O, ben je daar achtergekomen?' zei Will.

'Ik weet niet voor wie ze wel de ware is,' zei Katrina.

'Ik denk dat we altijd wel vrienden zullen blijven,' vervolgde Marcus. 'Maar ik weet het niet. Ik denk dat ik iemand moet zien te vinden die niet zo...'

'Niet zo onbeschoft en geschift is? Niet zo gewelddadig is? Niet zo allejezus stom is? En ik kan nog heel wat andere "niet zo's" bedenken.' Deze bijdrage was van Ellies moeder.

'Niet zo anders is dan ik,' zei Marcus diplomatiek.

'Nou, veel succes,' zei Katrina. 'Er zijn er heel wat onder ons die hun halve leven bezig zijn geweest iemand te vinden die niet zo anders is dan wij, maar die hebben we tot dusver niet gevonden.'

'Is het dan zo moeilijk?' vroeg Marcus.

'Het is het moeilijkste dat er is,' zei Fiona, met meer inlevingsvermogen dan Will wilde analyseren.

'Waarom denk je dat we allemaal alleenstaand zijn?' vroeg Katrina.

Zou dat het echt zijn? vroeg Will zich af. Was dat waar ze allemaal mee bezig waren, waren ze allemaal op zoek naar iemand die niet zo anders was? Was hij daar ook mee bezig? Rachel was dynamisch, attent, opmerkzaam, zorgzaam en anders in meer opzichten dan hij kon tellen, maar waar het bij Rachel om ging, wat Will betrof, was dat ze niet was zoals hij. Katrina's logica klopte dus niet helemaal. Dat je op zoek was naar iemand die niet zo anders was... Dat ging alleen op, besefte hij, als je er om te beginnen van overtuigd was dat zoals jezelf zijn zo erg nog niet was.

Vijfendertig

Marcus ging uiteindelijk toch bij zijn vader en Lindsey logeren. Hij had op een gekke manier medelijden met ze: op het politiebureau hadden ze een ontredderde indruk gemaakt, alsof ze het allemaal niet aankonden. Marcus had er nog niet eerder bij stilgestaan, maar die avond kon je echt zien wie er in Londen woonden en wie niet, en degenen die er niet woonden leken angstiger voor alles. Om te beginnen waren Clive en Lindsey bang geweest voor Ellie, maar ze waren ook bang geweest voor Ellies moeder en voor de politie, en ze zeurden veel en maakten een zenuwachtige indruk... Misschien had het niets met Londen te maken; misschien had het meer te doen met het soort mensen dat hij nu kende, of misschien was hij de afgelopen maanden gewoon veel ouder geworden. Maar hij had echt geen idee wat zijn vader hem nog te bieden had, en daarom had hij medelijden met hem en daarom had hij ermee ingestemd met hem mee te gaan naar Cambridge.

In de auto bleef Clive maar doorzeuren. Waarom had Marcus zich met zo iemand ingelaten? Waarom had hij niet geprobeerd haar tegen te houden? Waarom was hij onbeschoft geweest tegen Lindsey? Had ze hem ooit iets misdaan? Marcus gaf geen antwoord. Hij liet zijn vader gewoon doorpraten tot hij uiteindelijk niets meer te zeuren had, zoals je zonder benzine kwam te zitten: eerst zeurde hij langzamer en toen zachter, en toen hield het helemaal op. De moeilijkheid was dat hij zo'n soort vader niet meer kon uithangen. Hij had zijn kans gemist. Het was alsof God ik weet niet hoeveel miljoenen jaren na het scheppen van de wereld ineens besloot om weer God te zijn: hij kon niet ineens uit de hemel neerdalen en zeggen: o, maar daar hadden jullie het Empire State Building niet moeten neerzetten, en jullie hadden het niet zo moeten inkleden dat de mensen in Afrika minder geld verdienen, en jullie hadden nooit mogen toestaan dat ze kernwapens maakten. Want dan zou je tegen Hem zeggen: ja hoor eens, daar is het nu een beetje laat voor. Waar was U toen we over deze dingen nadachten?

Niet dat hij vond dat zijn vader er had moeten zijn, maar hij kon niet van twee walletjes eten. Als hij bij Lindsey in Cambridge wilde zijn, joints wilde roken en van vensterbanken vallen, prima, maar dan moest hij niet over kleine dingen gaan lopen zeuren – en Ellie was nu eigenlijk een klein ding, ook al had ze het grootste ding aller tijden geleken toen ze op de stoeprand hadden zitten wachten tot de politieauto kwam. Hij moest maar iets anders omhanden zoeken. Will kon voor de kleine dingen zorgen, en zijn moeder, maar zijn vader had er niets meer mee te maken.

Om halfelf waren ze bij zijn vader thuis, wat betekende dat hij er zes uur over had gedaan om in Cambridge te komen – niet slecht gezien het feit dat hij halverwege was gearresteerd. (Gearresteerd! Hij was gearresteerd! Nou ja, in elk geval in een politieauto naar het bureau gebracht. Hij had al uit zijn hoofd gezet dat de kapotte ruit iets was dat was voortgekomen uit het spijbelen en tot gevolg zou hebben dat hij een zwerver en een drugsverslaafde zou worden. Nu hij vrij was, zag hij in dat het een overdreven reactie was geweest. In plaats daarvan beschouwde hij het incident in Royston als een graadmeter voor hoe ver hij in de afgelopen paar maanden was gekomen. Toen hij pas in Londen was, zou het hem nooit zijn gelukt te worden gearresteerd, want toen kende hij de juiste mensen niet.)

Nadat Lindsey thee had gezet, gingen ze een poosje om de keukentafel zitten. Toen knikte Clive naar Lindsey, en zei ze dat ze moe was en naar bed ging. Ze bleven met zijn tweeën achter.

'Heb je er bezwaar tegen als ik een joint draai?' vroeg zijn vader.

'Nee,' zei Marcus. 'Doe wat je wilt, maar ik rook niet mee.'

'Nee, als je het maar uit je hoofd laat. Wil je het blikje voor me pakken? Het doet pijn als ik me uitrek.'

Marcus schoof zijn stoel naar de keukenplanken, ging erop staan en tastte achter de müslipakken op de bovenste plank. Grappig dat je je zulke details over mensen nog wist te herinneren, zoals waar ze hun blikje bewaarden, ook al had je geen idee wat ze van week tot week dachten.

Hij stapte van de stoel, gaf zijn vader het blikje en zette zijn stoel weer bij de tafel. Terwijl zijn vader een joint draaide, praatte hij binnensmonds, over zijn vloeitjes gebogen.

'Weet je, ik heb eens goed nagedacht. Na mijn ongeluk.'

'Nadat je van de vensterbank was gevallen?' Marcus vond dat heerlijk om te zeggen. Het klonk zo achterlijk.

'Ja. Na mijn ongeluk.'

'Mam zei al dat je eens goed had nagedacht.'

'En?'

'En wat?'

'Ik weet het niet. Wat vind je ervan?'

'Wat ik ervan vind dat jij eens goed hebt nagedacht?'

'Eh.' Zijn vader keek op van zijn Rizla-vloeitjes. 'Ja, ik geloof het wel.'

'Tja, dat hangt er natuurlijk van af waarover je hebt nagedacht.'

'Okay. Waar ik over heb nagedacht was... Ik ben geschrokken van dat ongeluk.'

'Toen je van de vensterbank viel?'

'Ja, van mijn ongeluk. Waarom zeg je toch steeds wat het was? Hoe dan ook, ik ben ervan geschrokken.'

'Je bent niet van zo hoog gevallen. Je hebt alleen je sleutelbeen gebroken. Ik ken massa's mensen die dat is overkomen.'

'Het doet er niet toe van hoe hoog je bent gevallen als het je aan het nadenken zet, vind je wel?'

'Ik denk het niet.'

'Meende je wat je zei op het politiebureau? Toen je zei dat je me een waardeloze vader vond?'

'Ach, ik weet het niet. Niet echt.'

'Want ik weet dat ik geen fantastische vader ben geweest.'

'Nee. Niet fantastisch.'

'En... Je hebt nu eenmaal een vader nodig. Dat zie ik nu in. Maar dat begreep ik eerst niet.'

'Ik weet niet wat ik nodig heb.'

'Nou, je weet toch wel dat je een vader nodig hebt?'

'Waarom?'

'Iedereen heeft een vader nodig.'

Marcus dacht erover na. 'Iedereen heeft er een nodig om op dreef te komen. Maar daarna... ik weet het niet. Waarom denk je dat ik er nu een nodig heb? Ik red me uitstekend zonder.'

'Daar ziet het anders niet naar uit.'

'Wat? Omdat iemand anders een ruit heeft ingegooid? Nee, echt, ik red me prima zonder. Misschien gaat het zelfs wel beter. Ik bedoel, met mamma is het moeilijk, maar dit schooljaar... Ik kan het niet uitleggen, maar ik voel me veiliger dan eerst omdat ik meer mensen ken. Ik ben echt bang geweest omdat ik vond dat twee niet genoeg was, maar nu zijn we niet meer met zijn tweeën. Er zijn massa's mensen. En dan sta je er veel beter voor.'

'Wie zijn die massa's mensen? Ellie en Will en dat soort mensen?'

'Ja, dat soort mensen.'

'Die zullen er niet altijd zijn.'

'Sommigen wel, sommigen niet. Maar weet je, eerst wist ik niet dat iemand anders die taak kon overnemen, maar dat kan wel. Je kunt mensen zoeken. Net als bij zo'n acrobatentoer.'

'Wat voor acrobatentoer?'

'Zo een waarbij je boven op een piramide van mensen staat. Het doet er toch weinig toe wie het zijn, zo lang ze er maar zijn, en je niet toelaat dat ze weggaan voordat je iemand anders hebt gevonden.'

'Meen je dat echt? Dat het er niet toe doet wie er onder je staan?'

'Ja, nu wel. Eerst dacht ik van niet, maar nu wel. Want je kunt niet op je vader en moeder staan als zij er een rotzooitje van maken en ervandoor gaan en depressief worden.'

Zijn vader was klaar met zijn joint. Hij stak hem op en inhaleerde diep. 'Daar heb ik dus goed over nagedacht. Ik had niet weg moeten gaan.'

'Het maakt niet uit, pap. Als er problemen zijn, weet ik waar je bent.'

'Goh, fijn.'

'Sorry. Maar... het gaat goed met me. Echt. Ik vind wel mensen. Ik kom er wel.'

En hij wist dat het waar was. Hij wist niet of het met Ellie goed zou gaan, omdat ze niet zo erg over dingen nadacht, ook al was ze intelligent en had ze verstand van politiek en zo; en hij wist niet of het goed zou gaan met zijn moeder, omdat ze vaak niet zo sterk was. Maar hij was ervan overtuigd dat hij zich beter zou kunnen redden dan zij. Hij zou het redden op school, omdat hij wist wat hij moest doen, en hij was erachter gekomen wie je kon vertrouwen en wie niet, en dat had hij daar uitgedokterd, in Londen, waar mensen via allerlei vreemde invalshoeken bij elkaar werden gebracht. Je kon kleine combinaties van mensen maken die niet mogelijk zouden zijn geweest als zijn vader en moeder niet uit elkaar waren gegaan en ze alle drie in Cambridge waren gebleven. Dat ging niet voor iedereen op. Het ging niet op voor mensen die gek waren en voor mensen die niemand kenden of voor mensen die ziek waren, of die te veel dronken. Maar voor hem zou het opgaan, daar zou hij wel voor zorgen, en omdat het voor hem zou opgaan, was hij tot de conclusie gekomen dat dit een veel betere manier was om dingen te doen dan zoals hij het volgens zijn vader moest proberen.

Ze praatten nog een poosje door, over Lindsey en dat ze een kind wilde en dat zijn vader niet tot een besluit kon komen, en of Marcus het erg zou vinden als ze er een kregen. Marcus zei dat hij het leuk zou vinden, dat hij baby's leuk vond. Dat meende hij niet echt, maar hij kende de waarde van extra mensen om zich heen, en op een dag zou Lindsey's baby opgroeien tot een persoon extra. En toen ging hij naar bed. Zijn vader omhelsde hem en ging een beetje snotteren, maar inmiddels was hij stoned, zodat Marcus zich er niets van aantrok.

's Ochtends brachten zijn vader en Lindsey hem naar het station en gaven hem genoeg geld voor een taxi van King's Cross naar huis. In de trein zat hij uit het raam te kijken. Hij wist zeker dat hij gelijk had over de acrobatentoer, maar zelfs als het allemaal onzin was, zou hij er toch in blijven geloven. Als het hielp om de tijd te overbruggen tot hij volkomen vrij was de fouten te maken die ze allemaal maakten, kon het toch geen kwaad?

Zesendertig

Will vond het nog steeds eng dat hij zo naar Rachel verlangde. In zijn ogen kon ze elk moment besluiten dat hij te lastig was, of waardeloos, of niet goed in bed. Ze zou iemand anders kunnen ontmoeten; ze zou tot de conclusie kunnen komen dat ze helemaal geen relatie met wie dan ook wilde. Ze zou kunnen overlijden, plotseling, zonder enige waarschuwing, bij een auto-ongeluk als ze naar huis reed nadat ze Ali bij school had afgezet. Hij voelde zich als een kuiken wiens ei is opengebarsten, en nu stond hij huiverend en wankel op de poten in de buitenwereld (als kuikens wankel op de poten stonden – misschien waren dat veulens, of kalveren, of andere dieren), zonder zelfs maar een kostuum van Paul Smith of een Rayban-zonnebril om hem te beschermen. Hij wist niet eens precies waar al die angst toe diende. Wat had hij eraan? Helemaal niets, voor zover hij wist, maar het was te laat om zich dat nu nog af te vragen. Hij wist alleen dat er geen weg terug was; dat deel van zijn leven was voorbij.

Op zaterdag ondernam Will meestal iets met Ali en Marcus. Daar was hij mee begonnen zodat hun moeders even vrijaf zouden hebben... Nee, dat was niet waar. Daar was hij mee begonnen omdat hij een plaats in Rachels leven wilde veroveren, en hij haar ervan wilde overtuigen dat hij wel degelijk iets te bieden had. En het was niet de vreselijkste taak die je je kon voorstellen; de eerste paar uitstapjes waren moeizaam verlopen, omdat hij om de een of andere reden iets educatiefs had willen doen; hij had ze meegenomen naar het British Museum en de National Gallery, waar ze alle drie verveeld en prikkelbaar van waren geworden, maar dat kwam voornamelijk doordat Will zelf een hekel aan dat soort dingen had. (Bestond er op de hele wereld iets saaiers dan het British Museum? Zo ja, dan wilde Will daar niets over horen. Potten. Munten. Kruiken. Hele zalen vol harnassen. Het moest enige zin hebben als je iets tentoonstelde, vond Will. Alleen het feit dat dingen oud waren, betekende niet noodzakelijkerwijs dat ze ook interessant waren. Alleen het feit dat ze de tand des tijds hadden doorstaan, betekende nog niet dat je ze wilde bekijken.)

Maar net toen hij op het punt stond het hele idee te laten varen, was hij met ze naar de bioscoop gegaan, naar een van die onbenullige zomerfilms die op kinderen waren gericht, en toen hadden ze het alle drie heel leuk gehad. Nu was het een vast patroon geworden: lunch bij McDonald's of Burger King, een film, een milkshake bij Burger King of McDonald's, daar waar ze niet hadden geluncht, en naar huis. Hij had ze ook een paar keer meegenomen naar Arsenal, dat was ook leuk, maar als Ali ook maar even de kans kreeg, katte hij Marcus nog steeds af, en die kans kreeg hij ruimschoots tijdens een lange middag op de gezinstribune in Highbury, zodat hij voetbal reserveerde voor de zeldzame gelegenheden dat ze door de films heen waren die niet alleen een belediging voor hun intelligentie, maar ook voor de rest vormden.

Marcus was inmiddels ouder dan Ali. De eerste keer dat ze elkaar hadden ontmoet, toen Marcus een middag voor Wills zoon was doorgegaan, had Ali vele jaren ouder geleken dan Marcus, maar door zijn uitbarsting van die dag had hij zich aardig verraden, en in de tussenliggende maanden was Marcus een eind opgeschoten. Hij kleedde zich beter – hij had de discussie met zijn moeder gewonnen en mocht nu met Will kleren kopen –, hij ging regelmatig naar de kapper, en hij deed heel erg zijn best niet hardop te zingen; door zijn vriendschap met Ellie en Zoe (die zich tot ieders verbazing had bestendigd en verdiept) was zijn houding meer die van een tiener geworden: ook al waardeerden en koesterden de meisjes het excentrieke gedrag dat hij af en toe vertoonde, Marcus begon hun verrukte kreten beu te worden als hij weer iets stoms zei, en hij was behoedzamer als hij iets zei, wat in zekere zin jammer was, maar onvermijdelijk en gezond.

Het was raar, maar Will miste hem. Sinds het ei was opengebarsten, betrapte Will zich erop dat hij met Marcus wilde praten over hoe het was om naakt rond te lopen, bang te zijn voor alles en iedereen, omdat Marcus de enige andere mens ter wereld was die hem advies zou kunnen geven, maar Marcus – de oude Marcus, in elk geval – was aan het verdwijnen.

'Ga je met mijn moeder trouwen?' vroeg Ali onverwacht, tijdens een van hun hamburgermaaltijden voor ze naar de bioscoop gingen. Marcus keek belangstellend op van zijn frietjes.

'Ik weet het niet,' mompelde Will. Hij had er wel over nagedacht, maar kon zich er nooit helemaal van overtuigen dat hij er het recht toe had haar te vragen; telkens wanneer hij bij haar bleef slapen, voelde hij zich een ongelooflijke bofkont, en hij wilde niets ondernemen wat zijn gevoel van bevoorrechting in gevaar zou brengen. Soms durfde hij haar zelfs amper te vragen wanneer hij haar weer kon zien, en haar te vragen of ze bereid was de rest van haar leven met hem door te brengen leek op overvragen.

'Vroeger wilde ik dat hij met mijn moeder zou trouwen,' zei Marcus opgewekt. Will kreeg ineens de aanvechting zijn bijna kokendhete snelbuffetkoffie voor in Marcus' overhemd te gieten.

'O ja?' vroeg Ali.

'Ja. Om de een of andere reden dacht ik dat het de oplossing voor alles was. Maar jouw moeder is anders. Ze staat steviger in haar schoenen dan de mijne.'

'Wil je nog steeds dat hij met je moeder gaat trouwen?'

'Heb ik daar niets over in te brengen?' vroeg Will.

'Nee,' zei Marcus, Wills opmerking negerend. 'Ik geloof niet dat het de juiste manier is, weet je.'

'Waarom niet?'

'Omdat... Ken je die menselijke piramides? Dat is het soort levenspatroon dat ik nu aan het bekijken ben.'

'Waar heb je het in vredesnaam over, Marcus?' vroeg Will. En het was geen retorische vraag.

'Als kind ben je veiliger als iedereen goed met elkaar kan opschieten. Maar als mensen stelletjes vormen... Ik weet het niet. Dat is onzekerder. Kijk maar. Jouw moeder en mijn moeder kunnen goed met elkaar overweg.' Dat was waar. Fiona en Rachel gingen nu regelmatig met elkaar om, tot Wills kwellende onbehagen. 'En

Will gaat met haar om, en ik met jou en Ellie en Zoe en Lindsey en mijn vader. Ik heb het nu aardig voor elkaar. Als jouw moeder en Will een stel worden, denk je dat je veiliger bent, maar dat is niet zo, want ze gaan weer uit elkaar, of Will wordt gek of zoiets.'

Ali knikte wijs. Wills aanvechting om hete koffie over Marcus te gieten, maakte plaats voor de aanvechting Marcus dood te schieten en daarna de hand aan zichzelf te slaan.

'En als Rachel en ik nu niet uit elkaar gaan? Als we voorgoed bij elkaar blijven?'

'Prima. Uitstekend. Laat maar zien. Ik geloof alleen niet dat stellen de toekomst hebben.'

'O, nou, dank je... Einstein.' Will had met een scherpere repliek willen komen. Hij wilde de naam bedenken van een of andere sociaal-cultureel expert op huwelijksgebied wiens naam twaalfjarigen meteen zouden herkennen, maar Einstein was de enige naam die hem te binnen schoot. Hij wist dat het nergens op sloeg.

'Wat heeft die er mee te maken?'

'Niets,' mompelde Will. Marcus keek hem meewarig aan. 'En doe niet zo paternalistisch.'

'Wat betekent paternalistisch?' vroeg Marcus in alle ernst. Dat had je er nou van. Will werd paternalistisch behandeld door iemand die niet eens oud genoeg was om te begrijpen wat het woord betekende.

'Het betekent: behandel me niet als een debiel.'

Marcus keek hem aan alsof hij wilde zeggen: tja, hoe moet ik je anders behandelen? en Will voelde met hem mee. Het kostte hem echt moeite de leeftijdskloof in stand te houden: Marcus' air van autoriteit en de blasé toon waarop hij sprak, waren zo overtuigend dat Will niet wist hoe hij ertegenin moest gaan. En dat wilde hij ook niet. Hij had zijn gezicht nog niet helemaal verloren; er was nog een heel klein stukje van over, ongeveer zo groot als een wondkorstje, en dat wilde hij behouden.

'Hij lijkt gewoon zoveel ouder,' zei Fiona, toen Will hem op een middag thuisbracht, en Marcus na een vluchtig dankjewel en een kortaf hallo tegen zijn moeder naar zijn slaapkamer verdween.

'Wat hebben we toch verkeerd gedaan?' vroeg Will op klaaglijke toon. 'We hebben die jongen alles gegeven, en dit is onze dank.'

'Ik heb het gevoel dat ik hem kwijtraak,' zei Fiona. Will had nog steeds niet onder de knie hoe je grapjes met haar kon maken. Wat zijn mond verliet met het gewicht en de consistentie van schuim op een kop cappuccino, scheen haar oor te bereiken als niervetpudding. 'Het is een en al Smashing Pumpkins en Ellie en Zoe en... Ik geloof dat hij heeft gerookt.'

Will lachte.

'Dat is niet leuk.'

'Een beetje wel. Wat zou je ervoor over hebben gehad als Marcus een paar maanden geleden met vriendjes op roken was betrapt?'

'Niets. Ik haat roken.'

'Ja, maar...' Hij gaf het op. Fiona wilde absoluut niet begrijpen wat hij haar probeerde duidelijk te maken. 'Zit het je dwars dat je hem kwijtraakt?'

'Waarom vraag je dat? Natuurlijk zit het me dwars.'

'Gewoon, omdat je me... Ik wil er niet overheen walsen, maar het lijkt alsof het de laatste tijd beter met je gaat.'

'Dat is geloof ik ook zo. Ik weet niet waardoor het komt, maar ik word minder moe van alles.'

'Dat is fantastisch.'

'Ik geloof dat ik alles beter in de hand heb. Ik weet niet waarom.'

Will meende wel een paar redenen te kennen, maar hij wist ook dat het verstandig noch aardig zou zijn erop door te gaan. De waarheid was dat deze versie van Marcus eigenlijk niet zo moeilijk in de omgang was. Hij had vrienden, kon voor zichzelf zorgen en hij had een dikkere huid gekregen – de huid die Will net had afgeworpen. De scherpe kantjes waren eraf, en hij was even stoer en onopmerkelijk geworden als alle andere twaalfjarigen. Maar ze hadden alle drie iets moeten inleveren om het andere te krijgen. Will was zijn pantser kwijt, en zijn cool- en zijn afstandelijkheid, en hij voelde zich angstig en kwetsbaar, maar bij Rachel moest hij dat wel zijn. Fiona was grote stukken van Marcus kwijtgeraakt, maar ze was niet meer op de eerstehulpafdeling terechtgekomen.

En Marcus was zichzelf kwijtgeraakt, maar kon nu van school naar huis lopen met zijn schoenen aan.

Marcus kwam met een chagrijnig gezicht uit zijn kamer.

'Ik verveel me. Mag ik een video halen?'

Will kon de verleiding niet weerstaan: hij had een theorie die hij wilde beproeven. 'Zeg, Fiona, waarom haal je je bladmuziek niet te voorschijn, dan kunnen we "Both Sides Now" om zeep helpen.'

'Heb je daar zin in?'

'Ja, natuurlijk.' Maar hij wierp een blik op Marcus, die keek als een jongen die is gevraagd naakt te dansen voor een gemengd publiek van supermodellen en nichtjes.

'Alsjeblieft, mam. Doe me een lol.'

'Doe niet zo raar. Je bent dol op zingen. Je bent gek op Joni Mitchell.'

'Nee hoor. Niet meer. Ik vind Joni Mitchell om te kotsen.'

Toen wist Will, zonder ook maar de geringste twijfel, dat het met Marcus wel goed zou komen.